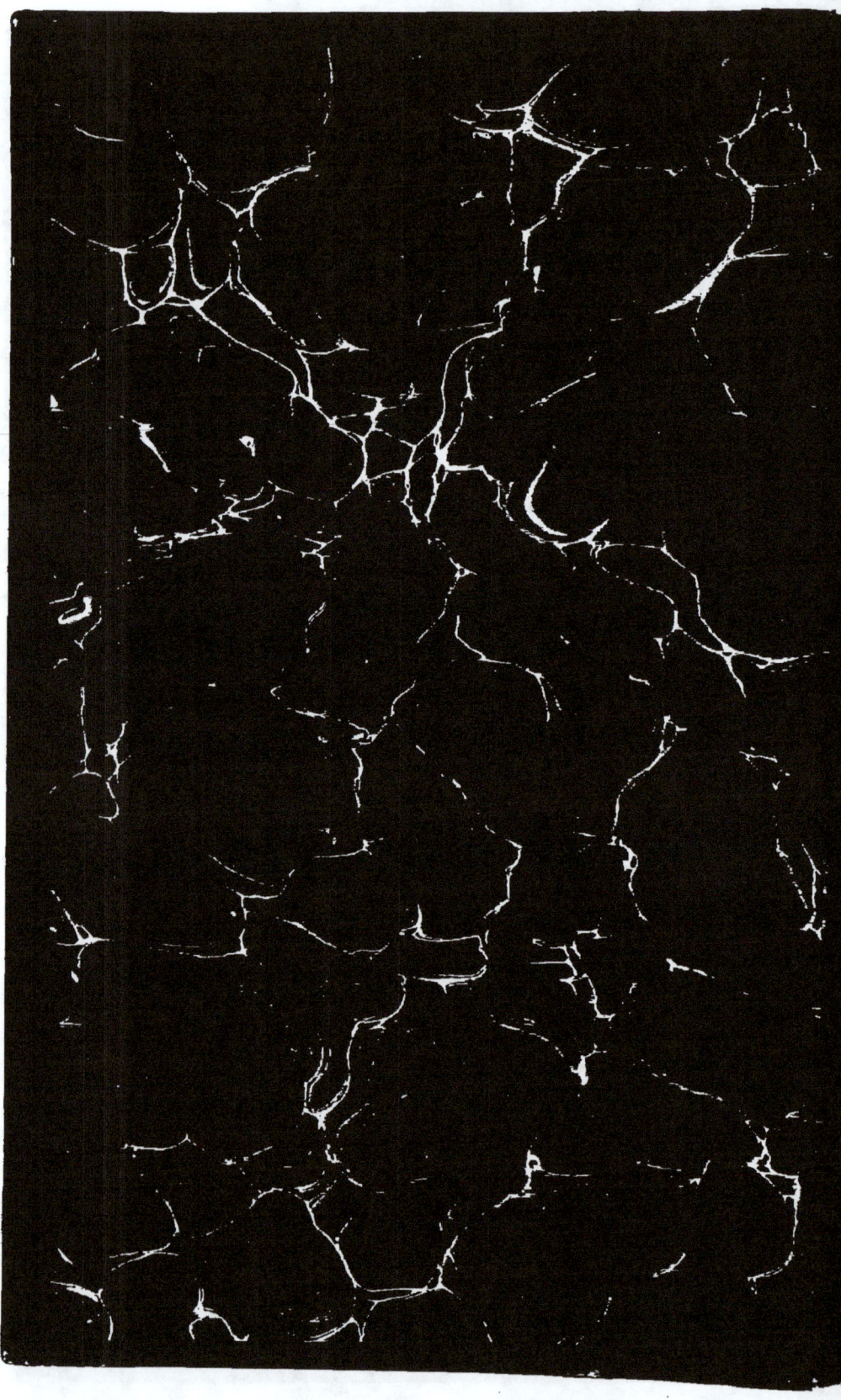

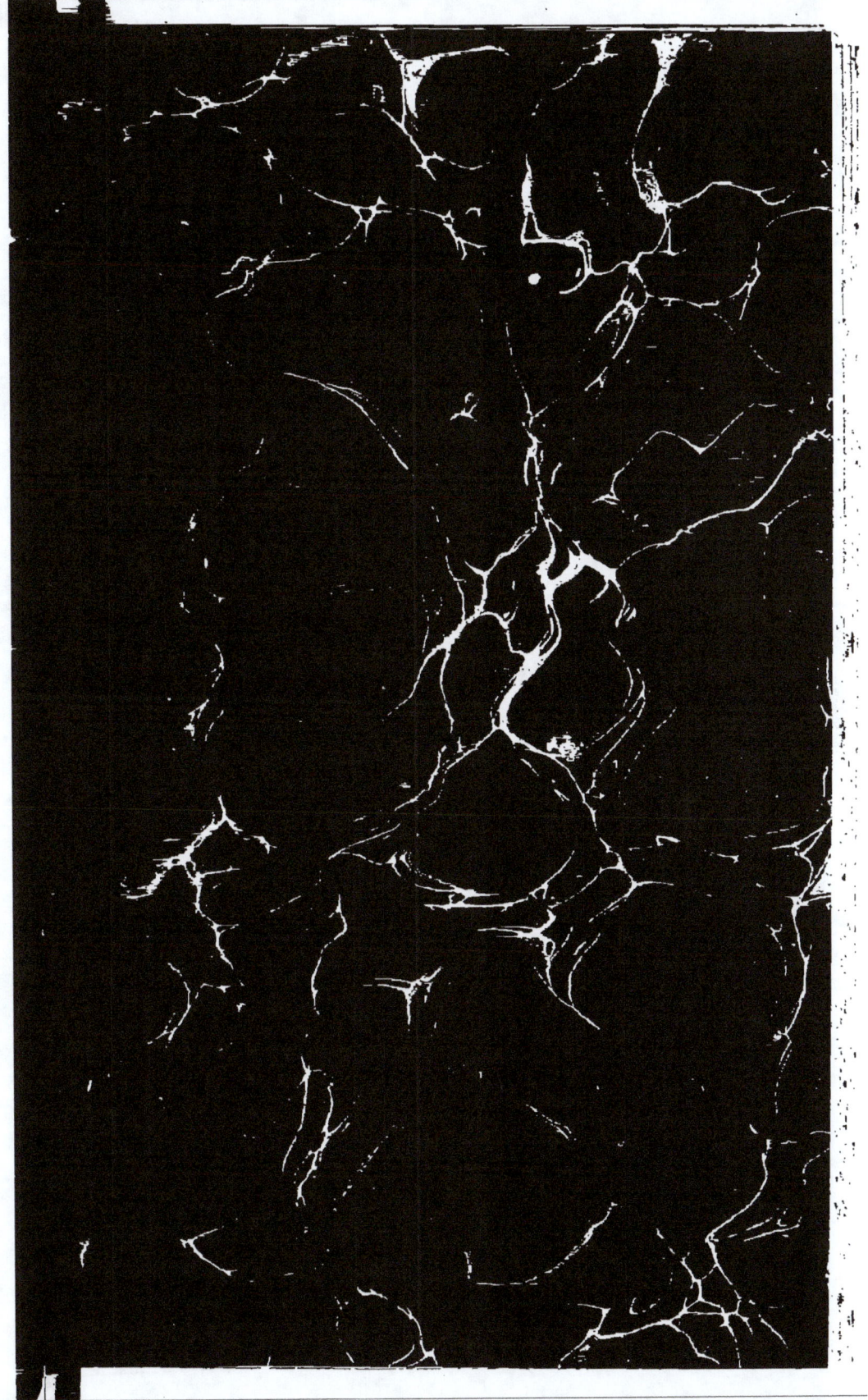

Z 228/1
X. Afda."

29615

ŒUVRES

COMPLÈTES

DE JACQUES-HENRI-BERNARDIN

DE

SAINT-PIERRE.

TOME DIXIÈME.

DE L'IMPRIMERIE DE L.-T. CELLOT.

ŒUVRES

COMPLÈTES

DE JACQUES-HENRI-BERNARDIN

DE

SAINT-PIERRE,

MISES EN ORDRE ET PRÉCÉDÉES DE LA VIE DE L'AUTEUR,

PAR L. AIMÉ-MARTIN.

. . . . Miseris succurrere disco.
ÆN., lib. 1.

ÉTUDES DE LA NATURE.

TOME HUITIÈME.

A PARIS,

CHEZ MÉQUIGNON-MARVIS, LIBRAIRE,
RUE DE L'ÉCOLE DE MÉDECINE, Nº 3.

M. DCCC. XX.

FRAGMENTS

DE

L'AMAZONE.

FRAGMENTS

DE

L'AMAZONE.

COMMENCEMENT DE MON JOURNAL.

Ce matin, à la première lueur du jour, j'ai
fortifié mon cœur par une courte prière, suivant ma coutume; je me suis levé sans faire
de bruit, pendant que ma femme reposait
au milieu de mes enfants; je leur ai donné à
chacun ma bénédiction et un baiser; ensuite
je suis descendu avec cette douloureuse pensée, que je les avais vus pour la dernière
fois. Obligé de fuir une patrie où je ne dois
attendre que la proscription et la mort, j'ai
voulu au moins leur épargner la douleur des

adieux. A peine dans la rue, j'ai senti mon cœur se resserrer : je me suis assis sur une pierre ; ma vue s'est troublée ; et lorsque j'ai pu distinguer les objets, le premier qui m'a frappé, a été un vieillard assez bien vêtu, qui ramassait sur le bord d'un ruisseau des cosses de haricots, qu'il dévorait ; un peu plus loin, des femmes et des enfants assié-geaient la boutique d'un boulanger : tous ces affamés demandaient du pain d'une voix mou-rante. Le boulanger, accompagné d'un com-missaire de police, a ouvert sa porte pour commencer la distribution ; mais une troupe de portefaix, à moitié nus, se sont précipités dans la boutique, et soudain tout a été pillé.

L'horreur de ce spectacle m'a rendu assez de force pour m'en éloigner ; je suis entré dans un café pour prendre quelque rafraî-chissement, j'ai demandé un verre d'eau et de vin, et, en l'attendant, j'ai jeté les yeux sur un journal, où j'ai lu ces mots : « Un ci-»toyen propose, pour subvenir à la disette »qui menace de s'emparer de la république, »de faire mourir toutes les personnes qui ont »passé l'âge de soixante ans. » J'ai payé mon verre d'eau, et me suis retiré, en faisant quelques réflexions, sur l'état d'une nation où l'on osait proposer le crime comme un moyen de salut.

J'entrai successivement chez plusieurs orfévres pour me défaire de quelques bijoux, car j'étais sans argent; mais les uns me proposèrent du papier-monnaie; d'autres me dirent qu'ils vendaient de l'orfévrerie, mais qu'ils n'en achetaient pas, se disposant à fermer bientôt leurs magasins. J'errai longtemps dans une triste incertitude, craignant d'être reconnu, et m'efforçant de conserver un air d'assurance pour ne pas exciter les soupçons; imaginant mille projets, et les rejetant tous; ne sachant à quoi m'arrêter, et n'osant ni retourner chez moi, ni sortir de la ville, ni demander un asile à des amis que ma présence aurait perdus. Je venais de traverser le carrefour de la rue de Bussy, et j'essayais de gagner le quai, dans l'espérance de trouver à vendre mes bijoux, lorsque j'entendis des cris affreux; c'était une grande foule, rassemblée autour d'un chariot qui sortait du Châtelet. Les blanchisseuses mon-

taient en hâte l'escalier du quai, criant à
tue-tête : Combien sont-ils aujourd'hui? Dix-
sept, répondit un homme en pantalon et en
gilet rouges, debout sur le siége. Ce n'est pas
assez, criaient les femmes ; hier, il y en avait
quarante. Cet homme était le bourreau, qui
conduisait les victimes à la mort.

Je parcourus ainsi une partie de la ville,
épuisé de besoin, de fatigue et de soucis. La
nuit venue, les premières chandelles allu-
mées, je vis briller quelques croix d'argent à
travers les vitres d'une boutique. L'envie
me prit d'y entrer. Elle était si basse que
ma tête touchait le plafond : il y avait cependant, dans cette boutique, une femme et
trois enfants, deux garçons et une petite fille ;
le plus petit des garçons, âgé de quatre ou
cinq ans, était sur ses genoux ; elle lui ap-
prenait à lire : la petite fille était occupée à
coudre à sa droite, et le garçon le plus grand,
âgé de neuf ou dix ans, était debout à côté
du comptoir. Ce fut lui qui m'ouvrit la porte.
Il y avait dans cette petite famille, un air de
propreté, de bonheur et de paix, qui faisait
plaisir à voir. Je saluai cette bonne femme,

et la félicitai sur sa tranquillité et sur celle
de ses enfants au milieu du tumulte qui bou-
leversait toute la France. Elle me répondit,
en versant quelques larmes : Ces enfants ne
sont pas tous à moi; celui qui est sur mes
genoux est le fils d'une de mes amies, qui
vient de périr victime de sa vertu. Je n'ai pas
voulu abandonner cet orphelin, car, quoique
j'aie eu le malheur de perdre mon mari à
l'armée, il y a environ quatre ans, Dieu ne
m'a pas laissée sans ressource; mon commerce suffit à mon existence et à celle de ma
famille : si vous désirez vous défaire de quelques bijoux, vous pouvez être sûr que je vous
en paierai la valeur. Je tirai alors de ma
poche ma montre, je détachai mes boucles
d'argent, et je les posai sur son comptoir.
Alors elle mit ses lunettes, démonta fort
adroitement le cristal et le mouvement de
ma montre, et les chapes de mes boucles,
pesa l'or et l'argent de ces pièces, et, d'un
trait de plume, fit mon compte qui montait
à 172 l. 13 s. 9 d. Elle me donna cette
somme en argent, et me demanda si j'étais
content. Oui, lui répondis-je. C'était, en

effet, plus du tiers en sus de ce qu'on m'en avait offert chez les plus riches orfévres.

Ma bonne dame, lui dis-je, vous venez de me tirer d'un grand embarras, cependant ce n'est pas mon besoin le plus pressant : je meurs de faim ; je n'ai rien mangé de la journée ; enseignez-moi quelque restaurateur dans le voisinage. Je ne suis pas aubergiste, dit-elle ; cet état ne convient guère à une mère de famille ; mais, en cas de besoin, je puis donner à manger à un honnête homme comme vous. J'attends ce soir un roulier de Bruxelles, qui apporte toutes les semaines des farines à l'Hôtel-de-Ville ; il se rafraîchit chez moi, et je fais ses commissions chez les marchands. Il ne me laisse pas manquer de pain ; et, comme j'en ai de surplus, je l'échange contre de la viande chez le boucher, et contre du vin chez le cabaretier. Sans ce petit commerce d'échange, il nous serait impossible de vivre. Croiriez-vous que deux côtelettes se sont payées dernièrement 1500 liv., une corde de vieux bois de peuplier 10,000 liv.? En parlant ainsi, elle me fit entrer dans son arrière-boutique. Il y avait une table couverte d'un linge très-blanc, et j'allais m'y placer, lorsque la porte de la boutique s'ouvrit. Les trois enfants crièrent à-la-fois : Maman, le père Jérôme ! Aussitôt je vois entrer un homme à-peu-près de ma taille, de ma physionomie, de mon âge, vêtu d'un sarrau, et portant à la main le fouet d'un charretier. Bonsoir, mon frère, me dit-il, sans m'ôter son chapeau ; puis il s'assit sans façon vis-à-vis de moi. Je ne savais que répondre à ce singulier compliment, lorsque la veuve dit à l'aîné de ses enfants : Mon fils, allez dans la rue à la tête des chevaux, et veillez-y soigneusement pendant que le père Jérôme soupera avec nous. Elle prit alors les deux autres enfants, et les fit asseoir auprès d'elle entre cet étranger et moi. Voici votre petite provision, dit Jérôme, en tirant de dessous son sarrau un gros pain de huit livres, qu'il mit sur la table. Je vous en laisserai autant demain en repassant ; avec cela, vous pourrez attendre mon retour de Bruxelles ; puis il se mit à caresser les deux enfants du revers de sa grosse main. Ce mouvement paternel envers deux petits orphelins, me remplit d'émotion en me rappelant les miens. Tu as du chagrin, mon frère, me dit-il; il n'en faut point avoir, le chagrin tue l'homme. Il prit la bouteille, et remplit mon verre et le sien. J'en verserais, ajouta-il, à la citoyenne, mais elle ne boit que de l'eau; allons! à sa santé! c'est une brave femme. Je lui dis : Quoique depuis long-temps je ne boive plus de vin, tu mets tant de simplicité dans ton invitation, que je l'accepte de tout mon cœur. Alors, m'inclinant vers lui et la maîtresse du logis : Quand le bonheur, ajoutai-je, n'existera plus dans Paris, puisse-t-il trouver son dernier asile dans cette petite maison ! et je vidai mon verre. Nous nous mîmes à manger tous de bon appétit. Tu as bien raison, mon ami, dit Jérôme; le bonheur n'est que dans ce petit coin : je n'ai vu que de la misère dans toute la route. En arrivant à la barrière, j'ai été reçu sans difficulté parce que j'y suis connu, et que toutes les semaines j'apporte des farines pour le gouvernement; mais comment se fait-il qu'une ville où l'on amène, tous les jours, quinze cents sacs de farine, pesant chacun trois cent cinquante

livres, sans compter un nombre considérable
de sacs de riz et de légumes, et des troupeaux
immenses de bœufs et de moutons; comment
se fait-il, encore une fois, que cette ville soit
à la veille de mourir de faim? Après avoir
passé la barrière, j'ai vu une multitude de
gardes, armés de piques, qui s'opposaient à
la sortie de ceux qui voulaient aller chercher
du pain hors de Paris. Les malheureux
avaient raison, puisqu'ils n'y peuvent plus
vivre : eh bien! croirais-tu que les commis
les forçaient de rester, sous prétexte que leurs
passe-ports n'étaient pas en règle? Comment!
repartis-je, il faut un passe-port pour sortir?
— Oui; il faut de plus qu'il soit visé dans
différents bureaux de la section, de la ville,
de la barrière : ici il faut quatre témoins, là
il en faut neuf : sans cela on ne peut sortir;
et si on passe furtivement, on est arrêté par
la gendarmerie, et conduit en prison. Eh
bien! mon frère, je n'ai point de passe-port,
lui dis-je, et il faut absolument que je sorte
de Paris. Point de passe-port! ce mot fut ré-
pété par la bonne femme, et même par les
enfants, et Jérôme en pâlit.

Je lui contai alors, sans aucun déguisement, le danger où je me trouvais ; l'avis secret que j'avais reçu le matin, et qui m'ap-
prenait que je devais être arrêté dans la journée ; la manière dont j'avais quitté ma femme
et mes enfants ; le dénûment où je les laissais ; enfin je lui ouvris mon ame tout entière,
et ce fut une inspiration du ciel : j'avais
trouvé un libérateur. Ce brave homme me
prit la main, tout ému : Il me vient une idée,
me dit-il, que je te communiquerai tête-à-
tête ; ne t'afflige pas. La bonne femme ayant
fait coucher ses deux enfants, nous laissa
seuls Jérôme et moi. Écoute, tu m'as touché
le cœur, car je suis père comme toi, j'ai ma
femme et des enfants à Bruxelles ; Dieu bé-
nira ton courage, et voici ce qu'il m'inspire
pour t'obliger : il tira de sa poche un lambeau
de papier revêtu de signatures et de cachets.
Voilà, dit-il, mon passe-port qui pourra te
servir, car nous nous ressemblons beaucoup ;
mon signalement porte que j'ai cinq pieds cinq
pouces, cheveux gris, yeux bleus, le nez aqui-
lin, le visage coloré : tous ces signes te con-
viennent comme à moi ; cette pièce m'est

assez inutile, je puis d'ailleurs m'en procurer
une nouvelle dans ma commune, en disant
que j'ai perdu l'ancienne. Tu diras donc que
tu t'appelles Pierre Jérôme, que tu es roulier, établi auprès de Bruxelles au village de
Saint-Romain : c'est là qu'il faudra attendre
quelques jours de mes nouvelles. Tu vas changer de costume. A ces mots, il alla chercher
un vieux sarrau, de gros souliers, et un grand
fouet ; puis il fit rafraîchir ses chevaux pendant que je m'affublais de mon nouvel habillement. A son retour, je lui dis : Tu viens de
me rendre un service important d'une manière si généreuse, que je ne balance pas à te
prier de m'en rendre un autre, c'est de remettre à ma femme ce paquet de papiers avec
cet argent ; tu lui diras que c'est la moitié de
ce que je possède : il y a 86 livres. Écoute,
me dit-il, n'as-tu pas encore quelque monnaie
de papier à y joindre ? donne-la moi. Je te
préviens que tu n'en ferais rien sur la route ;
pour moi, je suis sûr de la passer en compte
à l'Hôtel-de-Ville. Je tirai de mon porte-
feuille une cinquantaine d'écus en papier-
monnaie, et il me promit de les remettre

8.   2

sous peu à ma femme en argent comptant.
Ce dernier trait me pénétra de reconnaissance. Que Dieu te conduise, mon frère ! me
dit-il. Alors, je fus prendre congé de la
bonne femme dans la maison de laquelle
j'avais trouvé tant de consolation ; nous nous
embrassâmes tous en pleurant.

Je m'acheminai vers les barrières, et mon
bienfaiteur vers l'Hôtel-de-Ville ; il pouvait
être dix heures et demie du soir, lorsque
j'arrivai à la barrière ; elle était obstruée
d'une multitude de voitures. Le tumulte me
fut favorable ; j'eus bientôt traversé la Chapelle, et une fois dans la plaine, je marchai
comme si j'avais eu des ailes, sans regarder
derrière moi. Cependant j'étais fatigué quand
j'arrivai à Saint-Denis, et je résolus de m'y
reposer : j'entrai dans les vastes jardins de
l'abbaye, dont la clôture était rompue en
plusieurs endroits, et je me couchai au pied
d'un mur, à l'abri du vent, sur un peu
d'herbe sèche. De là j'apercevais la petite
rivière qui traverse ce vaste enclos. La lune
allait se coucher ; elle éclairait un côté de cette
superbe flèche qui s'allonge dans les airs ; le

reste du bâtiment était caché dans l'ombre. Jadis il couvrait les cendres de nos rois, mais ces cendres n'y étaient plus : celles de Louis XIV, si jaloux de l'admiration de la postérité, et celles de Henri IV, si digne d'être aimé, avaient été jetées aux vents et dispersées par la main des bourreaux. La nuit entière s'écoula au milieu de ces grands souvenirs. Au point du jour, je m'acheminai, suivant l'itinéraire que m'avait donné Jérôme, vers Écouen, pour m'écarter un peu de la grande route de Bruxelles. Parvenu au pied de la montagne d'Écouen, je me dirigeai vers une petite maison du village ; mais l'effroi régnait par-tout, on semblait me fuir, et je me décidai à m'éloigner à l'aspect de quelques hommes couverts de bonnets rouges, que j'aperçus à l'extrémité de la rue. Je marchai deux heures, jusqu'à l'entrée d'un bois, où j'attendis la nuit. Dès que la lune fut levée, je me mis en route, et j'arrivai à Amiens vers le matin. A l'aspect de sa rivière, je me trouvai dans le plus grand embarras : il fallait entrer dans la ville ou me jeter à la nage. J'étais dans cette perplexité lorsque j'aperçus une petite barque; je fis signe au batelier, qui vint aussitôt à moi. Il me reçut fort bien, me fit asseoir à côté de lui, m'apprit qu'il était pêcheur, et qu'il allait lever des filets dans les roseaux voisins. En parlant ainsi, nous débarquâmes sur l'autre rive; il m'enseigna ma route de son mieux, et me laissa.

Après sept jours, ou plutôt sept nuits de marche, pendant lesquelles il ne m'arriva aucune aventure remarquable, j'arrivai à la vue de Bruxelles. Ayant, suivant les instructions de Jérôme, laissé cette ville sur ma droite, j'entrai dans Saint-Romain, et la première personne que j'y rencontrai fut mon libérateur; il y était depuis deux jours, et m'attendait à l'entrée du village. Dès que nous fûmes seuls, il me remit la lettre suivante de ma femme:

« Enfin je reçois de tes nouvelles; tu vis »encore et tu m'envoies des secours! Ah! »que ne puis-je aller mourir avec toi!

»Hier, il était nuit, je venais d'allumer ma »lampe, lorsque j'ai entendu un grand bruit »dans l'escalier, comme d'une troupe d'hom-

»mes armés. Mon premier mouvement a été
»de fermer ma porte au vérrou; alors on a
»frappé; ma fille s'est mise à pleurer; son
»frère m'a dit : N'aie pas peur, maman, je
»saurai bien te défendre. — Pauvre enfant! lui
»ai-je dit, il faut obéir. Les coups ont redou-
»blé; j'ai ouvert la porte; alors six hommes,
»armés de sabres et de fusils, se sont préci-
»pités dans la chambre. Leur chef était une
»espèce de petit provençal, maigre et pâle,
»coiffé d'un grand chapeau, qu'il n'a pas ôté
»de dessus sa tête. Citoyenne, m'a-t-il dit
»dans son patois, veux-tu faire résistance à
»la loi? où est ton mari? — Je n'en sais
»rien, lui ai-je répondu. — J'ai ordre de
»l'arrêter. Quand viendra-t-il? — Je l'ignore.
»Et je me suis mise à pleurer. Cependant,
»un de ses compagnons, plus honnête, m'a
»dit à l'oreille : On n'en veut ni à vous
»ni à vos enfants. La loi ne punit que les
»coupables. — S'il est coupable, me suis-je
»écriée, c'est d'avoir servi sa patrie dans
»tous les temps de sa vie.

»Enfin cette troupe, après avoir fouillé
»dans le cabinet voisin, et jusque sous mon

2*

»lit, s'est retirée brusquement. Le petit
»commandant m'a dit : Il ne faut pas m'en
»vouloir; tu dois obéir à la loi. Quand ils
»ont été descendus, Henri m'a dit : Qu'est-ce
»que la loi, maman? — Ton père dit que
»la loi est un lien qui unit les hommes; mais
»que lorsqu'elle n'est pas fondée sur la na-
»ture, elle les met en état de guerre; il dit
»que la France, depuis la révolution, a, au
»moins, quatre-vingt mille lois. — Oh bien!
»m'a dit Henri, je ne pourrai jamais les con-
»naître toutes. Alors me jetant à genoux, et
»fondant en larmes, j'ai remercié Dieu de
»t'avoir sauvé jusqu'à présent des mains des
»méchants; je l'ai prié de sauver de même
»notre malheureux pays : mes enfants ont
»prié à mon exemple. Je me préparais à les
»coucher sans souper, car il était plus d'onze
»heures du soir, lorsque j'ai entendu frapper
»à ma porte; je me suis approchée : Ce sont
»de bonnes nouvelles de votre mari, m'a dit
»tout doucement une grosse voix. Aussitôt
»j'ai ouvert ma porte; mais à la vue d'une
»espèce de charretier, j'allais la refermer,
»lorsque sa bonne mine m'a rassurée. Il avait

»un bissac sur l'épaule, son chapeau à la
»main, et tenait dans l'autre un paquet, dont
»l'adresse était de ton écriture. Alors je l'ai
»prié d'entrer et de se reposer; j'ai ouvert
»avidement ta lettre : à la nouvelle de ta
»sortie de Paris, mon ame s'est ranimée.
»Après un moment de silence, il a tiré de
»son bissac un paquet de farine et un gros
»pain, qu'il a mis sur la table. Aussitôt ma
»fille a détaché son fichu de dessus sa tête,
»en lui disant : Prenez, monsieur, ce fichu
»pour votre petite fille. O vertu! on ne t'ap-
»prend pas; tu es naturelle au cœur des
»hommes. Madame, m'a-t-il dit, en sou-
»riant de cette action, monsieur votre mari
»m'a donné encore pour vous cinquante écus
»en papier, je comptais les donner en paie-
»ment au bureau de la Ville; mais cette mon-
»naie à présent est si discréditée, que j'ai été
»obligé de payer en argent; et tout ce qu'a
»pu faire le chef du bureau, ça été de me
»promettre de m'en dédommager par quel-
»ques livres de farine. Il m'a fait donner un
»premier à-compte, que je viens de vous re-
»mettre; tous les huit jours, je vous en ap-

» porterai un paquet pareil. Vous voudrez
» bien répondre à votre mari, que je me suis
» acquitté en partie de sa commission. De-
» main, vers midi, je passerai sous vos fenê-
» tres, je ferai claquer mon fouet, et, à ce
» signal, vous m'enverrez votre lettre par
» votre fils, et soyez sûre qu'elle parviendra à
» votre mari ; faites attention de n'y mettre
» ni votre adresse ni votre nom, de crainte
» de surprise. En disant ces mots, il a ôté ses
» gros souliers ferrés, afin, m'a-t-il dit, de
» ne pas faire de bruit dans l'escalier, et il
» est descendu sans vouloir qu'on l'éclairât.
» Peut-on voir tant de délicatesse, de géné-
» rosité, sous une aussi rude écorce ? »

Que mes enfants sont dignes d'amour !
D'où leur viennent ces semences de bonté ?
est-ce la nature qui les a mises dans leur
cœur ? est-ce par les soins de leur mère que
ces plantes du ciel portent déjà des fruits ?
Hélas ! pourquoi faut-il que je m'en éloigne
peut-être pour jamais ! . . . .
. . . .
. . . .

SUITE DE MON JOURNAL.

Je suis entré à six heures du soir dans la barque; elle est pleine, les chevaux sont attelés, on sonne la cloche, nous partons. Je goûte fort cette façon d'aller. Nous avons changé cette nuit plusieurs fois de chevaux, et le matin on nous a fait passer dans une autre barque; peu de temps après, nous avons fait notre entrée en Hollande. Je me sens de l'amitié pour les Hollandais; ils sont propres, ils aiment l'ordre; leur pays me plaît; il me paraît riche. J'ignore les noms des villes et des villages que nous traversons où que nous apercevons de loin; mais ils sont en grand nombre; les campagnes sont superbes, ce sont pour l'ordinaire de vastes prairies couvertes de troupeaux. Des paysannes y ont un embonpoint et des couleurs qui font plaisir à voir. Les canaux unissent ces paysages; ils sont couverts de bateaux et d'usines. Quelquefois un canal traverse sur un autre canal, et vous voyez dans le même temps une barque passer dans celui de dessus,

et une autre dans celui de dessous. L'industrie règne par-tout. Les digues qui bordent
le rivage, sont couvertes de moulins à vent
qui pompent les eaux des canaux, et les em-
pêchent de se corrompre en les rejetant dans
l'Océan. Ces digues, en quelques endroits,
sont si élevées, que je vis un gros vaisseau
qui faisait voile à Amsterdam, à plus de
quinze pieds d'élévation au-dessus des prairies. Si ces digues venaient à se rompre, la
mer inonderait ces mêmes terres qu'elle couvrait autrefois. C'est ce qui est arrivé auprès
de Harlem, où l'on ne voit plus qu'un vaste
lac, au milieu duquel apparaissent encore
quelques clochers.

Nous mîmes pied à terre à l'entrée d'Amsterdam, sur des quais magnifiques. Ils étaient
couverts d'un peuple nombreux, tout occupé
des soins du commerce. En arrivant, nous
apprîmes que le stathouder était en fuite, et
que les troupes françaises s'étaient emparées
des principales villes de la Hollande. O asile
de la liberté! combien ta prospérité durera-
t-elle encore? Il y avait plus de quarante ans
que j'étais venu à Amsterdam. J'y avais ren-

contré un de mes compatriotes, M. Mustel,
alors gazetier, et fort au-dessus de son état par
sa probité et ses talents. Dans l'origine il était
homme de lettres, il avait remporté un prix
au *Palinod* de Caen ; c'était une ode fort
belle sur la mort de Caton. Cette pièce fit
tant de bruit, que M. Mustel fut appelé à
Paris par mademoiselle Lecouvreur, par
Jean-Baptiste Rousseau, et par des seigneurs
de la cour de Louis xv. Tous lui firent beaucoup de compliments, et ne lui rendirent
aucun service. Ayant épuisé ses ressources
dans de vaines espérances, il se détermina à
accepter l'emploi d'instituteur des enfants du
roi de Pologne. Il partit pour Dantzick ; mais
le roi étant venu à mourir dans ces entrefaites,
M. Mustel se rembarqua pour la Hollande,
où il se chargea d'écrire la Gazette de France ;
ce qui lui procura un peu de fortune. Devenu vieux, il désira retourner dans son pays,
pour y mourir ; et comme il avait cru trouver en moi quelques talents, il m'offrit sa
place. Mais alors j'étais jeune, plein d'ambition, je préférais la carrière militaire à celle
des lettres, et j'étais résolu à aller tenter la

fortune dans le Nord. M. Mustel me dit : J'ose vous prédire que vous regretterez un jour ma place. Autrefois je faisais ma cour aux grands, ce sont eux qui me la font aujourd'hui. Ils veulent que je parle d'eux ; j'ai des malles pleines des lettres de ces hommes avides de réputation ; mais je ris de leurs espérances, et je me moque de leurs promesses.

M. Mustel était un vrai philosophe, d'un caractère sérieux et d'un esprit gai ; mettant son bonheur dans la liberté, dans la culture des lettres, et dans celle d'un petit jardin où il aimait à se promener. Je voulais savoir s'il restait encore quelque souvenir de sa personne dans son voisinage, et s'il avait été heureux dans sa patrie, où il s'était retiré. Ma destinée était bien différente, puisque j'étais obligé de fuir la mienne, pour aller chercher un asile dans des pays inconnus. Je traversai donc la ville, en partant de la grille du magnifique jardin du juif portugais P...., portant cinq croissants pour armes, comme le grand-maître de Malte son parent, et je me dirigeai vers le quartier qu'avait habité M. Mustel. Je reconnus

aisément sa maison et celles qui l'environnaient à leurs frontispices figurés en escalier
pyramidal, et aux inscriptions qui en ornaient
la façade. Ces inscriptions offraient toujours
le nom du mari et de la femme, avec la date
de l'année de leur naissance et de leur mariage. On trouve sur presque toutes les maisons d'Amsterdam, ces décorations conjugales.
Je commençai mes informations ; mais dans
aucune des maisons voisines je ne pus apprendre des nouvelles de mon ami. Tout était
changé : une charmante petite école d'enfants
des deux sexes était devenue une écurie ; une
cave où l'on vendait autrefois des porcelaines
du Japon, et où j'avais pensé un jour tomber
par un temps de pluie, était un estaminet
bruyant où l'on vendait du tabac. Je ne crois
pas qu'il y eût encore en vie un seul des voisins de M. Mustel. Pour les maisons, elles
semblaient embellies ; toutes leurs croisées et
leurs portes étaient peintes en brun ou en
gris. Comme j'avais conservé mon sarrau de
roulier, et que d'ailleurs je n'avais rien à
acheter, j'étais assez mal reçu des marchands,
qui fumaient gravement leur pipe à leur

8. 3

comptoir. A toutes mes questions, ils ne répondaient que par un *Je ne sais pas*, fort sec. Si je m'adressais aux marchandes, c'était un babil qui ne finissait point, mais qui ne m'instruisait de rien; elles répétaient souvent *Mustel, Mustel*, et finissaient par rire. Enfin je me retirai, réfléchissant combien la réputation est peu de chose, puisqu'un homme de lettres qui distribuait la renommée aux potentats deux fois par semaine, et dont le nom avait été répandu, pendant trente ans, dans toute l'Europe, n'était plus connu dans la rue même où il avait vécu.

Il était près de midi, j'éprouvais le besoin de manger, et je m'acheminai vers le port, guidé par les ruisseaux qui y descendaient. Arrivé sur le quai, je fus frappé d'un coup-d'œil que je n'avais vu nulle part. Le port contenait alors près de cinq mille voiles; de jolies marchandes de légumes, de fruits, de lait, et de toutes sortes de marchandises, le parcouraient en tous sens, dans de petites chaloupes qu'elles conduisaient fort adroitement. Ces chaloupes, bariolées de rouge et de vert, contenaient les provisions journalières; les marchandes les annonçaient, en chantant sur toutes sortes de tons. Un nombre prodigieux de marins, fort proprement vêtus, allaient et venaient sur les quais bordés de maisons, où il ne manquait pas une brique. Cet air d'aisance et de contentement d'un grand peuple, me remplissait de satisfaction. J'entrai dans un petit cabaret fort propre, qui avait pour enseigne un soldat qui se coupait un bras d'un coup de hache, dont la légende était: *A la Révocation de l'Édit de Nantes.*

L'hôtesse me reçut d'abord assez froidement; mais lorsqu'elle sut que j'étais émigré, et que je fuyais de Paris à la faveur de mon déguisement, elle me dit : Mon cher compatriote, je suis aussi Française ; je m'appelle Richard de Tallard, parente du fameux maréchal de ce nom. Je suis obligée, pour vivre, de tenir ici une petite auberge. Aussi, je lui ai donné pour enseigne, le nom de la révocation qui a fait tant de mal à mon pays. Charmé de retrouver une compatriote, je m'entretins un instant avec elle ; puis je la priai de me permettre de faire une petite

toilette pendant qu'on apprêtait le dîner. Je
n'ai jamais vu une femme si vive, si alerte,
si babillarde et si bonne. Lorsque je descendis, le dîner n'étant pas encore prêt, je
courus à la poste, où on me remit une lettre
de ma femme ; et je sentis que je pouvais
encore être heureux ! Un philosophe me disait
un jour que la Providence conservait les espèces, mais qu'elle ne se mêlait pas des individus. Je lui répondis : La Providence est
au moins aussi étendue que l'air, qui enve-
loppe également la terre et les plus petits
objets qui sont à sa surface. Cette pensée est
bien consolante ; elle m'apprend que Dieu
me protége en Hollande, dans le même temps
qu'il veille à Paris sur ma femme et sur mes
enfants. L'essentiel est que nous mettions
notre confiance en lui seul. Chère épouse !
m'écriai-je, embrasse nos enfants tous les
jours après leurs prières ; fais-leur prendre
des habitudes vertueuses : ce sont des câbles
qui attachent notre cœur à Dieu. On comprend
la Divinité par la raison, mais c'est par le
cœur qu'on la sent. Lorsque les tempêtes de
l'adversité soufflent, que la terre s'ébranle

sous nos pas chancelants , que les ténèbres
s'assemblent et nous voilent la lumière des
cieux, nous sentons encore le côté qu'occupe
le soleil , à la douce chaleur qui nous réchauffe.

Au milieu de ces réflexions , j'ai entendu
madame Richard de Tallard qui m'appelait à
grands cris. Je suis descendu, et, d'un air
riant, elle m'a fait passer dans un petit salon,
où il y avait une table d'hôte de douze couverts. La compagnie était rassemblée. Madame Richard s'est mise à table, à la place
d'honneur, et m'a fait asseoir auprès d'elle.
Après le dîner, les convives passèrent dans le
salon, dont la vue donnait sur le quai ; là,
chacun fuma sa pipe sans rien dire, suivant
la coutume du pays. Madame Richard me re-
tint, avec un des convives, dans la salle à
manger. Ce convive était un homme de bonne
mine, qui paraissait avoir environ quarante
ans; il avait un surtout bleu : madame Richard l'avait invité à prendre du café avec
nous. M. Duval, lui dit-elle, voici un de mes
compatriotes auquel vous pouvez être utile ;
il cherche un emploi, vous avez des amis,

3*

tâchez de lui trouver une place convenable, vous m'obligerez. Je m'obligerai moi-même, répondit M. Duval ; mais vous savez qu'il est trop tard aujourd'hui : ici toutes les affaires se traitent entre midi et une heure. En attendant, monsieur, me dit-il, je vous offre la moitié du cabinet que j'occupe dans cette maison ; mais quelques affaires me forcent de sortir, nous nous verrons à mon retour. A ces mots, il se leva, et prit congé de nous.

Aussitôt madame Richard fit monter un lit dans le cabinet de M. Duval, et on y porta mon petit équipage. Pour moi, j'avoue que j'étais étonné de voir dans un inconnu tant d'activité et de zèle pour m'obliger. Je ne doutai pas que madame Richard n'eût déjà prévenu Duval en ma faveur. C'est une grande recommandation auprès d'une femme que le malheur ; il semble que la nature ait répandu les femmes entre les hommes pour fortifier les deux extrémités de la chaîne sociale, l'enfance et la vieillesse.

Le lendemain, à l'heure de la bourse, Duval, voulant tenir sa promesse, m'engagea à le suivre. Dès que nous fûmes arrivés, il me recommanda à quelques agents de change, dont l'unique fonction était de placer les étrangers. Le premier qui m'aborda, demanda à voir de mon écriture; mais il ne la trouva pas convenable pour être chez un négociant. Il me demanda ensuite si je savais l'anglais, l'allemand, le russe, le hollandais. Je lui répondis qu'à peine je savais le français, et un peu de latin; que j'étais incapable d'enseigner l'un ou l'autre à un enfant, parce que moi-même, depuis que j'étais dans le monde, j'avais oublié les règles de la grammaire. Eh bien! que savez-vous donc? reprit-il avec impatience. Je lui répondis que, m'étant occupé de philosophie, j'étais en état d'enseigner aux enfants les principes de la religion et de la morale; c'est-à-dire de leur donner la force de réprimer leurs passions. — De quelle religion êtes-vous? — De la religion catholique. Alors il se mit à rire, et me dit qu'il ne connaissait pas un père de famille qui voulût faire usage de mes talents, sur-tout de celui de réprimer les passions, c'est-à-dire, de refréner le désir de gagner de l'argent; ce qui ne ferait de mon élève qu'un négociant toujours pauvre.

M. Duval lui ayant dit que je n'étais pas aussi
ignorant que je le disais, que j'avais appris
les mathématiques, que j'étais versé dans la
littérature française, mon agent me demanda
si je saurais faire une chanson un jour de noces
ou de fête ; qu'il connaissait une dame russe
qui avait trois enfants, auxquels elle voulait
faire apprendre les mathématiques ; mais
qu'elle exigeait que le maître fût parfait dans
son art, et qu'il tirât les sorts avec des cartes,
de l'étain fondu, ou même du marc de café.
Il ajouta qu'il connaissait un grand seigneur, le baron de Sparquen, ambassadeur
de Hanovre, qui paierait richement un secrétaire, s'il savait faire de l'or, science
que sans doute je devais posséder à mon
âge, s'il était vrai que j'eusse étudié les mathématiques. Il finit en me recommandant
de ne pas perdre une minute : je me mis à
rire, et il s'en fut. Je demandai à M. Duval
ce qui revenait à cet agent pour ses peines.
Il me dit : Il a un mois du revenu de chacune des personnes qu'il place. Vous voyez,
lui répondis-je, qu'un vieillard véridique n'est
bon à rien. Duval s'adressa encore à quelques

autres agents du commerce, mais aussi inutilement.

Comme nous rentrions chez madame Richard, je vis plusieurs matelots qui lui remet-
taient des lettres, des paquets et même de
l'argent, pour les faire parvenir à leurs familles. Dès qu'elle m'eut aperçu : Eh bien !
dit-elle, êtes-vous content ? Je secouai la tête;
puis, étant entré dans la salle à manger, je lui
contai ce qui nous était arrivé. Oh ! dit-elle,
comme l'esprit de commerce rend le cœur
étroit ! cependant gardez-vous de perdre courage. Il s'en faut bien, lui dis-je. Dans la position où la fortune m'a placé, je me regarde
comme un homme pour qui toutes les chances
sont bonnes, et j'irais jusqu'au fond des déserts de l'Amérique, si j'étais sûr d'y trouver
la paix. Mais la paix ne se trouve pas même
dans les déserts; je n'en veux d'autre preuve
que ce qui m'arriva quelques mois avant de
partir de Paris. Une dame, de mes amies,
reçut une lettre de la Nouvelle-Orléans, par
laquelle un jeune Français lui mandait son
arrivée avec celle de plusieurs de ses amis ;
il ajoutait que, se trouvant sans autres res-

sources que leurs bras, et un vaste terrain
sur les bords du Mississipi, ils avaient formé
une société active et laborieuse, où le bonheur
semblait avoir choisi un asile. Cependant ils
manquaient de femmes ; et il lui écrivait que
si elle avait quelques jeunes parentes ou
quelques amies qui eussent le courage de les
venir joindre, ils paieraient les frais de voyage,
et qu'elles vivraient avec eux dans l'abondance, au milieu du plus beau pays du monde.
Vraiment ! dit madame Richard. — Mais savez-vous, madame, la suite de cette aventure?
Les femmes ne sont point arrivées ; l'ennui
et le désordre se sont introduits dans cette
société d'hommes : chacun voulait y com-
mander, personne ne voulait obéir ; le besoin
les avait rapprochés , l'ambition les sépara.
Enfin , les uns ont cherché de nouvelles re-
traites dans les États-Unis de l'Amérique , les
autres sont allés jusque dans les îles Antilles,
mais la plupart sont morts çà et là, victimes
de l'intempérie du climat, des miasmes de
l'air , et de l'indigence. Que conclure de ce
déplorable exemple ? qu'il est bien difficile
d'être heureux sur la terre.

Après dîner, M. Duval m'invita à monter dans sa petite chambre : elle n'était pas plus grande que celle d'un vaisseau ; car, dans les ports de mer, les maisons, dans leur architecture, ressemblent beaucoup aux navires, et les navires aux maisons. Il en ouvrit la fenêtre, dont la vue s'étendait fort loin sur le port. En face, était un gros vaisseau amarré avec deux grelins ; deux larges ponts à planches joignaient sa proue et sa poupe, et on y voiturait sans cesse des caisses et des tonneaux. Son gaillard d'arrière était revêtu d'un ample filet, rempli de légumes de toute espèce ; de grandes chaloupes y débarquaient quantité de marchandises. Sur les quilles, entre les canons, on voyait des bœufs, des moutons, et des cages qui renfermaient une multitude de volailles. Ce vaisseau semblait porter dans ses flancs l'approvisionnement d'une grande ville. Eh bien ! dit M. Duval, êtes-vous encore dégoûté de l'envie de voyager ? Non, lui dis-je, on peut tout risquer quand on n'a plus rien à perdre. Ce vaisseau, dit-il, que vous voyez, s'appelle *l'Europe* : j'en suis le pilote ; et avant deux jours, il doit

mettre à la voile. Il y a une quantité prodigieuse de passagers, que nous attire la révolution française ; mais je trouverai bien le
moyen de vous y procurer une place, et même
un emploi, quoique le capitaine soit le plus
avare de tous les hommes. Il a doublé et triplé
la plupart des emplois sur la même personne,
pour les faire exercer à meilleur marché. Cependant il en a oublié un de la plus grande
nécessité, c'est celui de commis à la distribution des vivres. Cet emploi ne demande
qu'un peu de surveillance, et ne troublera
guère votre repos, puisque vous ne l'exercerez
qu'une fois la semaine, c'est-à-dire tous les
samedis. Eh bien ! lui dis-je, nous partirons,
et je suis prêt à suivre vos conseils. Écrivez
donc à votre famille, répondit-il ; demain
matin, nous irons ensemble voir le capitaine.
Quoique fort riche, il n'a point de logement
à terre, parce qu'il dit qu'un bon marin ne
doit jamais quitter son vaisseau. Il faut encore
que je vous prévienne qu'il fait entendre à
chaque passager, en particulier, qu'il abor-
dera dans tous les pays où ils veulent aller :
c'est un trait de son avarice ; il ne refuse l'ar-

gent de personne, soit qu'on veuille aller en
Afrique, en Amérique ou en Asie. Pour moi,
il me donne chaque jour la route que je dois
tenir, et je n'ai point à m'en plaindre; car,
au fond, je suis le pilote du vaisseau, et peu
m'importe dans quelle mer il navigue, pourvu
que je l'amène à bon port.

Le lendemain, nous nous levâmes sur les
neuf heures, et je suivis Duval à bord du vaisseau *l'Europe*. Il entra le premier chez le
capitaine, pour m'annoncer. Capitaine, lui
dit-il, voici un homme qui veut passer aux
Indes, et qui peut être nécessaire à votre
équipage; alors j'entrai. Le capitaine, m'ayant
regardé des pieds jusqu'à la tête, sans me
saluer, répondit à Duval : Votre homme est
bien cassé, que sait-il faire ? Quel métier
avez-vous exercé, me dit-il, depuis que vous
êtes au monde ? J'ai étudié les sciences, lui
répondis-je. — A ce que je vois, on ne fait
pas fortune à ce métier-là. Mon cher Duval,
ajouta-t-il, je n'ai pas besoin d'un tel homme.
Cependant, répondit Duval, il manque un
commis à la cambuse : votre vaisseau est
bien approvisionné; mais s'il n'y a pas une

8.   4

personne sage et discrète pour surveiller la
distribution des vivres, vous en manquerez
avant qu'il soit trois mois. Ne croyez pas que
je puisse me charger de tant d'offices à-la-
fois. J'ai veillé sur l'embarcation des boissons,
du biscuit et des barriques d'eau ; j'ai la liste
de tous les passagers et des gens de l'équipage ; mais, quand nous aurons appareillé,
je ne pourrai plus m'occuper que du gouvernail. La Providence nous envoie un homme
éprouvé par l'infortune ; ne le laissez pas
échapper. Le capitaine se frotta le front, et,
tirant sa pipe de sa bouche, il me dit : La
fonction que vous demandez, ne vous occupera qu'une fois par semaine ; ce n'est qu'une
simple surveillance qui ne vous fatiguera pas :
je ne veux vous accorder qu'une demi-ration
par jour. Cependant, lui dis-je, quoique
cassé par l'âge, mes besoins n'ont pas di-
minué. Mais, dit le capitaine, il me semble
que Duval m'a dit que vous vous proposiez
de passer aux Indes pour faire fortune : vous
avez donc de l'argent ? car, sans argent, on
en revient comme on y est allé, sur-tout
à votre âge. Écoutez, je suis raisonnable ; je

ne passe personne aux Indes à moins de
vingt-cinq ducats ; mais, comme je vous
prends pour cambusier à demi-ration, vous
m'en donnerez douze, et tout est dit. Je n'en
ai que six, lui dis-je, en lui montrant tout
ce que je possédais au monde. Pas à moins
de douze, me répondit le capitaine. Duval,
voyant que l'affaire allait manquer, lui dit :
Je cautionne ce brave homme pour les six
autres ; en même temps il les tira de sa
poche, et les lui donna avec les miens.
Le capitaine les prit, regarda s'ils étaient
cordonnés, et les mit dans sa poche, en
me disant de chercher un logement près
de mon poste, et en ordonnant à Duval de
mettre à la voile le lendemain matin, au
point du jour. Nous sortîmes, et Duval me
conseilla de choisir dès à présent le lieu que
je devais occuper, de crainte que, plus tard,
il ne fût plus temps. Nous arrivâmes à l'extrémité du vaisseau, près du cabestan. Là
était un noir colossal, avec sa femme, un
enfant de deux ans, et un chien d'une taille
proportionnée à celle de son maître. La vue
de ces étranges voisins m'étonna. Vous voyez,

me dit Duval, une famille victime de l'oppression. Elle est née en Guinée ; le capitaine a ordre de la remettre dans son pays natal ; il est même très-bien payé pour cela, et voilà comme il en use avec elle. Je descendis dans cette espèce d'abîme avec Duval. La cambuse était pleine de provisions arrangées avec un ordre admirable. A peine fûmes-nous descendus, que le noir, qui s'appelait Samson, s'approcha de nous : sa tête passait au-dessus de l'écoutille de plus d'un pied ; son visage, quoique balafré, laissait entrevoir un bon naturel. Il avait pour tout vêtement une toile de coton, et à sa ceinture pendait une énorme hache, qui était son fétiche. Sa femme, qui tenait son enfant à côté de lui, semblait se réfugier sous sa protection, et ne s'élevait qu'à son épaule.

Lorsque j'eus pris connaissance de la localité, Duval me dit : C'est aujourd'hui samedi, jour de distribution ; je vais vous mettre dans l'exercice de vos fonctions, vous verrez que rien n'est plus facile. A ces mots, il appela quatre matelots robustes, leur fit prendre dans la cambuse des barils de viande et de biscuit, avec des balances et des poids; puis des barils de liquides, avec diverses mesures. Il me remit le registre, où chaque passager et chaque homme de l'équipage était classé par chambrée de sept personnes; ensuite, faisant appeler le chef de chaque chambrée, nous distribuâmes la quantité de vivres qui lui revenait pour la semaine.

Dans un des barils de bœuf salé, qui avaient été défoncés pour la distribution, il s'était trouvé une jambe de cheval encore toute ferrée; le matelot, chargé de peser les rations, avait jugé à propos de l'envoyer à une chambrée de Juifs polonais qui, d'abord, la refusèrent; mais, aux huées que fit l'équipage, ils prirent la résolution de la présenter directement au capitaine. Celui-ci, demi-ivre, se moqua d'eux à son tour, et leur fit observer que c'était une friponnerie des fournisseurs de leur nation; en même temps, il leur ordonna de se retirer sur le gaillard d'avant; ce qu'ils firent, en murmurant de dépit et de colère. Celui qui portait la jambe de cheval, parlait un peu français; il était furieux, et voulait s'en prendre à moi.

4*

Mes frères, leur dis-je, je vous ai distribué ces vivres au hasard ; prenez patience, la distribution prochaine vous sera plus favorable. A peine j'achevais ces mots, que le plus colère d'entre eux tira son couteau, dont il m'appuya la pointe sur la poitrine ; je ne perdis pas la tête, et, le saisissant fortement, je parvins à le désarmer. Aussitôt la troupe entière m'environna en jetant des cris affreux. C'en était fait de moi, lorsque Samson, qui était à deux pas, saisit, par le cou, l'orateur qui avait porté la parole, et, lui arrachant sa jambe de cheval, frappa à droite et à gauche. Son énorme chien se joignit à lui, et bientôt ils restèrent maîtres du champ de bataille. Samson ne borna pas là ses services : il m'aida à descendre dans le trou qu'il occupait avec sa femme, et, dès que j'y fus, ils m'arrangèrent un lit sur quelques toiles à voiles, et m'engagèrent à prendre un peu de repos. J'en avais grand besoin ; mais les gens au milieu desquels j'étais, me paraissaient la plus misérable espèce que j'eusse jamais rencontrée ; et, malgré la confiance que devait naturellement m'inspirer le généreux zèle

avec lequel le mari venait de me secourir,
je ne pouvais me défaire d'une crainte fort
vive qu'ils ne me rendissent l'objet de quelques nouveaux outrages.

J'étais encore absorbé dans ces réflexions,
lorsque mon ami Duval entra dans la cambuse. Après nous être entretenus quelque
temps de la scène de la veille, sur les suites
de laquelle il ne paraissait pas avoir la moindre inquiétude : Vous êtes ici, me dit-il, avec
les meilleures gens du monde ; ce bon noir
et sa femme vous seront de la plus grande
ressource. Je vous dirai leur histoire en deux
mots : Samson est né en Guinée ; des voleurs
le prirent étant enfant, et le vendirent au
capitaine d'un vaisseau qui faisait la traite ;
ce capitaine le revendit à un habitant qui
l'envoya garder ses troupeaux. La simplicité
de sa vie et de sa nourriture développa sa
taille, et fortifia son tempérament. Jusque-là,
il n'avait point encore vu son maître ; mais
un jour qu'il apportait un chevreau à l'habitation, celui-ci l'ayant aperçu, fut si frappé
de sa force et de sa beauté, qu'il résolut de
le faire instruire. En conséquence, il l'en-

voya au chef de ses esclaves avec une lettre, dont la lecture produisit un grand changement dans l'état de Samson. Ce qui étonna le plus ce bon noir, ce fut de voir qu'un simple morceau de papier avait pu dire tant de choses, sans qu'il en sût rien lui-même ; dès ce moment, il conçut la plus haute idée des blancs. Il est certain que s'il avait eu un bon maître, il l'eût pris pour un dieu ; bientôt il le prit pour un démon, car, dès qu'il eut quitté les champs pour la ville, tout son bonheur disparut. Son maître l'envoyait souvent à pied à l'habitation, d'où il revenait chargé à-la-fois de deux chevreaux gras, ou d'un veau entier, qu'il savait préparer avec une adresse et une propreté infinie. Un jour, ayant aperçu une jeune fille de son pays, gaie, vive, alerte, il fut frappé de sa beauté ; de son côté, elle parut sensible à la force de cet Hercule africain. Malheureusement, cette fille, qui est aujourd'hui sa femme, attirait l'attention de son maître. Celui-ci défendit donc à Samson d'oser seulement la regarder, les menaçant l'un et l'autre de toute sa colère, s'il n'était point obéi ; mais, entraînés par un sentiment que la crainte ne pouvait réprimer, ils eurent l'imprudence d'exciter la jalousie de leur tyran. Furieux de se voir trompé, il fait saisir la jeune négresse, la fait garotter sur une échelle par quatre bourreaux, et leur ordonne de la fustiger de toutes leurs forces. A cette vue, Samson se saisit d'une hache, frappe à tort et à travers les quatre ministres des cruautés de ce barbare, abat la tête de l'un, fait sauter le bras de l'autre, coupe les cordes qui attachaient sa maîtresse, et se sauve avec elle dans les bois voisins de l'habitation. De là, ils furent joindre la république des noirs marrons, qui commençait à se former; il se mit à la tête de plusieurs partis, et fit les excursions les plus terribles sur les terres des Hollandais, n'ayant pour toute arme que sa redoutable hache, dont il fit son fétiche. En vain les habitants de Surinam emploient des troupes européennes et de l'artillerie; les noirs de la république en triomphent avec les armes les plus communes, animés par l'amour de la vengeance et de la liberté. C'en était fait de Surinam, si les magistrats n'eussent demandé à traiter avec des ennemis qu'ils avaient jusqu'alors affecté de mépriser. Les noirs ne repoussèrent pas les propositions de leurs *anciens maîtres ;* mais ils voulurent rester libres, et, fixant des limites entre les deux républiques, ils promirent seulement de ne plus recevoir d'esclaves fugitifs. La paix signée, Samson vint à Surinam où sa présence irrita la jalousie des blancs, sur-tout celle de son ancien maître. Cet homme perfide trouva le moyen de le faire arrêter comme coupable d'une nouvelle conspiration, et de l'envoyer en Hollande. A son arrivée, il demanda à être jugé par les États-Généraux. Son innocence ayant été reconnue, on lui rendit la liberté, avec le choix de retourner dans la république noire, où il s'était acquis tant de réputation, ou bien en Afrique, dans le lieu où il avait reçu le jour. Il a préféré la Guinée, où il espère revoir encore son père et sa mère. Le capitaine a reçu pour son passage une somme considérable ; vous voyez comme il l'a logé. On croit même qu'il compte profiter de son ignorance pour le vendre, lui, sa femme, son enfant,

et son chien, dans quelque colonie européenne.

Après ce récit, Duval me quitta ; je restai
seul, et je me mis à examiner plusieurs passagers qui allaient et venaient sur le pont.
Parmi tant de compagnons de voyage, il devait y en avoir un grand nombre d'opinions
différentes. Pour moi, je l'avoue, quoique
j'eusse lu une infinité de brochures sur notre
révolution, et que je méditasse quelquefois
sur les événements politiques, il ne m'était
jamais arrivé de rencontrer juste ; il en était
à-peu-près de même de la plupart des études
que j'avais faites dans des livres : c'était en
me nourrissant de la lecture de ceux qui étaient
les plus vantés, que j'avais cru connaître comment les plantes végétaient ; comment je di-
gérais ; comment l'enfant se formait dans le
sein de sa mère ; la cause du flux et du reflux
de l'Océan, du mouvement des astres ; et je
m'étais aperçu à la fin que j'ignorais parfai-
tement toutes ces choses. Je résolus donc de
faire vœu d'ignorance, de ne plus étudier que
dans la nature, et de n'y étudier que les choses
qu'elle avait destinées aux besoins de l'homme.

Comme je faisais ces réflexions, on m'apporta mes provisions pour toute une semaine ; elles m'inspirèrent un tel dégoût, que je ne pouvais y jeter les yeux sans répugnance, et je sortis de la cambuse pour prendre l'air. Une nombreuse compagnie était à dîner sous une tente, devant la chambre du conseil ; l'odeur qui s'exhalait des mets était des plus appétissantes, et se répandait depuis la poupe jusqu'à la proue. Je comptai autour de la table jusqu'à trente siéges, occupés par des gens qui faisaient force compliments à un gros financier, qui les régalait. J'allais et venais d'un côté à l'autre, lorsque je rencontrai Samson qui portait un cabillaud grillé sur des charbons ; il m'invita par signe à partager son dîner ; sa femme fit une sauce de genièvre, d'ail et de citron ; nous nous adossâmes au cabestan, et, assis sur une toile à voiles, je fis un dîner délicieux. Au milieu du dîner, Duval vint prendre place à côté de nous ; il fit apporter une bouteille d'excellent vin, puis voyant les passagers qui allaient et venaient sur le pont, il me dit : Il faut que je vous mette un peu au fait de leur caractère. Ce gros homme, au nez épaté, qui

porte un habit gris galonné, est le principal
passager ; c'est un receveur-général qui a enlevé sa recette ; il abandonne son pays et sa
famille ; il a trente caisses de piastres fortes
dans la sainte-barbe, et le gaillard d'arrière
est couvert de ses canards, de ses poules et
de ses pigeons. Cette femme qui lui donne le
bras, est une marquise française ; il lui fait
assidûment la cour, mais elle laisse croire à
son mari, et à cet évêque qui porte une croix
d'or, qu'elle travaille à la conversion du financier. Cet officier français, qui marche fièrement le poing sur la hanche et le chapeau
sur l'oreille, est le marquis. Il est fort ignorant, mais il fait une cour assidue à un mathématicien qui est auprès de lui. Celui-ci
passe aux Indes sous prétexte d'y observer le
passage de Vénus sur le soleil : il s'est fait donner des indemnités, qu'il a échangées contre
une pacotille. Un peu plus loin, est un fran-
ciscain qui porte le nom du fondateur de son
ordre, il s'appelle François ; il a été sacristain,
quêteur, aspirant ; maintenant il est secrétaire de Monseigneur. Il conte force miracles
de son évêque, qu'il veut faire passer pour

un saint. C'est une chose digne de remarque, que ce qui fait les réputations, est l'intérêt que d'autres trouvent à vous louer ou à vous blâmer. Ce bon noir en est la preuve; c'est peut-être le meilleur et le plus brave homme du vaisseau, personne n'en parle ; mais, croyez-moi, vous n'êtes pas le plus mal partagé, et c'est un voisin qui vous servira dans l'occasion.

Cependant le soleil était près de se coucher, lorsqu'il se répandit sur le port un brouillard épais qui couvrit les vaisseaux; on eût dit d'une mer aérienne toute ténébreuse, d'où l'on voyait s'élever çà et là plusieurs clochers ; les oiseaux de marine jetaient des cris affreux, et l'obscurité était telle, que plusieurs venaient se précipiter dans nos haubans, et se laissaient prendre à la main ; le soleil à l'horizon paraissait une fournaise d'un rouge sombre, du sein de laquelle sortait comme une tête de dragon. Il ne faisait point de vent; cependant, des barques du port nous halèrent jusqu'à une lieue au large, où nous trouvâmes un petit vent frais du nord ; alors nous appareillâmes à la clarté d'un soleil fort pâle. Le lendemain, nous vîmes les côtes d'Angleterre, mais à travers un horizon très-brumeux. Ce jour-là même, je me sentis une perte totale d'appétit, avec un grand mal de cœur; je crus que c'était un effet ordinaire du mal de mer, mais je ne pus vomir. Dans l'après-dînée, je fus saisi d'un violent mal de tête, et je passai la nuit dans une sorte d'engourdissement et de malaise. Le lendemain, la chaleur de la cambuse commença à me devenir fort incommode: dans la crainte de l'être moi-même à mes hôtes, je me levai à l'aide de Samson, et je fus me coucher sur la couverture même de la cambuse.

Duval ayant appris que j'étais malade, vint m'offrir ses soins; il me donna deux citrons. La femme de Samson m'en fit aussitôt de la limonade, qu'elle m'apporta dans une calebasse. Je ne puis penser qu'avec reconnaissance à la sensibilité de cette jeune femme; elle ne voyait aucun être souffrant sans que son visage exprimât la peine qu'elle en ressentait. La femme est faite pour tempérer ce que les hommes ont de trop violent dans le caractère; c'est la moitié naturelle de l'homme.

Aussi la plupart des célibataires sont-ils portés à la cruauté ; c'est ce que prouvent les histoires anciennes et modernes, sur-tout celle de l'Europe. Je voudrais donc qu'on embarquât des femmes sur les vaisseaux, et que ce privilége fût accordé au moins à la quatrième partie des matelots les plus âgés. Elles blanchiraient le linge, raccommoderaient les voiles, fileraient, auraient soin des volailles, apprêteraient le manger, et préviendraient bien des abus parmi les hommes. Les femmes des officiers, par leur éducation, civiliseraient les mœurs ; et, par l'amour, les fêtes, les danses et les jeux, banniraient la mélancolie qui contribue plus qu'on ne pense à une foule de maladies du corps et de l'esprit.

Pendant le cours de ma maladie, il m'arriva une chose très-étrange, et qui me laissa une profonde impression. Une nuit, j'aperçus distinctement, autour de moi, des avenues d'arbres, dont les branches pendaient comme celles des saules pleureurs ; elles étaient d'une verdure incomparablement plus belle, toutes semées de paillettes d'or. Il y avait plusieurs espèces de ces arbrisseaux, dont les feuilles étaient variées de couleurs diverses, et dont les branches formaient des entrelacs d'une élégance qu'il est impossible de dépeindre. Bientôt parurent au milieu de vastes prairies, une multitude d'animaux, tels que des lièvres, des chèvres, des taureaux, des cerfs. Il me semblait que tous ces arbres changeaient de feuilles, et que ces animaux tantôt couraient, tantôt s'arrêtaient çà et là, variant sans cesse leurs attitudes. Jamais le fameux Paul Potter n'a rien peint d'une aussi parfaite imitation. Quoique cette vision n'eût rien d'effrayant, elle me remplit de tristesse; je crus que j'allais mourir, d'une manière à la vérité fort étonnante et fort douce. Je me mis à réfléchir sur la mort, dont le nom seul effraie tant de bons esprits, et les soumet à la tyrannie d'hommes barbares qui les remplissent d'effroi pour leur profit. On lit dans Bossuet, un morceau qui a été excessivement loué, et qui pourtant n'est guère digne, selon moi, d'un chrétien. Il peint Dieu qui hait les hommes, quoique rachetés par la mort de son fils. Il le peint qui s'amuse, depuis la création, à les précipiter dans la mort; en vain, chemin faisant, ils veulent s'arrêter et se reposer un peu : Non, dit-il, marche, allons, avance, point de repos que tu n'y sois arrivé ! Ainsi se succèdent toutes les générations. Madame de Sévigné disait que la crainte de la mort rendait toute la vie malheureuse, par cela seul qu'elle y menait infailliblement. Pascal est encore allé plus loin quand il a dit que Dieu a les hommes en horreur. Il n'en était pas de même de Marc-Aurèle, le païen, qui disait que nous devons sortir de la vie comme d'un banquet, en remerciant les dieux de nous y avoir admis, ne fût-ce que pour quelques jours. Ainsi pensait Fénelon. Et en comparant cet ami des hommes avec son persécuteur, il me semble que l'un pèche par excès de haine, et l'autre par excès d'amour.

Si tout est opinion, me disais-je, ne nous fions point aux hommes, à leur autorité, à leur crédit; fions-nous à la nature. Qu'est-ce que la mort en elle-même ? C'est la fin de la vie, comme la nuit est la fin du jour ; c'est l'arrivée au port, c'est le repos de la vie, c'est la sœur du sommeil, disait Socrate ; elle nous

délivre des maux publics et particuliers, du
soin de pourvoir à notre existence, des persécutions, des calomnies, des maladies, de
la vieillesse, de la perte de nos amis, des
guerres, et de la crainte de mourir. La mort,
dit-on, nous livre à d'affreux tourments; des
démons de formes effroyables nous attendent
après la mort. Mais comment l'homme, doué
de raison, se sert-il de cette raison même
pour accroître ses maux, et s'environner d'êtres
fantastiques et méchants ? Quoique j'aie beaucoup voyagé, seul et en société, je n'ai jamais vu aucun démon, et je n'ai ouï dire à
aucun homme de bon sens qu'il en eût vu. Il
y a, à la vérité, des livres qui en parlent ;
mais ces livres sont l'ouvrage d'hommes, ou
trompés ou trompeurs. Comment Dieu se
servirait-il de démons pour punir éternelle-
ment des hommes qui n'ont traversé qu'une
vie passagère ? En voyant cette terre couverte
d'arbres, les champs semés de fleurs et d'oiseaux, je croirais bien plutôt que l'autre monde
est peuplé d'anges qui ont déposé sur notre
globe les germes de tant de bienfaits pour l'u-
sage des hommes. Les animaux ne craignent

pas la mort naturelle : les papillons et les mouches vont mourir de vieillesse au pied de la fleur dont les nectaires les ont nourris ; ils y collent leurs œufs , et lui confient leur postérité. C'est dans les forêts de l'Afrique qu'expirent l'éléphant et le rhinocéros : ils cherchent, pour mourir, les lieux où ils ont aimé à vivre. Chose digne de remarque ! les enfants n'ont pas la crainte de la mort ; ce n'est que leur éducation qui la leur inspire, et qui les livre à la frayeur. En général, il en est de nous comme des animaux, nous aimons à mourir dans les lieux où nous avons aimé à vivre : le guerrier dans les combats ; le savant au milieu des méditations du cabinet ; le philosophe, à la vue de la nature, dont le spectacle l'a tant de fois ravi.

Pendant que je me livrais à ces réflexions, la lune se levait à l'horizon, et répandait ses douces clartés sur la mer, dans les manœuvres et les voiles du vaisseau. Son aspect avait quelque chose de triste qui me remplit d'émotion. C'en est donc fait ! me disais-je ; demain je ne reverrai plus l'aurore ! Mon corps sera jeté à la mer ; mais mon ame, que de-

viendra-t-elle? sera-t-elle seule anéantie? Elle
est de la nature de la lumière : elle me fait
tout voir et elle n'est point vue ; sans doute
elle ira se rendre dans sa source , dans ce
brillant soleil , trésor de la Divinité , d'où
sortent toutes les générations. Cette dernière
pensée me tranquillisa; je sentis que ma fièvre
se calmait, et je m'endormis d'un profond
sommeil. Le lendemain, je me réveillai au
lever du soleil. Samson et sa femme , au faible
bruit de ma voix, m'apportèrent un bouillon
de poisson assaisonné d'un peu de piment.
Le vertueux Duval vint à moi, suivant sa
coutume, et m'apporta une bouteille de Mal-
voisie. Je lui demandai où nous étions. Il y
a, me dit-il, aujourd'hui trois semaines que
nous sommes partis d'Amsterdam; nous avons
passé hier le tropique du Cancer : nous sommes
à présent entre les îles du Cap-Vert et les Ca-
naries ; les courants généraux nous ont jetés
entre ces îles et l'Afrique, comme il arrive
toujours dans cette saison, où ils viennent du
sud pendant six mois; nous sommes presque
affalés sur la côte orientale ; ce n'est pas ma
faute, j'en ai averti le capitaine; mais par la

grace de Dieu nous en sortirons. Nous avons
seulement des calmes à craindre avant de
gagner le milieu de l'océan Atlantique, pour
nous rendre à Rio-Janeïro, où il compte charger des piastres pour de là aller commercer
dans l'Inde.

Cependant le vent et le courant continuè-
rent de nous porter sur la côte d'Afrique, que
nous aperçûmes le 17 au matin. Je commençai ce jour à me lever, à l'aide de Samson ;
je m'approchai du bord du vaisseau, et je
vis la terre et les montagnes qui fuyaient à
l'horizon. Nous étions à l'embouchure d'une
petite rivière, où nous jetâmes l'ancre pour
renouveler notre eau. Malgré une houle
assez forte qui se brisait sur le rivage, notre
chaloupe entra dans la rivière. Une multitude
de petits canots, dans chacun desquels il n'y
avait qu'un homme, nous apportèrent toutes
sortes de fruits et de poissons. Il y avait des
ananas, des oranges, des ignames, des patates, des citrons, et même des calebasses
de plusieurs façons remplies d'eau fraîche, de lait, ou de vin de coco. Il s'élevait
de tous ces fruits des parfums qui embau-

maient les airs. Quant aux poissons, les uns étaient tout rouges, et si gros, qu'un seul suffisait pour remplir un canot entier ; les autres étaient plus petits, mais de formes extraordinaires, et tels que je n'en avais jamais vu. Les bonnes gens qui nous les apportaient, ne voulaient en échange que de vieux habits, des clous et des verroteries : ils chantaient à tue-tête. Le capitaine ne leur permettait pas de monter à bord : C'étaient, disait-il, de grands voleurs. Mais le commerce se fit par échange et par signes.

Je ne connais pas de plaisir plus doux que celui de la convalescence ; c'est une résurrection de tous les sens. Chaque objet paraît plus éclairé, chaque fruit répand un parfum plus délicieux. Il s'élevait des prairies et des bois de cette île, une odeur qui parvenait jusqu'à nous, et me remplissait de volupté. Je sentais couler le plaisir et la vie dans mes veines ; la gaieté de ces bonnes gens se communiquait à moi : les uns, dans leurs pirogues, entouraient notre vaisseau de toutes les productions de leur terre et de leurs rivages ; les autres plongeaient dans l'eau, en jetant des cris de joie.

J'étais assis, appuyé sur le bord du vaisseau ; mon cœur priait Dieu. Duval, m'ayant aperçu, vint à moi, et me dit : Je suis ravi de votre guérison. Je ne connais point du tout ce lieu ; j'ai pris toutes mes sûretés. Ce vaisseau tire dix-neuf pieds, et a trente brasses d'eau ; le canot qui n'en tire que deux, ne trouve pas de fond : c'est ce qui fait la sûreté de ces bons noirs, car il faut des pirogues pour aborder sur leurs rivages. Cependant la nuit arriva, et les noirs, loin de se retirer, vinrent entourer notre navire en plus grand nombre ; les uns avaient des flambeaux et chantaient, d'autres s'occupaient de la pêche. De jeunes négresses plongeaient dans l'eau, et en ressortaient toutes phosphoriques, avec un homard à la main ; d'autres reparaissaient avec un panier d'huîtres toutes couvertes d'étincelles, et nous les offraient en riant.

Je dis à Duval : La nature ici a favorisé les peuples les plus simples de jouissances supérieures à celles des peuples les plus civi-

lisés ; elle leur a donné du pain dans des patates, elle a placé leur vin au sommet de
leurs lataniers, et mis leurs vêtements sur des
arbres à coton ; leur lait, leur beurre, leur
huile, se trouvent dans des cocos, le sucre
dans un roseau, la poudre d'or dans le sable
de leurs ruisseaux, et l'ambre gris sur leurs
rivages. Ils n'ont besoin ni de notre agriculture, ni de notre superflu ; ils passent les
jours et les nuits à danser et à se réjouir au
sein de l'abondance.

Cependant le capitaine ayant envoyé à terre
la chaloupe et la yole pour y faire cueillir
des citrons et des cocos, elles revinrent vers
minuit, sans avoir pu découvrir un seul endroit où il fût possible de mettre pied à
terre.

Ce marin, qui avait eu sans doute la pensée de se rendre maître de la petite flottille
des nègres, résolut de se venger de sa mésa-
venture, et du refus qu'ils avaient fait de
nous découvrir une anse propre à débarquer.
Le jour commençait à paraître, lorsqu'il fit
tirer les canons de l'arrière, sur un bois de
cocotiers qui n'était pas à un demi-quart de

8.   6

lieue de nous. Notre pilote, qui venait de se
lever au bruit de notre artillerie, courut chez
le capitaine, et lui représenta le danger d'une
pareille action. Si vous continuez à faire ca-
nonner ces bonnes gens qui nous ont si bien
reçus, lui dit-il, il sortira des ports de Fez et
de Salé des galères qui viendront, avant trois
jours, donner la chasse à notre vaisseau. Ces
mots adoucirent le capitaine ; il donna aussitôt des ordres, on leva les ancres, et nous appareillâmes. Je fus très-affligé d'une conduite
si barbare ; et, comme Duval s'était jeté dans
la yole pour aller sonder le canal où nous
devions passer, je lui demandai à m'embarquer avec lui pour me distraire, et fortifier
un peu ma santé en changeant d'air. Duval
se porta en avant sur une île, que nous devions côtoyer. Il m'y fit débarquer avec lui,
et planta sur la pointe la plus avancée un
petit drapeau blanc, pour servir de direction
au vaisseau. Tout d'un coup, un grand homme,
déjà sur l'âge, sortit d'un bois, et s'avança
vers nous ; il était entouré d'une pièce de
coton bleu, et portait, d'une main, une
feuille de latanier qui lui ombrageait la tête,

et de l'autre, un bâton qui l'aidait à marcher.
Il nous aborda, et après nous avoir salués,
il nous dit de n'être pas étonnés de trouver
un homme blanc sur ces bords. Je suis né en
Suède, je m'appelle Vustrum ; j'exerçais la
profession de médecin ; la révolution française m'attira à Paris, où je fis paraître quelques écrits sur l'agriculture, sur les finances
et le commerce ; mais ils irritèrent contre moi
tous les gens à systèmes ; et leur fureur devint si grande, que j'aurais été leur première
victime sans le secours de quelques amis.
Échappé à ce péril, je rassemblai au plus vite
les débris de mon patrimoine ; je quittai la
France, et m'embarquai à Hambourg pour
les îles du Cap-Vert, où je trouvai un peuple
simple et innocent, qui m'accueillit comme
un ami du genre humain.

Je résolus, en reconnaissance de son hospitalité, de lui inspirer le goût du travail,
quoiqu'il n'en eût aucun besoin. A mon
exemple, les noirs cultivèrent d'abord quelques arpents de tabac, qu'ils aiment beaucoup, de l'indigo du plus beau violet, et
quelques légumes de l'Europe, dont j'avais

apporté les graines. Ils ne voulaient point
d'argent; mais je payais leur récolte avec des
mouchoirs des Indes du plus beau rouge. Ils
étaient mes fermiers; et pendant quatre ans
je fus le plus heureux des hommes, lorsqu'un
jour j'aperçus plusieurs vaisseaux, que je
crus d'abord commandés par des Anglais. Ils
abordèrent auprès de mon habitation, et je
vis avec surprise une troupe de brigands armés, qui se mirent à dévaster mes magasins
et à couper toutes mes plantations. Je m'é-
tais caché dans les bois; mais, ayant entendu
plusieurs gens de l'équipage parler français,
je repris courage, et, m'adressant à leur
commandant, j'appris qu'il avait ordre du
gouvernement même de détruire tous les établissements anglais. Il parut très-fâché de sa
méprise, et me fit présent de quelques bouteilles d'eau-de-vie; mais je n'en étais pas
moins ruiné. Je résolus donc de ne plus donner désormais aucune prise à la fortune; je
me retirai dans ce petit îlot, où les tortues
et les cocotiers suffisent à mes besoins; un
peu de coton que j'épluche de temps en temps
suffit à mes vêtements. J'ai été témoin de la

barbarie que votre vaisseau a exercée, ce matin, contre les insulaires mes bons voisins ; cependant mon amour pour mes semblables ne m'a point abandonné : lorsque je vous ai vu attacher votre signal sur le cap de cet îlot, j'ai jugé que vous couriez le plus grand danger, car ce courant, qui vous a séduits, n'est qu'un contre-courant. Il faut que votre vaisseau porte, en levant ses ancres, sud-sud-ouest, pendant une bonne heure ; ensuite, en tirant une seconde bordée au sud, il sortira par ce débouché, à travers ces îlots, du courant véritable, qui porte à l'est pendant six mois. Ainsi parla cet étranger. Duval le remercia du service qu'il venait de nous rendre, et lui offrit tout ce qui dépendait de lui dans l'Inde ou en Europe. Non, dit-il, je ne veux plus rien de l'ancien ni du nouveau Monde. Il nous quitta en disant ces mots, et disparut bientôt à travers les arbres de la forêt. . . . .
. . . .
. . . .
. . . .

« Il y a ici une lacune considérable dans le

»manuscrit. Cette partie de l'Amazone com-
»prenait le récit de la navigation de l'auteur,
»des rives de l'Afrique à celles de l'Amérique.
» C'est donc près de l'embouchure de l'Ama-
»zone que nous allons le retrouver. »

.... On respirait à peine, tant la
chaleur était grande : assis sur le cabestan,
je voyais les flots couverts de végétaux d'un
vert de Brésil ; ils paraissaient venir de l'oc-
cident. Des oiseaux de terre et une foule d'oiseaux de marine apparaissaient au milieu de
cet océan de verdure, que le courant entraî-
nait vers l'orient. Tous ces indices me faisaient soupçonner que nous dérivions vers
quelques terres inconnues ; je résolus de m'a-
dresser à Duval, pour m'en éclaircir. Précisément il venait à moi, une carte à la main ;
son visage était troublé : Je viens, me dit-il,
d'avoir une querelle fort vive avec notre capitaine. Suivant sa coutume, il fumait sa
pipe ; un mathématicien était auprès de lui,
occupé à pointer une carte de l'Atlantique ; je
ne lui ai pas dissimulé qu'à force de changer

la route du vaisseau, il l'avait mis dans une dangereuse position ; que loin de pouvoir aborder au Brésil, comme il l'avait désiré, nous étions à l'embouchure de l'Amazone, d'où il était impossible de nous éloigner, sur-tout si l'orage qui se préparait venait à souffler de l'est. Vous pouvez, vous-même, ai-je ajouté, reconnaître d'ici tous les signes qui annoncent les attérages de l'Amazone. Le capitaine étant hors d'état de me répondre, le mathématicien a pris la parole et m'a dit : Monsieur le pilote, votre système s'éloigne de celui de Newton ; il est sûr que le mouvement de rotation de la terre entraîne l'Atlantique vers le Brésil ; et, par conséquent, le courant de l'Amazone porte vers le sud, jusqu'à quarante lieues du rivage : ainsi, au lieu de nous contrarier, il doit nous être favorable. J'ai compulsé plusieurs journaux des vaisseaux du roi, qui tous attestent la même chose ; il y a peut-être des exemples contraires, mais c'est l'effet de quelque tempête ou de quelque tremblement de terre. Monsieur, lui ai-je répondu, la rotation de la terre n'entraîne pas plus les eaux de l'Océa

au sud-ouest, que cette rotation n'entraîne
les arbres de nos forêts vers ce même point.
Mais, s'il faut en croire les observations de
plusieurs vaisseaux de la compagnie des Indes, qui ne partent qu'en été, les courants
du pôle nord, qui règnent dans cette saison,
les ont entraînés vers le sud. Quant à nous
qui sommes partis en hiver, je ne doute pas
que les courants du pôle sud ne produisent
un effet opposé, en nous repoussant vers le
nord. Le mathématicien me répondit simple-
ment : Cela est calculé. Le capitaine a ré-
pété : Cela est calculé; et je me suis retiré
sans pouvoir obtenir d'autre réponse. . . . .
. . . .
. . . .

. . . . Il était nuit, lorsque je fus réveillé par un éclat de la foudre; un moment
après, un deuxième coup se fit entendre, et
tomba sur le mât de misaine : dans l'instant
toutes ses voiles furent enflammées, et,
comme je couchais au pied, je n'eus que le
temps de sortir de mon trou, à l'aide de
Samson. Je me mis sur le cabestan, et j'a-
perçus dans le vaisseau la plus grande confu-

sion; le feu avait pris à la chambre commune. Déjà le vent, qui soufflait de l'avant, poussait la flamme en arrière, et menaçait d'embraser toute notre voilure, et de rendre l'incendie universel, lorsque Duval s'étant remis au gouvernail, manœuvra si habilement, qu'il força le vaisseau d'arriver vent arrière, ce qui empêchait la flamme de s'étendre davantage. Cependant la tempête devenait de plus en plus furieuse. Au milieu de ce désordre, Samson songeait à notre salut : ayant frappé un coup de sa hache sur la tige du mât de beaupré, il le força de se rompre, et le fit tomber à tribord avec toute sa voilure; puis, sautant dans la mer, il lia ses vergues avec ses cordages, et en fit un radeau qu'il attacha au vaisseau : sa femme et son enfant y descendirent aussitôt; il m'engagea à les suivre, et nous ayant tous attachés avec des cordes, il s'éloigna du vaisseau, contre lequel les vagues menaçaient à chaque instant de nous briser. Alors la marée qui remontait l'Amazone, nous fit aller en dérive dans le fleuve, et nous vîmes le spectacle le plus affreux que l'imagination puisse concevoir. Le capitaine

avait fait mettre le canot à la mer, et on y
avait jeté les caisses de piastres, dont il s'é-
tait emparé, à l'aide de quelques convives
qui avaient pris les armes. Cependant le financier faisait de vains efforts pour les rejoindre ; il poussait des cris affreux en se
voyant si indignement dépouillé et abandonné par ces hommes perfides, qui s'éloignaient, en toute hâte, avec son or, à la
lueur de l'incendie qui allait lui-même le dé-
vorer. Je vis le vertueux Duval à son gouvernail, environné de flammes : il ne songeait
plus à sauver le vaisseau ; mais il voulait
mourir à son poste. Son sort m'émut vivement ; mes yeux, obscurcis par les larmes,
cherchaient toujours à le suivre : la marée,
qui venait avec une extrême rapidité, me le
fit bientôt perdre de vue. Nous n'apercevions
plus qu'un tourbillon de flammes, lorsqu'une
explosion terrible se fit entendre. Hélas ! ce
pauvre Duval, si simple, si modeste, si vertueux, était perdu pour jamais ! Ainsi les
gens de bien éprouvent, sur la terre, les
maux destinés aux méchants.

Il était né dans une île de la mer Baltique

dont tous les habitants sont d'excellents marins. Il s'honorait d'avoir reçu le jour dans cette zone qui a donné naissance à trois grands astronomes, Copernic, Tycho-Brahé et Herschell. Son projet, après cette campagne, était de se retirer dans sa patrie pour y vivre en repos, ou bien à Genève, où il avait des parents, et où l'on pouvait, disait-il, penser librement. Je sentais vivement le regret de sa perte : il avait été mon ami, quand je croyais ne plus en avoir; et maintenant je me trouvais dans le plus triste abandon, au milieu d'une mer inconnue, sur un misérable radeau conduit par un malheureux noir....

Cependant Samson, sans inquiétude sur le présent comme sur le passé, s'occupait à faire un hameçon avec un clou : il en piqua la pointe dans sa chair, et l'ayant frotté de son sang pour servir d'appât, il le jeta à la mer au bout d'une forte ficelle. A peine y était-il tombé, qu'il fut avalé par un gros poisson, que Samson tira, et qu'il divisa, avec sa hache, en cinq parts. Il donna d'abord la tête à son chien, et distribua à sa femme, à son enfant et à moi les trois autres parts, se réservant la cinquième. Comme il vit que je m'étonnais de ce qu'il commençait la distribution par son chien, il me dit : Si lui n'avoir pas à manger, lui devenir enragé et mordre nous. J'applaudis en moi-même au bon sens de Samson. En effet, la justice envers nos serviteurs, hommes ou bêtes, est charité pour nous : les hommes nous volent, et les chiens nous mordent. Mes convives se jetèrent, comme des oiseaux de proie, sur leur portion de poisson cru ; mais ce fut en vain que je voulus goûter à la mienne. Je sentais bien que c'était un préjugé de mon éducation ; car j'avais mangé avec plaisir des huîtres et des oursins de mer, des harengs pecs et de la morue salée ; mais je n'avais jamais mangé de poisson cru d'une certaine grosseur. Samson, voyant mon embarras, alluma du feu en frottant deux éclats de bois l'un contre l'autre, et se prépara à men faire des grillades. Pendant ce temps, sa femme puisa de l'eau dans sa main pour dé-saltérer son enfant ; mais elle la rejeta en faisant la grimace : en effet elle était salée ; ce qui m'aurait fait douter que nous fussions entrés dans le fleuve, si dans l'instant même, nous n'eussions entendu, au milieu des coups répétés du tonnerre, un bruit encore plus affreux venant de l'orient. Nous aperçûmes en même temps une lame d'eau qui s'étendait à perte de vue du nord au sud, et se croulait sur elle-même en se brisant en écume : sa hauteur était si prodigieuse, que les barres qui, dans les grandes marées, repoussent la Seine et les autres fleuves de l'Europe vers leurs sources, n'en donnent qu'une bien faible idée. Celle-ci venait avec le courant du fleuve le plus grand du monde, et c'était un effet de la fonte des glaces des Cordilières, qui se dirigeaient vers l'Océan, et luttaient victorieusement avec les eaux de ses marées, qu'elles repoussent jusqu'à quarante lieues de son embouchure. Les Indiens l'appellent *Précoraca*. Cette lame est double, et les deux moitiés se suivent de très-près : la première, qui me parut haute comme une montagne, plongea tout l'avant de notre radeau au fond du fleuve ; et la seconde acheva de l'enfoncer tout entier, de

8.   7

manière que je crus un moment que je ne
reviendrais jamais à la surface. Bien nous en
prit que le bon Samson nous eût tous attachés aux pièces de bois qui composaient le
radeau : il n'y eut d'enlevé que mon déjeuner ; nous revînmes en moins d'une demi-
minute au-dessus de ce courant, si rapide que
le meilleur coursier ne pourrait l'atteindre.
Je n'ai jamais passé de la vie à la mort et de
la mort à la vie en aussi peu de temps ; c'é-
tait en effet notre dernier coup de grace :
quand le malheur est à son comble, le bonheur n'est pas loin. Et c'est avec raison que
les Orientaux disent dans leur style figuré :
Le plus étroit du défilé est à l'entrée de la
plaine.

Peu de temps après le passage du *Précoraca*, le vent tomba, et le soleil reparut.
Alors Samson s'occupa du soin de faire un
petit mât, et de l'assujettir avec des cordes ;
il y attacha une partie de son linge et de celui
de sa famille, pour le faire sécher. Cette ma-
nœuvre fut fort utile : d'abord nous vîmes
que cette petite voilure nous pouvait servir
pour faire mouvoir à notre gré le radeau ;

car nous étions dans une position à craindre d'être tantôt poussés vers l'Océan par le cours de l'Amazone, tantôt rejetés dans l'Amazone par les marées de l'Océan. Mais cette voile nous sauva, car Samson étant monté en haut du mât, pour éprouver sa solidité, vit à l'horizon deux petites voiles latines, et en même temps, il se mit à crier et à demander du secours. Les Sauvages ayant aperçu, de leur côté, les chemises attachées à notre mât, se dirigèrent vers nous, et nous découvrîmes bientôt leur pirogue à l'horizon, sillonnant la mer avec une vitesse égale à celle d'une hirondelle ; je ne dirai point à celle d'un aigle, car cet oiseau de proie solitaire n'aime que le carnage ; et quelque éloge que les poëtes lui aient donné pour plaire aux conquérants, je trouve que l'hirondelle lui est bien supérieure, parce qu'elle est plus utile aux hommes. Elle réjouit les chaumières par les chants les plus doux, et détruit les insectes, ennemis des moissons ; elle annonce le retour des beaux jours et du printemps, et ne demande à l'homme que le repos, sans jamais lui être à charge ; enfin, elle charme même les yeux, lorsque se jouant les unes avec les autres, elles s'amusent à tracer de grands cercles, et exécutent un ballet au milieu des airs. Une heure après, nous aperçûmes distinctement la pirogue avec ses deux voiles latines ; nous comptâmes quatre hommes, avec deux fem-mes et trois enfants. C'étaient, en effet, des Sauvages ; ils étaient presque nus, avec une ceinture autour des reins, et un chapeau de jonc sur la tête. Ils hésitèrent d'abord, et tournèrent quelque temps autour de nous ; mais ayant vu que nous étions dénués abso-lument de tout, ils ne balancèrent plus ; ils s'approchèrent sous le vent, et nous jetèrent une corde au moyen de laquelle nous en-trâmes dans leur pirogue. Le premier qui y mit le pied, fut Samson portant, d'une main, sa femme et son enfant, et de l'autre, m'ai-dant à marcher. A la vue de cet Hercule noir, les femmes et les enfants des Sauvages me pa-rurent frappés d'épouvante ; mais les hommes s'étant levés, saisirent leurs lances, prêts à se défendre ; bientôt ils se mirent tous à rire avec un tel excès, que leurs bouches, qu'ils ont naturellement très-grandes, allaient jusqu'aux oreilles, et qu'on leur voyait jusqu'au fond du gosier. Quand ils eurent bien ri, ils nous firent asseoir, et nous offrirent de l'eau douce et des calebasses ; ils y joignirent des patates cuites sous la cendre, et un tronçon de tortue rôti sur des charbons : de ma vie, je n'ai mangé rien d'aussi exquis. Je me rappelai alors que les navigateurs européens vantent l'excellence des tortues de l'Amazone, dont les Espagnols s'interdisent l'usage, je ne sais par quelle politique ou par quelle superstition. Dès que notre repas fut fini, les rires de nos Sauvages recommencèrent à nos dépens, sans que nous en pussions comprendre le sujet.

Cependant, notre pirogue, favorisée du vent, remontait l'Amazone avec la vitesse d'un poisson. La partie inférieure était d'un seul tronc d'arbre de près de quarante-cinq pieds de longueur, un peu creusé et terminé en pointe par les deux bouts ; deux planches qui se réunissaient à la proue et à la poupe, étaient cousues avec des écorces de rotin enduites de résine. Cette pirogue n'avait point de gouvernail ; mais deux hommes, l'un à la poupe, l'autre à la proue, la conduisaient habilement avec des pagaies. La solidité de sa carène, qui était d'une seule pièce, ne lui laissait point à craindre de s'échouer, même sur les rochers. Quant aux voiles, elles étaient de coton, et se manœuvraient avec la plus grande facilité. J'admirai l'industrie de ces hommes, que nous appelons Sauvages, qui avaient inventé la plus commode des embarcations, en réunissant les ailes d'un oiseau au corps d'un poisson. Le vent était fort léger, et nous remontions un fleuve, dont les courants sont très-rapides, à travers une multitude d'îles naissantes, qui ne sont encore que des bancs de vase et des écueils. Cependant, nous ne faisions pas moins de cinq lieues à l'heure, quoiqu'il y eût un obstacle à la rapidité de notre course : c'étaient deux lignes garnies d'hameçons, que les Sauvages laissaient à la traîne, de manière qu'il ne se passait pas d'heure où nous ne prissions quelques poissons. Quant à Samson, il n'était pas gai comme ces bons Indiens, mais il n'était pas triste comme moi ; le passé ni l'avenir ne le troublaient jamais ; il n'était occupé

que du présent. Il avait avec lui tout ce qui
pouvait lui plaire, sa femme, son enfant, son
chien, et il les voyait tous heureux.

Jusqu'ici les Sauvages avaient conduit heureusement leur barque au travers d'un archipel d'écueils, lorsqu'ils parvinrent au pied
d'un rocher immense qui, sans doute, leur
servait de lieu de relâche. Il n'y avait ni port
ni rade, qui pût les mettre à couvert de la
tempête qui nous menaçait pour la seconde
fois. Ce fut sur le rocher lui-même qu'ils
cherchèrent un abri. D'abord ils s'échouèrent
sur un rivage couvert d'une vase si profonde,
que Samson ayant voulu la sonder, y en-
fonça une perche de quinze pieds de long.
Les Sauvages se mirent à rire, suivant leur
coutume, puis ils posèrent sur la vase deux
larges planches, sur lesquelles ils placèrent
deux rouleaux, et ayant fait glisser la pirogue, elle parvint ainsi sur la partie ferme
du rivage. Ce fut là que Samson leur montra
ce qu'il savait faire ; car ayant pris à son tour
la pirogue par son avant, il la traîna seul jusqu'au sommet du rocher, qui avait au moins
trente pieds d'élévation ; il était couronné par

cinq ou six tamarins, dont les feuilles venaient de se refermer, car il était nuit.

Les Sauvages se mirent aussitôt à chanter et à danser, en cueillant de leurs fruits, dont ils préparèrent une espèce de limonade. La lune, dans son plein, éclairait ces lieux, et j'aperçus une flaque d'eau auprès de ces beaux arbres; elle était fort claire. Mais quelle fut ma surprise en voyant ma triste figure et mes habits couverts de terre! Alors venant à penser à la gaieté excessive des Sauvages, lorsqu'ils me regardaient, je crus en avoir deviné la raison, et je ne balançai pas à me dépouiller et à me jeter au milieu de l'eau. Cependant, Samson et sa famille arrivèrent sur le bord de cette source, dans la même intention; il chargea sa femme de prendre soin de mon linge, et, après nous être baignés à l'écart, nous reprîmes nos vêtements qui étaient secs, et nous rejoignîmes les Sauvages, occupés à préparer deux gros poissons et des patates pour notre souper. Mais prévoyant un furieux orage, ils cherchèrent à se procurer un abri en renversant la pirogue. Samson les aida à mettre sa carène en haut; ils allu-

mèrent ensuite du feu, et nous nous réfu-
giâmes tous sous ce toit. avec de la lumière,
pour y faire un repas à la romaine, couchés
sur les toiles de nos voiles en guise de lit. Ce
souper fut fort gai pour moi; le bien-être
dont je jouissais après le bain, l'abondance
et la bonté de nos vivres, rétablissaient sensiblement mes forces. Je sentis se dissiper
mes inquiétudes, car, suivant ma malheureuse coutume, j'empoisonnais toujours le
bonheur présent par les regrets du passé et
par les craintes de l'avenir. Je m'étais d'a-
bord figuré que ces Sauvages, si hospitaliers,
étaient des anthropophages; quant au bon
Samson, qui n'avait reçu son éducation que
de la nature, rien de semblable ne troublait
son intelligence : il voyait la chose telle qu'elle
était, et toujours sans illusion. Bien nous en
prit de son sang-froid, car à peine commen-
cions-nous à nous endormir, qu'un orage affreux vint fondre sur notre pirogue; jamais
peut-être elle n'avait couru un si grand danger : nous respirions l'air par-dessous son bord;
mais le vent était si violent que, s'y étant in-
troduit, il la souleva d'un côté, et nous

crûmes un moment qu'elle allait retomber
sur sa carène. Il n'y a pas de doute qu'elle
n'eût été précipitée du haut du rocher dans le
fleuve, dont les flots s'élevaient jusqu'à nous,
si Samson n'avait eu le temps de saisir un
de ses cordages, et de le fixer en terre avec
de fortes chevilles de bois. Cette précaution
prise, nous passâmes la nuit dans un profond
sommeil, malgré le bruit épouvantable de la
pluie et du tonnerre.

Le lendemain, le beau temps reparut avec
le jour; nos Sauvages levèrent les mains vers
le soleil en chantant et en dansant : l'orage,
le danger, tout était oublié. Ils retournèrent
ensuite leur pirogue, et la descendirent dans
le fleuve. En approchant de ses bords, notre
vue fut frappée de l'aspect d'une quantité
prodigieuse d'oiseaux marins de toutes les
formes, que le coup de vent de la nuit avait
noyés et rejetés sur le rivage. Je me rappelai
alors avoir ouï raconter un événement semblable au fameux peintre Vernet. Ce qu'il y
a de singulier, c'est qu'aucun poisson n'avait
été victime de la tempête, quoique, dans les
mers du Nord, il y ait souvent des cachalots,

et même des baleines, qui s'échouent et pé-
rissent sur le rivage.

Nous nous rembarquâmes ; les Sauvages
dressèrent leurs voiles ; et, sur les dix heures,
nous sortîmes de ce labyrinthe d'écueils : la
seule différence que j'y remarquai, c'est que
les mangliers qui les bordaient étaient habités
pas des oiseaux du plus joli plumage. Ces
espèces d'arbres flottants sont composés de
troncs et de branchages de la grosseur du
bras et de la longueur d'un homme, dont les
racines plongent dans la vase, et dont la tête
est couverte d'un petit bouquet de feuilles.
Il est évident que ces forêts marines sont destinées à préserver de la tempête le bord des
îles. Une partie de ces mangliers étaient garnis
d'huîtres excellentes ; nos Sauvages en recueillirent abondamment. Cependant le paysage s'embellissait. Peu-à-peu, les écueils
se changeaient en îles d'une grande étendue,
et du milieu de leurs mangliers s'élevaient çà
et là de grands bouquets de palmes. Nos Sauvages étaient obligés, tantôt de se servir de
leurs pagaies, tantôt de leurs perches ; enfin
l'eau vint à manquer ; alors Samson ayant

choisi les plus fortes de ces perches, les appuya sur ses deux épaules, et, marchant
courbé de l'avant à l'arrière de notre barque,
il la força d'avancer à travers les fonds, et à
naviguer jusque sur la terre. Cet exercice,
qui nous étonnait tous, dura environ une
heure; c'est-à-dire, jusqu'au moment où
nous aperçûmes une multitude de palmiers,
au milieu de ces plaines marécageuses. A leur
aspect, les Sauvages donnèrent des marques
d'une joie excessive, et comme alors la marée vint tout inonder, ils hissèrent leurs
voiles; la pirogue se mit à voguer, et nous
nous reposâmes.

Le vent nous était si favorable, qu'en
moins d'une heure et demie nous arrivâmes
à cette forêt; ce n'étaient ni des dattiers, ni
des cocotiers, ni des tamarins, ni des palmiers, du moins de ceux que j'ai vus dans
mes voyages; c'étaient des arbres à-peu-près
de vingt pieds de haut, portant des fruits
dorés de la grosseur d'une prune. Au pied de
ces arbres, étaient amarrées plusieurs pirogues semblables à la nôtre. C'était vers le
coucher du soleil; ses feux qui se réfléchis-

saient dans ces eaux tranquilles, faisaient de ce paysage un lieu charmant. On eût dit que les arbres étaient dans l'eau, et les pirogues dans des nuées d'azur. Dès que les Sauvages purent se faire entendre, ils jetèrent un grand cri ; aussitôt nous vîmes sortir de ces beaux feuillages un millier de têtes d'hommes, de femmes, d'enfants, qui leur répondirent aussi par des cris. Je ne pus m'empêcher de rire à ce spectacle, ainsi que Samson, sa femme et son enfant. Il est impossible de se figurer l'étonnement qui parut sur le visage de tous les habitants des arbres, quand ils aperçurent la famille de ce noir : ils n'avaient sans doute jamais vu d'homme de sa couleur ni de sa taille.

Le premier Sauvage qui descendit de son arbre, était un vieillard ; il se servit d'une échelle de corde, qu'il posa dans notre pirogue, où étant parvenu, il fit, à Samson, un assez long discours, accompagné de gestes pour l'inviter à le suivre. A peine eut-il fini sa harangue, qu'il reprit le chemin de son palmier. Samson le comprit à merveille : il prit sa femme et son enfant sous un de ses bras, et, s'aidant de l'autre, au bout de quelques minutes il disparut dans le feuillage : les palmiers voisins en tremblèrent. Je me préparais à le suivre, lorsque son énorme chien, le voyant parti, me devança en aboyant, et, s'aidant de ses pattes et de sa gueule, il vint à bout de grimper après lui. Pour moi je fus vraiment étonné de l'instinct de cet animal, et de son attachement pour son maître ; mais je ne le fus pas du tout de la préférence que des peuples simples donnaient à un homme presque sauvage, sur un homme soi-disant civilisé. J'étais très-faible, et je n'avais point du tout le pied marin ; cependant il fallait aussi me hasarder à monter : j'en vins heureusement à bout, à l'aide de Samson qui me tendait la main. Mon embarras fut encore un sujet d'éclat de rire. J'entrai, par une espèce de trappe, dans une salle assez grande, formée par la cime entrelacée de cinq ou six palmiers ; le plancher était fait d'une très-grande natte de leurs feuilles sèches, si forte, si bien tissue, que rien ne pouvait passer au travers ; une seconde natte, plus fine et plus légère, ser-

vait de toit ; on y avait ménagé des ouvertures suffisantes pour la lumière ; ces
ouvertures étaient fermées avec la nacre de
l'huître perlière. Quelques-unes de ces écailles
avaient plus d'un pied de large, elles donnaient une lumière agréable, mêlée de vert
et de couleur de rose ; les lits étaient des ha-
macs de coton ; il n'y avait point de chaise.
Cette grande cage était remplie de monde ;
j'y distinguai dans un coin le vieillard qui
avait été au-devant de nous ; il se leva à mon
arrivée, et m'invita à m'asseoir à sa gauche ;
mais il me fut impossible d'en venir à bout,
tant mes jarrets étaient roides ! Aussitôt plusieurs femmes me donnèrent de larges cous-
sins, où je me trouvai fort à mon aise.

A peine étions-nous en repos, que des
femmes nous présentèrent des calebasses
remplies d'une liqueur très-agréable, avec
des fruits de ces mêmes palmiers ; elles y
joignirent des morceaux de poissons grillés
sur le charbon. Bientôt on apporta des lam-
pes formées de cocos, et le salon prit un
autre aspect. Le premier effet de ces lumières, fut de faire chanter plusieurs oiseaux

nichés dans les feuilles. Le lever de la lune,
qui ne tarda pas, produisit le même effet
dans les environs. La nature a placé ici des
oiseaux qui chantent, comme notre rossignol, à différentes phases de l'astre du jour,
et de celui de la nuit. Je jugeai par ces chants
lointains, qu'il y avait aux alentours un grand
nombre d'habitations semblables à celle où
j'étais, et de laquelle partaient, d'ailleurs,
plusieurs chemins nattés, qui correspon-
daient sans doute à ces habitations voisines.
J'étais si étonné de voir ces hommes amphi-
bies, qui vivent à-la-fois sur l'eau et dans
les airs, que je ne pouvais en croire mes
yeux. Je me souvenais bien d'avoir lu dans
Pline que des hommes vivaient ainsi ; mais
ce naturaliste ne pouvait parler des Sauvages
de l'Amérique. Cependant, je vins à me rappeler que plusieurs voyageurs modernes en
parlent. Le P. Gumilla, jésuite missionnaire espagnol, avait connu un peuple semblable sur les bords de l'Orénoque. Ce peuple, dit-il, loge dans le feuillage du palmier,
dont les fruits, les feuilles et le tronc servent
à tous ses besoins. Il parle encore d'un autre

peuple qui vit dans les mêmes lieux, et dont les mœurs sont opposées. Il raconte, à ce sujet, qu'une nuit il fut éveillé par des sons si lamentables, que les larmes lui en vinrent aux yeux : c'était l'arrivée, en canots, d'un peuple à qui il donna le nom de *pleureur*, et qui ne voyage jamais que la nuit, comme les *rieurs* ne voyagent jamais que le jour. Il observa que ces cris lugubres provenaient de longues trompettes, renflées dans sept ou huit endroits, dont le son remplissait l'ame de terreur.

J'éprouvai bientôt, moi-même, la vérité de ce récit; car le second jour de mon arrivée, je fus réveillé vers minuit par un bruit effroyable, dont le premier effet fut de mettre en fuite tous les oiseaux nichés dans le feuillage de nos palmiers. Aussitôt je mis la tête à la fenêtre, et je vis avec horreur, à la clarté de la lune, une multitude de canots, qui descendaient le fleuve, couverts de spectres et de fantômes, armés chacun de la trompette infernale; de temps en temps ils suspendaient leur abominable concert, et les principaux d'entre eux faisaient en-

tendre des cris et des vociférations inintel-
ligibles. A ce bruit, nos Sauvages descendirent dans leurs pirogues, armés de lances ;
ils s'avancèrent au-devant des pleureurs, et
les forcèrent de prendre la fuite. Plusieurs
des fugitifs jetèrent leurs masques et leurs
trompettes ; d'autres parcoururent les nouvelles colonies, n'ayant d'autre but que de
tirer des vivres de ceux qu'ils effrayaient, et
de passer ainsi leur vie sans travailler.

Au retour de cette expédition, comme le
jour paraissait, les rieurs remontèrent dans
leurs palmiers, et on entendit sortir, de leurs
différents bosquets, des chants fort agréables.
Après cet acte, à-la-fois religieux et militaire, ils firent un grand repas, suivi de
danses. Il faut avouer que Samson fut d'un
grand secours à nos hôtes : sa taille gigan-
tesque, sa couleur noire, sa hache brillante,
son énorme chien qui le suivait par-tout la
gueule béante, jetèrent d'abord l'effroi parmi
les pleureurs, et ne contribuèrent pas peu à
leur déroute. Aussi, fut-il traité avec toutes
sortes de distinctions ; les femmes sur-tout
s'empressaient autour de lui ; elles frottaient,

ses mains avec de l'eau tiède, croyant que la couleur noire de sa peau était factice; elles en faisaient autant à son enfant; mais leurs soins étant superflus, elles se mettaient à éclater de rire.

Quoique ces bons Sauvages nous reçussent avec toutes sortes d'amitiés, cependant je n'étais pas sans inquiétude. Faute de boussole et d'un quart-de-cercle, je ne pouvais déterminer le lieu où nous étions. Il me paraissait que nos Sauvages n'avaient jamais eu aucune relation avec les Européens. Je ne voyais parmi les femmes, ni miroirs, ni aiguilles, ni ciseaux, etc. Leurs robes étaient de coton, bordées de petites coquilles, de couleur vive, semblables à celles des Maldives, que nous appelons porcelaines. Le plumage éclatant de plusieurs sortes d'oiseaux, leur servait de coiffure, et les duvets de plusieurs sortes de nids garnissaient les berceaux de leurs enfants. Quant aux hommes, je ne vis parmi eux aucun instrument de fer; leurs lances et leurs flèches étaient armées de dents de poissons; de gros buccins leur servaient de trompettes pour se rallier dans les combats. J'étais témoin que la mer, dans ces heureux parages, fournissait à chaque pas, en abondance, des aliments sans peine et sans travail. C'est sur ses bords que la Providence a placé sous la main de l'homme tout ce qui peut lui être utile. Je me souviens que la première nuit de mon arrivée, les femmes et les filles de notre habitation voulant nous régaler le lendemain, elles furent à la pêche, la nuit même, après le retour de la marée de l'Océan. Je ne dormais pas, et je regardais par la fenêtre, près de mon lit, ce groupe de femmes, pensant à la mienne et à mes enfants : bientôt elles furent dépouillées de leurs vêtements, se plongèrent tour-à-tour dans les ondes ; et je les voyais en ressortir, tenant une langouste ou une téthys à la main. Elles en remplirent des corbeilles, qu'elles rapportèrent en chantant au pied de leurs palmiers. C'est bien avec raison que les poëtes ont dit que Vénus était sortie du sein de la mer.

Cependant, les Sauvages me voyant toujours triste, me firent entendre par signes qu'ils allaient me ramener dans un pays peuplé d'hommes barbus comme moi ; qu'ils partiraient le lendemain au lever du soleil, et que dans trois jours nous arriverions : circonstances qu'ils m'indiquèrent en me montrant le ciel vers le nord-est, et en m'en traçant trois fois la demi-circonférence.

Cette nouvelle m'inspira d'abord la plus grande joie : j'allais me trouver parmi des Européens. Mais quand j'eus parcouru la perspective de bonheur qu'elle me promettait, je retombai dans mes inquiétudes habituelles. Quels sont ces hommes barbus, me disais-je, qui sont allés s'établir à une si grande distance de la mer? Sont-ce des Espagnols ou des Portugais? Mais dans ce cas, nous eussions rencontré quelques-uns de leurs vaisseaux ; d'ailleurs notre pirogue a navigué au nord, et ce ne peut être ni des Portugais ni des Espagnols. Ainsi mon imagination ne cessait de me tourmenter, et les souvenirs de mes lectures augmentaient encore mes incertitudes. Je me figurai que vers les lieux indiqués par les Sauvages, il y avait plusieurs républiques; la première, celle des Paulistes, composée de brigands de toutes les nations,

qui avaient trouvé le moyen de se donner
des lois, malgré la discorde perpétuelle où
ils vivaient entre eux et avec leurs voisins.
Quel secours devais-je en attendre pour l'Europe, où à peine leur nom est connu ? Quant
à la république des jésuites au Paraguay,
j'avais tout lieu de croire qu'elle avait été
détruite par les rois d'Espagne et de Portugal, à qui elle faisait ombrage. Il ne me restait donc aucune espérance de ce côté. Enfin,
je me souvins que j'avais ouï parler d'une
troisième république à quelque distance de
Surinam. Elle s'était formée d'esclaves noirs
fugitifs qui avaient conquis leur liberté les
armes à la main, et avaient forcé leurs
anciens maîtres de reconnaître leur indépendance. C'était là que Samson avait fait ses
premières armes ; et si le sort l'y ramenait,
il n'y avait pas de doute que je ne dusse tout
attendre de son amitié. Cette dernière pensée soulagea mon ame ; je résolus de m'en
rapporter à cette Providence qui m'avait si
bien conduit depuis que je m'étais abandonné
à elle. Après ces réflexions, je m'endormis
paisiblement.

Le lendemain, 27 décembre, je fus réveillé au soleil levant par le chant des oiseaux, et bientôt après j'entendis celui des Sauvages. La marée était haute, ils s'occupaient à charger la pirogue de différentes provisions. Ce fut alors que nous descendîmes, et que nos hôtes, pénétrés de regrets de notre départ, se mirent à leurs fenêtres pour nous faire leurs derniers adieux. Cependant Samson ayant détaché les cordages qui retenaient la pirogue au rivage, nous hissâmes nos voiles, et en peu de temps nous perdîmes la vue de cet archipel d'îles plantées de palmiers marins, tantôt à sec, tantôt baignés des marées de l'Océan et de celles de l'Amazone. Nous quittâmes ainsi ce bon peuple, auquel on ne peut reprocher qu'un excès de gaieté. Pour moi, mes incertitudes me reprirent avec mes espérances. Je désirais et je craignais également d'arriver à une habitation européenne. Il ne me paraissait pas sûr d'aborder dans les colonies espagnoles, où je savais qu'on avait arrêté tous les Français, dans la crainte que la révolution qui embrasait la France, ne vînt à y pénétrer. Le Paraguay ne m'offrait pas un asile plus assuré, quand même il y resterait encore quelques établissements de missionnaires, par l'attention que les jésuites avaient toujours eue de ne permettre à aucun voyageur européen de séjourner dans ce qu'ils appelaient leurs Rédemptions.

Pendant que mon esprit battait ainsi la campagne, Samson fumait sa pipe fort tranquillement. Cependant lui ayant fait entendre que je craignais qu'on ne nous menât à Surinam, il se mit à sourire. Puis empoignant de sa main droite le manche de sa hache, il la brandit en l'air; ce que j'interprétai comme s'il m'eût dit : Voilà de quoi nous défendre. Nous ne tardâmes pas à entrer dans une vaste étendue d'eau que je pris pour la mer; mais à la douceur de cette eau, qui n'avait rien de saumâtre, je me figurai que nous étions tout-à-fait dans l'Amazone. Nous nous dirigions toujours au nord-ouest, et notre pirogue allait comme le vent. Après avoir fait environ huit ou dix lieues, en moins de deux heures, nous aperçûmes devant nous à l'horizon, des îles naissantes; leur terrain était beaucoup plus élevé que celui des îles que nous avions vues jusqu'alors; c'étaient aussi d'autres arbres, dont les feuillages m'étaient inconnus. Nous passâmes au milieu d'un grand canal qui allait aboutir à un bassin semblable à un lac ou à une méditerranée; quand nous l'eûmes traversé, nos Sauvages jugèrent convenable d'échouer leur pirogue sur une des îles qui se trouvaient à l'entrée. La nuit venue, ils nous firent apercevoir deux feux à l'horizon, que je pris pour ceux d'un volcan. Alors nos Sauvages se mirent à danser et à se réjouir, suivant leur coutume; pour moi, je passai une nuit fort agitée.

A peine le jour commençait à paraître, que j'entendis le chant et le gazouillement d'une infinité d'oiseaux qui se dirigeaient dans l'intérieur des terres; aussitôt les Sauvages mirent leur pirogue à flot, et entrèrent dans le canal qui se présentait devant nous. Il était si large, que le vent ne nous quitta pas un instant; nous voguions au milieu, apercevant des rivages couverts de mangliers flottants, et de cacaotiers; ici s'élevaient des

8.   9

gerbes sauvages de cannes à sucre; là, des
vanilles serpentaient à l'entour, et embau-
maient l'air de parfums; des arbres beaucoup plus élevés que ceux d'Europe, crois-
saient au-dessus de ces jardins de la nature,
comme pour les mettre à l'abri des tempêtes.
Autour de leurs énormes tiges circulaient des
lianes qui retombaient en guirlandes et en
festons. Ces admirables décorations se répétaient des deux côtés du canal, et formaient
une route ouverte à perte de vue. Une multitude d'oiseaux animaient ce charmant paysage : là, des flamants couleur de rose, et
des pélicans mélancoliques, étaient perchés
sur leurs nids; plus haut, dans ces beaux
feuillages, des tourterelles et des perroquets
étincelants des plus vives couleurs, semblaient nous saluer par leurs chants et par
leurs cris. Mais, à peine étions-nous entrés
dans ce magnifique canal, qu'à droite et à
gauche, d'autres canaux qui traversaient le
nôtre, nous ouvrirent une multitude de pers-
pectives immenses, qui laissaient voir autant
de paysages reflétés par les eaux : nous nous
imaginions voguer tantôt sur des fleurs sans

les flétrir, tantôt au milieu d'une foule d'oiseaux sans les épouvanter.

Au bout de deux heures de cette délicieuse
navigation, nous arrivâmes dans le voisinage
de deux tours d'où partaient les feux que
nous avions vus pendant la nuit ; elles étaient
rondes, et surpassaient en hauteur les plus
grands arbres de ces îles ; elles me parurent
de marbre ou de granit de la plus riche couleur, veiné de blanc et de rouge : chacune
d'elles était bâtie à l'extrémité d'un môle de
la même matière, sur lequel battaient sans
cesse les eaux de l'Amazone ; au lieu d'être
en talus, ces môles formaient une courbe
tellement allongée, que les vagues du fleuve
venaient doucement s'y amortir. Plusieurs
rangs de degrés étaient taillés dans leur épais-
seur, depuis leur surface jusqu'au bord de
l'eau : on pouvait y descendre en sûreté, et
porter ainsi du secours aux navigateurs nau-
fragés. L'entrée du port, placée entre les
deux tours, se fermait au moyen de deux
portes perpendiculaires à écluse. D'un côté,
elles roulaient sur des gonds de bronze ; de
l'autre, elles étaient flottantes, et venaient,

en s'ouvrant, s'appuyer sur un rocher; de
grosses chaînes de fer, assurées par des cabestans, servaient à les ouvrir, car elles se
fermaient d'elles-mêmes par l'effet du courant perpétuel qui sortait du port, où se dé-
chargeait un fleuve. Comme le poids de ce
courant n'aurait pas tardé à les détruire, on
avait soin qu'il y en eût toujours une ouverte,
et c'était toujours celle par où le vent qui
soufflait pouvait le moins pénétrer dans le
port, afin que les vaisseaux y fussent le plus
en sûreté possible. Quant au passage que
laissait cette ouverture, il était intercepté
par une chaîne de bambous, pour éviter
toute surprise.

Dès que nous fûmes signalés du haut des
tours, un fort joli yacht se présenta devant
nous, et se mit en devoir de reployer la
chaîne de bambous pour nous ouvrir le passage; ce fut l'affaire de quelques coups d'a-
viron. Ce petit vaisseau n'avait qu'un mât,
il était monté de jeunes rameurs très-vigoureux, semblables à des tritons. Un jeune
homme vêtu de blanc, d'une figure charmante, les commandait; il sauta dans notre

pirogue, et s'adressa d'abord aux Sauvages, dont il entendait la langue. Pendant leur pourparler, j'admirai ce port, le plus beau que j'eusse vu de ma vie : sa forme est ronde, il a à-peu-près trois quarts de lieue de diamètre ; à droite et à gauche, régnait une longue suite d'arcades qui paraissaient renfermer des chantiers de construction ; en face, était un grand pont de deux arches, et des deux côtés, s'élevaient des corps de bâtiments et plusieurs habitations entremêlées de jardins. Quelques vaisseaux à l'ancre confondaient leurs mâts et leurs pavillons de toutes couleurs. J'étais dans le ravissement, lorsque ce beau jeune homme m'adressa la parole d'un air riant : d'abord il me parla hollandais, puis anglais ; alors pour le tirer d'embarras, je lui dis que j'étais Français, passager sur le vaisseau *l'Europe*, et que nous avions été incendiés à l'embouchure de l'Amazone. Mon père, reprit ce jeune homme d'un air attendri, j'espère que vous n'aurez point sujet de regretter votre patrie, vous êtes sur une terre hospitalière ; mais comme, suivant nos lois, il faut que tout étranger se

9*

présente à nos anciens avant de communiquer avec nos frères, je vais moi-même vous
conduire devant eux. En me disant ces mots,
il me baisa respectueusement la main, sauta
dans son yacht, fit un signal, et aussitôt un
bateau, tout-à-fait semblable au sien, sortit
en roulant sur des cylindres, et vint le remplacer à son poste ; pour lui, il fit route vers
le principal corps de bâtiment, en remor-
quant notre pirogue.

Nous arrivâmes, en moins d'un quart
d'heure, au pied d'un degré qui aboutissait
à une vaste galerie ; on y bâtissait une fort
belle galère, et un gros homme, la pipe à la
main, en surveillait la construction. Ce han-
gar, soutenu par des colonnes, se prolon-
geait fort loin, et j'y comptai une trentaine
de galères, prêtes à appareiller. Leurs voiles
et leurs cordages étaient attachés sur leurs
vergues et sur leurs mâts couchés sur les
ponts. Il était fort aisé de les dresser, au
moyen des poulies et des cabestans. Ces galères étaient posées sur des cylindres mobiles,
l'arrière fort relevé, et la proue inclinée vers
le port ; de sorte que, pour les en tirer ou

pour les y mettre à flot, il suffisait de laisser
agir leur propre poids. Il s'ensuivait que ces
bâtiments, quand ils n'étaient pas de service, étaient toujours à sec, et qu'on y apercevait la plus petite voie d'eau.

J'admirai le génie des mathématiciens qui
avaient disposé un si beau port, avec ces
brise-mers et ces hangars de construction ;
et je ne doutai pas que ce lieu ne fût un reste
des Rédemptions du Paraguay, dont les jésuites avaient porté si loin la puissance. Je
me confirmai bientôt dans cette nouvelle
idée ; car, étant parvenus au bout de cette galerie, nous trouvâmes un vieillard vêtu d'une
robe bleue : c'était le père de notre jeune
conducteur. Son fils lui parla dans une langue
que nous n'entendions pas ; après quoi, ce
vieillard me dit : Il faut que vous soyez présenté à nos anciens ; mon fils vous y conduira
après déjeuner ; faites-nous la grace de faire
ce premier repas avec nous ; il nous portera
bonheur. A peine avait-il dit ces mots, que
les sons d'une flûte et d'un hautbois se firent
entendre ; plusieurs portes s'ouvrirent dans
la galerie, et nous en vîmes sortir une troupe

de jeunes filles et de jeunes garçons, avec
des femmes et des enfants. Les filles portaient
sur leur tête, dans des paniers, des vases,
des tasses, des coupes; d'autres tenaient des
corbeilles remplies de pains, de fruits et de
laitage. Elles s'approchèrent du vieillard en
s'inclinant; pour lui, il les embrassa l'une
après l'autre, d'un air riant; et, suivis de
cette charmante famille, nous montâmes un
grand escalier qui terminait la galerie, et qui
nous conduisit dans un vaste salon, dont le
milieu était occupé par une table de bois d'a-
cajou. Tous les convives s'étant rangés autour de cette table, le vieillard fit une courte
prière. Ce fut alors que je ne doutai plus que
je ne fusse chez les peuples dont les jésuites
avaient été les premiers législateurs. Après
cette cérémonie religieuse, ce bon vieillard
me fit asseoir auprès de lui, et les Sauvages
formèrent un cercle, assis sur le parquet du
salon.

Ce spectacle à-la-fois touchant et extraordinaire, cet accueil plein de bonhomie et de
simplicité, m'enhardirent au point que je me
levai, mon bonnet à la main, persuadé que

j'étais au Paraguay, et, m'adressant au maître de la maison, je lui dis : Seigneur laïque, je ne vous dirai point que si la fortune m'avait été favorable, je vous offrirais des présents ; car je n'étais pas plus riche avant de m'embarquer que je ne le suis depuis mon naufrage : au défaut de la fortune, agréez donc l'hommage de ma reconnaissance, et ne différez pas d'un moment pour moi, l'honneur d'être présenté aux révérends pères jésuites qui ont établi un si bel ordre. Brave étranger, me répondit-il, la méprise où vous êtes tombé, est bien pardonnable ; mais vous n'êtes point au Paraguay : vous êtes dans la république des Amis ; c'est un pays qui n'est guère connu des géographes de l'Europe. Personne n'est plus porté que nous à secourir les malheureux ; si nous agissions autrement, nous ne serions pas dignes du bonheur dont Dieu nous fait jouir sans interruption depuis près d'un siècle. Comme c'est mon fils qui est chargé de vous conduire à la forteresse, il profitera de ce voyage pour vous donner une idée de notre origine ; en attendant, buvons à votre heureuse arrivée et à celle de vos compagnons. A ces mots, trois jeunes filles et trois jeunes garçons se levèrent, une amphore à la main, et, faisant le tour de la table, versèrent à chacun de ceux qui y étaient assis des liqueurs délicieuses; puis chaque convive leva sa coupe vers le ciel, en nous saluant.

Il y avait environ une demi-heure que nous étions à table, lorsqu'un jeune homme de l'équipage du yacht entra dans la salle; il s'avança vers le jeune Bentinck Cook, et lui dit respectueusement : Mon capitaine, nous sommes à vos ordres. Nous allons vous suivre, répondit celui-ci. Alors, le père de famille se leva de table, et tout le monde le suivit, ainsi que nous. Nous reprîmes le chemin du port, et nous trouvâmes, au bas de l'escalier, plusieurs femmes, parmi lesquelles il y avait une jeune fille blonde de la plus grande beauté, et qui portait une couronne de fleurs. Elle s'adressa au jeune Bentinck Cook, et lui dit : Mon cousin, reviens ce soir; songe que c'est aujourd'hui la fête du soleil, viens la célébrer avec ta famille. Oui, je reviendrai, lui dit le jeune homme en souriant; mais laisse-moi finir l'année par une bonne action. Je ne te manquerai pas de parole. Donne-m'en un gage assuré, lui dit-elle. Alors il lui donna un baiser. Les sœurs de Cook l'applaudirent, et elles s'occupèrent à jeter dans la felouque des branches de mangliers et des rameaux d'orangers, de pamplemousses et de citronniers, tout chargés de leurs fleurs et de leurs fruits dans toutes les nuances de leur développement. Les gens de l'équipage formèrent ensuite de ces feuillages un berceau autour du tendelet de la chaloupe, dans laquelle nous entrâmes, après avoir fait nos adieux au bon vieillard qui nous avait si bien accueillis, et à toute sa famille. Enfin, le jeune Cook donna le signal du départ, et aussitôt nous passâmes comme un trait sous une des arches du pont, où la rivière, en se rétrécissant, formait un courant très-rapide.

Tout ce que je voyais confondait mon jugement; j'aurais désiré de me trouver chez les jésuites à qui j'avais dû en Europe les premiers éléments des belles-lettres; mais on venait de m'assurer que je n'étais point au

Paraguay ; et d'ailleurs, il n'y avait nulle apparence que les rois d'Espagne et de Portugal eussent laissé subsister un si beau monument de la sagesse humaine. L'idée me vint que je pouvais être chez les Paulistes, qui vivaient aux environs du Paraguay. A la vérité, c'étaient des brigands qui infestaient ces contrées, en piratant sur les lacs et les rivières de l'intérieur de l'Amérique ; mais les Romains avaient commencé en Europe comme des voleurs, et cependant avaient formé une république digne de l'estime des sages. Heureux si leur politique n'avait pas été d'étendre leur empire sur les ruines du genre humain !

Tandis que je me livrais à ces réflexions, le cours de notre navigation nous avait fait entrer dans une forêt dont je ne pouvais me lasser d'admirer le ravissant spectacle. Ses arbres s'élevaient une fois aussi haut que nos plus grands arbres d'Europe, et formaient, au-dessus de nos têtes, une voûte de verdure ; des lianes immenses s'entrelaçaient dans leurs rameaux, les unissaient les uns aux autres, et retombaient de leurs sommets jusqu'à

terre, formant ici des masses d'ombres épais-
ses, et là, laissant passer les rayons du soleil.
Des nuées d'oiseaux, du jaune le plus brillant
et du pourpre le plus magnifique, se jouaient
dans le feuillage de ces beaux arbres; des singes
sautaient d'une branche à l'autre, en jetant
des cris de joie. Enfin, tous les habitants de
ce séjour enchanté étaient si peu farouches,
que les cygnes et les flamants nous voyaient
passer sans se déranger. La familiarité de ces
oiseaux, naturellement sauvages, m'ôta tout-
à-fait l'idée des Paulistes ; car tout peuple
brigand est chasseur.

Il y avait déjà plus d'une heure que nous
naviguions à travers cette sombre forêt, lorsque je vis l'horizon s'éclaircir devant nous ;
bientôt les arbres cessèrent de voiler le ciel,
et nous découvrîmes une campagne immense,
terminée par une haute montagne, dont la
cime se perdait dans un groupe de nuages du
plus vif éclat. Notre jeune capitaine fit alors
dresser le mât et les voiles de la felouque, et
distribua des rafraîchissements aux rameurs ;
il chargea l'un d'entre eux du soin du gouvernail, puis il s'assit à côté de moi. Je puis,

8.   10

me dit-il, profiter maintenant sans inquiétude d'un vent favorable; je vais vous entretenir de tout ce qui, dans ces lieux, a dû
exciter votre curiosité. Ces belles campagnes
qui s'ouvrent devant nous, remplies de toutes
sortes de cultures; ces grands massifs de l'ancienne forêt, disséminés çà et là pour les om-
brager; ces jolies maisons, élevées en si
grand nombre et sur des plans si divers; ce
peuple immense répandu de tout côté; cette
forteresse que nous allons bientôt découvrir,
sont l'ouvrage de quatre-vingts années au
plus. Il n'y avait jadis ici qu'une forêt habitée
par des tigres, des serpents et des crocodiles;
aujourd'hui notre république compte déjà
cent vingt mille habitants dans sa métropole;
trois ou quatre villes, élevées autour d'elle,
en compteront chacune autant avant quelques
années. Notre origine remonte au quaker
Antoine Benezet, Français qui passa en Angleterre après la révocation de l'édit de Nantes. Il employa en actes de bienfaisance les
débris de sa fortune; son amour ne s'étendait
pas seulement aux hommes de sa commu-
nion, mais au genre humain. Il parcourut

d'abord plusieurs provinces de l'Angleterre,
et fut touché du malheur de leurs habitants
et du nombre prodigieux de misérables qu'il
y rencontrait par-tout. Passant ensuite sur le
continent, il y trouva les mêmes désordres,
et de bien plus grands encore : il en conclut
que la source de nos maux n'était point dans
la nature, mais dans l'or et l'argent, qui sont
les premiers mobiles des sociétés politiques ;
il fut touché sur-tout du sort des malheureux
noirs, si heureux en Afrique leur patrie, et
réduits à l'esclavage en Amérique par les Européens toujours en guerre pour leurs colonies. Comme il vit que le café et le sucre faisaient le malheur des trois parties du monde,
il résolut de porter ces deux plantes en Afrique, et d'engager les noirs à les cultiver. Ce
voyage ne lui réussit pas ; il en avait fait une
partie à pied, suivant sa coutume, portant
avec lui les graines de différents végétaux,
dont il enseignait l'usage et la culture ; mais
n'ayant trouvé que des peuples insouciants,
qui ne souhaitaient point ce qu'ils ne connaissaient pas, il revint à Londres.

Pendant le cours de ses voyages, il avait

fait connaissance de plusieurs vertueux personnages, qui, pour la plupart, l'avaient
suivi, et qui revinrent avec lui. Dans leurs
réunions, qui étaient fréquentes, ils s'entre-
tenaient des moyens de soulager les maux de
l'espèce humaine, lorsque le hasard voulut
qu'un capitaine de leur société, qui commandait un petit bâtiment, ayant fait voile
vers le Brésil, disparût pendant quelque
temps ; on le crut perdu, mais il revint à
Londres deux ans après son départ. Jeté par
la tempête fort avant dans l'Amazone, il
avait erré long-temps au milieu de ce labyrinthe d'îles et d'écueils que vous avez parcouru ; enfin, il arriva au lieu même que
nous traversons. Il ne put voir sans admiration la fertilité de la terre et la beauté de ces
vastes forêts inhabitées ; et ayant défriché
quelques terrains, il y sema différentes graines de l'Europe ; ensuite il chargea son petit
vaisseau de cacao sauvage, de vanille, de
bois d'ébène, et remit à la voile en recommandant le plus grand secret aux gens de son
équipage. Arrivé à Londres, James, c'était
le nom du capitaine, ne fit point part de sa

découverte aux plus riches capitalistes de cette ville, mais à l'homme le plus vertueux : ce fut à Benezet. Celui-ci se hâta de convoquer ses principaux amis, dont James était un des plus anciens. Il y en avait de tous les pays, entre autres un médecin suédois, un constructeur hollandais, un ingénieur français, deux philosophes anglais, un espagnol échappé à l'inquisition, un brame indien qui existe encore parmi nous, et qui est âgé de plus de cent trente ans. Tous ces hommes et plusieurs autres étaient unis entre eux par les liens de l'amitié et de la vertu. Mes frères, leur dit Benezet, le capitaine James m'autorise à vous communiquer la découverte qu'il vient de faire d'une terre située sous l'équateur, et dont rien n'égale la fertilité : la nature l'a cachée dans un labyrinthe d'écueils pour la soustraire aux regards des puissances arbitraires de l'Europe; c'est un asile qu'elle semble réserver au genre humain; le moment est donc arrivé de travailler à son bonheur. Combien de fois n'avons-nous pas gémi de n'avoir que des secours passagers à offrir à une foule de gens

10*

de bien, laborieux et malheureux! Nous pourrons désormais leur en donner de durables, dans un travail facile et modéré. Ce ne sera pas la république qui les nourrira, ce seront eux qui nourriront la république ; ils ne seront plus exposés à succomber sous les fatigues excessives du corps, ni sous les peines intolérables de l'ame, que les ambitieux sèment autour des faibles pour les soumettre à leur empire.

Voici donc le plan que nous vous proposons : Nous ferons construire incessamment deux petits vaisseaux de deux cents tonneaux chacun, à plates varangues, afin qu'ils puissent s'introduire sans danger dans les écueils. Nous choisirons, pour composer notre équipage, des gens mariés, en donnant la préférence à ceux qui ont des enfants, et nous les prendrons dans les états les plus nécessaires à la société, comme les laboureurs, les tailleurs, les charpentiers, les pêcheurs, etc.

Une fois fixés dans cette nouvelle patrie, la société sera divisée en douze tribus, et nul n'y sera admis avant une année d'épreuve ; ceux qui en seront rejetés, retourneront dans leur patrie aux frais de la république. Nous travaillerons tous en commun, sans mettre notre travail à prix d'or. La république seule aura l'usage de l'argent, elle fera seule le commerce extérieur, et pourvoira aux besoins des citoyens; elle établira des lois suivant les circonstances, et elle ne peut manquer de réussir en prenant souvent le contre-pied de celles de l'Europe. En admettant dans son sein tout ce que les sciences, les lettres, les arts, ont imaginé de plus utile, comment ne réussirait-elle pas parmi des Sauvages ignorants, lorsque nous avons vu des pirates effrénés, des noirs révoltés, fonder des puissances formidables dans ces mêmes contrées, où nous devons porter la liberté, la vertu, le courage, et enfin l'amour de Dieu et du genre humain? Tels sont les fruits que nous tirerons de nos travaux. Ainsi parla Benezet; tous ses compagnons l'embrassèrent, et promirent devant Dieu de travailler avec lui au bonheur des hommes.

Aussitôt il fit mettre les deux vaisseaux sur le chantier; et dès que leurs nombreux équipages furent rassemblés, il en donna le commandement à James qui avait veillé à leur construction. Il s'éleva alors une difficulté : Benezet, d'après ses principes de quakérisme, prétendait laisser le succès de toute cette entreprise à la protection de Dieu, sans prendre aucune précaution pour la défense de ses vaisseaux; il ne voulait point qu'on les armât de canons. Nous allons faire une mission de paix, disait-il, le ciel nous protégera; n'introduisons pas dans une terre innocente les affreux éléments de la guerre. Mais James le fit changer de résolution : Vénérable père, lui dit-il, Guillaume Penn a pu admettre ces principes dans la Pensylvanie : sa société était protégée par le gouvernement anglais en Amérique ; mais ici, nous allons fonder un état; nous serons obligés de nous défendre nous-mêmes ; et, comment le ferons-nous, si nous n'avons point d'armes? un misérable corsaire de Salé peut nous enlever toute cette belle et vertueuse jeunesse, et l'emmener en esclavage. Il nous faut du canon et des armes. D'ailleurs, ce n'est ici qu'une simple précaution, car l'aspect de la force nous dispensera d'employer la force. Benezet

était trop sage pour ne pas sentir quelle serait sa position dans un pays désert; il fit
donc équiper les deux vaisseaux d'une manière convenable, et, après leur avoir donné
le nom de Castor et Pollux, il mit à la voile
pour l'Amérique. La navigation fut très-heu-
reuse; James reconnut les îlots par où il avait
passé; car, dans l'intention de revenir un
jour, il avait eu l'attention de couper çà et là
des branches d'arbres sur le bord du rivage.
Benezet admira, ainsi que ses compagnons,
la beauté de ces terres virginales; ils récol-
tèrent les premiers grains que James y avait
semés, et qui étaient devenus magnifiques.

Dans cet heureux climat, les moissons se
recueillent deux fois par an. L'équipage montait à cinq cents hommes, y compris soixante
femmes et quatre-vingts enfants; après avoir
pourvu à leur logement et à leur nourriture,
Benezet fit scier des bois de mahoni et d'é-
bène; les femmes et les enfants recueillirent
des quantités considérables de vanille, d'indigo sauvage; et sur-tout de cacao qui croît
naturellement sur les bords de l'Amazone,
et dont les gousses sont si abondantes, que

ses branches, son tronc et jusqu'à ses racines en sont couverts. Il chargea ainsi ses
deux vaisseaux, et les renvoya à Londres.
Les agents qu'il y avait laissés, eurent ordre
de ne pas lui faire passer d'argent en échange
de ces marchandises, mais de s'en servir
pour attirer près de lui des familles indus-
trieuses. Dans l'espace de trois ans, ces vaisseaux débarquèrent dans notre port quatre
mille hommes. Vous devez voir maintenant
combien la population s'est multipliée.

Quant à Benezet, il parcourait l'Amérique
pour favoriser cet établissement ; mais on
ignore ce qu'il est devenu, et sans doute il a
péri à la suite d'un naufrage. Oublié en Europe, sa mémoire, ainsi que celle de ses il-
lustres compagnons, est immortelle dans ces
lieux. Nous leur avons dédié des monuments
que le temps ne saurait renverser : ce sont
les étoiles les plus brillantes du firmament, à
qui nous avons donné leurs noms. Nous en
agissons de même à l'égard de tous les bienfaiteurs du genre humain, de quelque nation
qu'ils soient : des Marc-Aurèle, des Épictète,
des Socrate, des Fénelon, des Jean-Jacques,

Ainsi nous remplaçons peu-à-peu les noms des animaux dont les hommes ont peuplé les cieux, par les noms des hommes et des femmes dont le génie, les graces et les vertus ont illustré la terre.

Ainsi parla le jeune Bentinck Cook. J'étais ravi de ce que je venais d'entendre, et encore plus de ce que je voyais : une vaste plaine, dont nous avions déjà traversé plus de la moitié, se déroulait, pour ainsi dire, devant nos yeux, et nous offrait à chaque pas de nouveaux aspects. Ici, c'étaient des usines que le vent faisait mouvoir; là, des prairies où paissaient de nombreux troupeaux. La plaine était sillonnée de chemins et de canaux traversés sans cesse par des chars et des gondoles; ces rives retentissaient de cris de joie, du son des instruments et du bruit des chansons. Des groupes de jeunes filles et de jeunes garçons dansaient à l'ombre des orangers et des abricotiers de Saint-Domingue, qui bordaient les grands chemins, tout couverts de fruits et de fleurs. Je n'avais encore rien vu d'égal à la beauté de cette brillante jeunesse; le plaisir, l'amour, la joie se peignaient dans tous ses regards. Je la contemplais avec une véritable ivresse, lorsque j'en fus tiré tout-à-coup par la vue de plusieurs aérostats qui s'élevaient sur différents points de l'horizon, et planaient au-dessus de la forêt vers la montagne. D'abord je les pris pour des nuages ; mais, comme ils avançaient très-rapidement, je ne tardai pas à distinguer leur forme allongée en poisson, et la nacelle située à leur centre de gravité, qui faisait vibrer leur longue queue, à l'aide de quelques personnes qui étaient dans ce petit bateau, sans que le vent parût leur opposer aucun obstacle ; car il y en avait qui allaient contre son cours. L'inventeur avait sagement pensé qu'il était nécessaire de donner à ce trajectile la forme d'un poisson plutôt que celle d'un oiseau. Un oiseau ne vole que par jet et avec effort ; il faut qu'il soutienne son poids dans l'air : aussi la nature a attaché les deux leviers qui l'y élèvent et l'y font avancer, dans la partie la plus forte de son corps, avec des muscles très-robustes. L'aérostat, au contraire, est porté naturellement dans l'air par la légèreté du gaz qui le remplit ; il n'a pas besoin de fortes ailes comme l'oiseau ; mais il lui faut, comme au poisson, une longue et large queue qui lui serve de rame, et dont on puisse faire mouvoir facilement le levier élastique et léger.

Ces poissons aériens arrivèrent en peu de temps au centre de la forteresse, où ils s'arrêtèrent au sommet de la pyramide qui séparait les douze tribus de la république. Avant d'arriver en ce lieu, mes regards furent frappés d'un monument qui était au milieu de la plaine : c'était un grand cylindre d'un granit rouge et blanc ; on y montait par plusieurs marches ; il était entouré de deux rangs de palmiers, et d'un large canal d'eau vive. Ce que vous considérez avec tant d'attention, me dit le jeune Bentinck Cook, est l'autel de la patrie ; c'est là que se font les réconciliations, les traités, les adoptions, et les promesses de mariage. Comme il finissait ces mots, nous arrivâmes à la vue de la forteresse ; elle était entourée d'un vaste lac, formé par la chute de la rivière qui s'y précipitait à droite et à gauche, et par deux torrents qui faisaient mouvoir une multitude

8.   11

d'usines. Une terrasse à perte de vue, de plus de quatre-vingts pieds de hauteur, supportait une double rangée de palmiers. Nous entrâmes dans le large fossé dont les eaux baignaient le soubassement de la forteresse. Autour de ce fossé étaient attachées à des anneaux une infinité de barques semblables à la nôtre ; mais le nombre en était si grand ce jour-là, à cause de la fête du soleil, qu'on avait été obligé de tendre çà et là des grelins dans le fossé pour en attacher d'autres. C'est ici, me dit le jeune Bentinck Cook, un des réservoirs de la république, et c'en est un des plus petits ; car plusieurs sont formés d'un seul bras de mer, dont nous avons fermé l'ouverture. On y pêche jusqu'à des baleines, et il y en a eu de servies sur les tables publiques, à pareille fête, qui avaient été ainsi pêchées. Mais voilà, dit-il, des tortues de l'Amazone qui languissent ; il est à propos de les remettre à l'eau ; ce qui fut exécuté à l'instant même par le gardien. Celui-ci, sur un signe que lui fit le jeune Cook, disparut un moment, et revint bientôt avec des fruits qu'il nous offrit pour nous rafraîchir. C'e taient, entre autres, des ananas du Brésil, de grandes branches d'oranges pourprées et d'oranges mandarines, semblables à des pommes d'api, et qui viennent par grappes. Je croyais être aux Indes orientales. Ce fruit était sucré, parfumé, ambré, et d'un goût si exquis, que les meilleures oranges de Malte et des Antilles n'en approchent pas.

Le jeune Bentinck Cook ayant remercié le gardien, nous nous hâtâmes de monter à la forteresse. Nous traversâmes d'abord une plantation de figuiers et de bananiers. Sous leurs ombrages, une multitude infinie d'hommes, de femmes, d'enfants, avaient des tables chargées de mets, et en passant, nous invitaient à les partager; d'autres se livraient à toutes sortes d'exercices et de jeux.

Enfin, nous arrivâmes au milieu de la terrasse. A notre gauche, nous aperçûmes la vaste plaine que nous avions traversée; plus loin, la forêt, et à perte de vue, le cours lointain de l'Amazone. A droite, s'élevait une montagne; et de son sommet, couronné de glaces, coulaient çà et là des torrents dont se formait la rivière des Amis. Depuis sa source jusqu'à son embouchure, on pouvait voir, dans l'espace de quelques lieues, un abrégé de ce que la Providence divine a créé, depuis la zone glaciale jusqu'à la zone torride, pour l'usage des hommes. Du côté de l'Amazone, on découvrait des chameaux chargés de vivres, conduits par des noirs; et du côté du sommet de glaces, on apercevait des traîneaux tirés par des rennes. La première perspective était vive et animée par l'effet des nuages qui se reflétaient dans les canaux de la plaine; tandis que celle de la montagne offrait l'aspect le plus riant : c'étaient des avenues d'arbres fruitiers qui, dans une immense élévation, se terminaient d'un côté à une vaste forêt de sapins, et de l'autre, à une vaste forêt de palmiers. Ainsi, en moins de six lieues se développait la végétation qui brille sur la surface entière du globe. Mais ce qui m'étonnait davantage, c'étaient les lois qui faisaient vivre avec tant de concorde un si grand peuple, composé de tant de nations différentes. Voilà ce que j'aurais été curieux de connaître.

Nous nous acheminâmes vers la pyramide,

Je m'aperçus qu'elle avait quatre portes ; chacune de ces portes était défendue par une batterie de canons. Une garde de cinquante jeunes gens, commandés par deux officiers d'un âge mûr, veillait à la sûreté de ces lieux. Rien n'était plus élégant que leur costume. Ils portaient sur leurs épaules un carquois rempli de flèches, à la main un arc, et au côté un sabre court et léger.

Nous entrâmes par la porte de l'orient ; le capitaine nous demanda avec beaucoup d'honnêteté à qui nous désirions parler ; si notre dessein était de visiter quelques étages des archives. Le jeune Bentinck Cook répondit qu'il désirait introduire des étrangers dans la salle d'audience. Aussitôt le capitaine appela un soldat de sa compagnie, et lui commanda de nous conduire. Cette salle était précisément au milieu de la pyramide. Une douce lumière traversait les vitraux d'un dôme immense, et, se répandant sur le siége des juges, faisait paraître leurs robes de pourpre étincelantes de magnifiques reflets. Un peu plus bas, étaient assis des secrétaires, des greffiers et des écrivains. L'autre moitié de

11*

cette salle était destinée au public; quand nous y parûmes, les spectateurs se levèrent pour nous laisser passer. Le sujet de notre arrivée était connu, et un des juges m'adressant aussitôt la parole, me demanda quelle était ma patrie. . . . .

. . . .

. . . .

. . . .

. . . .

. . . . Nous saluâmes respectueusement nos juges, et la séance étant levée, ils se séparèrent au son d'une flûte. Je me disposais à sortir, lorsque j'aperçus un homme de fort bonne mine qui me regardait très-attentivement; il paraissait avoir assisté à ma réception. Je me félicite, me dit-il, de trouver en vous un digne compatriote; j'espère être assez heureux pour vous être utile. En attendant que je sois digne d'être votre ami, permettez-moi de devenir votre serviteur. Je suis bibliothécaire, et mon nom est Varron. Le jeune Cook s'approchant de moi, me dit tout bas : L'homme que vous voyez devant vous, passe pour le plus savant de la république : c'est

pour cela que nous lui avons donné le nom
de Varron, si célèbre chez les anciens.

Pendant qu'il me parlait ainsi, quelques
noirs de Guinée ayant aperçu Samson, vinrent l'inviter à se divertir avec leurs familles
sous un gros calebassier qui était dans la
plaine. Ce bon noir vint aussitôt m'en demander la permission ; ce qui me surprit infiniment, car il était plus libre que moi, puisque c'était moi qui avais besoin de lui. Je lui
dis : Sois heureux, mon fils, par-tout où tu
seras. Alors le jeune Cook me rappelant qu'il
devait être, à la fin du jour, de retour au
port des Amis, me fit les plus tendres adieux ;
je le remerciai de la faveur qu'il venait de
me procurer ; il me dit : O mon père ! c'est à
vous que je dois le plus grand service que
j'aie rendu à ma patrie, celui de lui procurer un bon citoyen. Cependant, les trois
Sauvages étant redescendus, il se rembarqua
dans sa pirogue ; alors je me trouvai seul avec
Varron. Enfin, me dit-il, vous êtes à moi,
et je suis à vous ; un guide est nécessaire ici
à un étranger ; non pas que vous soyez chez
un mauvais peuple : il n'y en a pas, je crois,

sur toute la terre, qui réunisse autant de qualités bienfaisantes. J'ai voyagé chez les nations les plus policées de l'Europe, et j'ai vu
souvent qu'à peine je venais de quitter un
homme auquel on m'avait recommandé,
qu'un autre, qui lui succédait, m'en disait
du mal : c'était une suite perpétuelle de mé-
disances, qui finissaient par me remplir de
haine ou de regret. Il en était de même des
opinions sur lesquelles je désirais m'éclairer.
Les plus répandues, étaient précisément celles
qui étaient le plus universellement contre-
dites ; de sorte que je fus réduit en peu de
temps à ne plus rien croire sur la foi d'autrui.
Ici, c'est tout le contraire. Si vous abordez
un citoyen qui vous est inconnu, il est d'a-
bord disposé à vous obliger ; si vous le ques-
tionnez, il vous répondra ce qu'il pense ; et
s'il n'est pas instruit de ce que vous lui demandez, il vous fera franchement l'aveu de
son ignorance. Nous ne dressons point ici les
hommes à l'ambition ni à l'intrigue, mais à
s'entr'aimer. Le plus petit acte de vertu est
préféré au plus brillant trait d'esprit. Ce n'est
pas que l'un et l'autre ne soient dignes de

toutes nos affections, comme des influences de la Divinité, qui distinguent les hommes des animaux; mais l'esprit est comme le rayon du soleil qui éclaire la superficie de la terre, et la vérité comme la chaleur que ce feu céleste combine dans son sein, pour en faire sortir la vie.

Je fus frappé de cette comparaison. Oui, lui dis-je, je sens que la vertu est le but de notre existence. C'est la chaîne qui lie les hommes les uns avec les autres, et avec le ciel. Où en avez-vous trouvé les lois ? comment se fait-il qu'elles s'exécutent ici avec tant de facilité qu'elles semblent avoir tous les attraits du plaisir, tandis que par-tout ailleurs elles se montrent sous un aspect si triste et si sévère que leur accomplissement paraît exiger des efforts continuels de notre nature, ainsi que l'indique le nom de *vertu*?

Aussi, reprit Varron, combien de réformateurs, dans les siècles passés, ont dit du mal de cette nature humaine! Ils ont employé tous leurs soins à la vaincre, et ils ont cru ne pouvoir y réussir qu'en appelant à leur aide des secours surnaturels. Qu'en est-il arrivé?

que ce sont eux-mêmes qui se sont déformés. Ils ont commencé par inspirer une grande frayeur de l'avenir dans ce monde, où la Providence ne nous présente cependant qu'un cours successif de bienfaits ; et quant à l'autre, ils l'ont peuplé d'êtres épouvantables. Enfin, après avoir subjugué les hommes par la terreur, et s'être emparés de leur crédulité, ils se sont donnés comme les réparateurs et les juges de leurs destinées futures. Pour nous, notre but est de ramener les peuples aux sentiments les plus simples de la nature ; nous ne cherchons que les vertus qui rendent la société bonne et heureuse, en rendant, avant tout, heureux et bon celui qui les possède ; car le bonheur de tous naît du bonheur particulier de chacun. Voyons donc, lui répondis-je, par quelle chaîne céleste vous m'élèverez jusqu'à ces vertus divines. Nous n'aurons besoin d'aucun effort, reprit-il, car elles sont descendues jusqu'à nous.

Comme il parlait ainsi, nous entendîmes un bruit d'orgues et de timbales qui formaient un concert plein de mélodie ; bientôt nous vîmes venir, des extrémités de la terrasse,

deux files de chariots attelés de bœufs, et
chargés de tables, de bancs, de chaises, et
de tous les ustensiles nécessaires au festin d'un
grand peuple. Quand ces chariots se furent
réunis, le concert cessa; mais de nouveaux
accords plus doux, de musettes et de flûtes,
se firent entendre. Alors, douze jeunes garçons et autant de jeunes filles sortirent de
chaque arcade; tous étaient couronnés de
fleurs, et ils marchaient deux à deux, en
jouant de divers instruments. Voilà, me dit
Varron, les candidats qui ont fini aujourd'hui
l'année de leur apprentissage, et qui seront
reçus ce soir au nombre des citoyens. Ils
l'ont commencé deux à deux, un amant et
une maîtresse, afin de faire ensemble un
essai de la vie sociale; c'est pourquoi tous
leurs principaux exercices ont été réglés par
la musique. Maintenant il s'agit de disposer
le banquet. En effet, les jeunes garçons se
mirent à dresser deux rangs de tables de
chaque côté de la terrasse; les jeunes filles les
couvrirent de nappes, de couteaux, de coupes
d'argile qu'elles apportaient sur leurs têtes,
dans des corbeilles soutenues d'un seul bras,

comme ces belles cariatides dont nous ad-
mirons l'attitude dans les monuments des
Grecs.

A peine étions-nous à table, que la terrasse se trouva débarrassée des chariots; et
bientôt on entendit les sons mélodieux des
instruments. Les douze anciens sortirent d'un
groupe immense d'administrateurs, et vinrent
se placer à la table même où nous étions.
Aussitôt je me levai, et je dis à Varron : Je
ne suis qu'un étranger, et il ne m'appartient
pas de m'asseoir à la table des sages. Varron
me dit : Votre âge est un titre suffisant, et je
n'aurais pas commis l'indiscrétion de vous
inviter, si je n'étais assuré du consentement
des anciens. A l'instant même, nous vîmes
arriver, aux deux bouts de la terrasse, une
multitude de chars attelés chacun de quatre
chevaux; et lorsqu'ils se furent arrêtés vis-à-
vis les tables, on vit sortir de chaque char
quatre écuyers tranchants. Ces écuyers, armés de profondes cuillers, de longues four-
chettes d'acier, et de grands couteaux, décou-
paient les viandes, et les déposaient toutes
bouillantes dans de vastes plats, que les

jeunes gens de service allaient placer sur les tables; pour les jeunes filles, elles se promenaient autour des tables avec des amphores remplies de liqueurs, de sorbets, de limonades. Une d'elles remit auprès de Varron, deux bouteilles d'excellent vin de Bordeaux, l'une pour lui, l'autre pour moi, de la part de l'ancien de la tribu où je venais d'être reçu.

Un second service succéda au premier, dans le même ordre : il était composé de légumes excellents. Mais ce qui me fit le plus de plaisir, ce fut le troisième service, que nous appelons chez nous dessert. Il consistait en fruits confits ou crus, portés dans des corbeilles ou dans des vases d'argile, de formes élégantes. Il y avait environ deux heures que nous étions à table, lorsque Varron me dit : Nous n'avons plus faim; on va servir le café et le punch; allons le prendre avec ma femme et mes enfants. De nouveaux convives vont nous succéder; ce sont les jeunes citoyens qui ont monté la garde, et les jeunes couples qui nous ont servis. Notre vie n'est-elle pas heureuse ? Nous croyons ici que c'est une

8. 12

affaire de conscience d'user sans excès de tous les biens que Dieu nous donne.

Il était quatre heures après midi, lorsque nous nous mîmes en chemin pour aller à l'habitation de Varron, sur la pente de la montagne. Nous traversâmes la place au delà de la pyramide; quand nous eûmes fait environ cinquante pas, je vis que le chemin se partageait en deux, l'un bordé d'oliviers, l'autre de palmiers chargés de cocos, entremêlés de palmiers dattiers. Varron me fit remarquer la variété des plans de la nature. L'olivier, qui donne de l'huile aux zones tempérées, porte ses fruits dans son feuillage; et le cocotier, qui en fournit aux zones torrides, les a suspendus à sa tête, en forme de longues grappes. J'en comptai douze qui renfermaient chacune une trentaine de cocos. Ces fruits présentaient différents degrés de maturité : les plus avancés, d'une couleur rousse, étaient à la naissance de la grappe, et les moins avancés à son extrémité opposée : la même progression de maturité existait entre les grappes de l'arbre et les cocos de la même grappe; car il y en avait de vertes, d'autres nouvellement nouées, d'autres en fleurs, d'autres en boutons qui ne faisaient que d'éclore. On eût dit que leur fructification était en rapport avec les jours et les mois de l'année. Mais ce qui surpassait en beauté les cocotiers, c'étaient les palmiers dattiers ; car, outre qu'ils étaient plus élancés, ils portaient leurs longues grappes de dattes, de la plus belle couleur d'or, comme des lustres suspendus au haut de leurs majestueuses colonnes. Ce qui ajoutait encore à leur beauté, c'était un magnifique réseau d'un brun pourpre, qui en entourait et en fortifiait la tête. Une gerbe de palmes verdoyantes la couronnait, en s'élevant vers le ciel, et couvrait à moitié ses longues grappes qui pendaient vers la terre. Ce réseau offrait de doux abris à plusieurs oiseaux, entre autres, à des colombes qui y faisaient leurs nids. A la naissance de ces deux chemins, il y avait deux bornes rouges, l'une creusée, et l'autre bombée dans la partie qui regardait le ciel. Sur la première, on voyait une urne remplie d'une eau vive qui débordait de son sein, et la couvrait de ses bouillons ; sur la seconde, on plaçait, chaque soir, sur une tige de bronze, un globe de verre qui renfermait une lampe destinée à éclairer ce lieu. Nos chemins, me dit Varron, sont garnis, à leurs carrefours, de monuments semblables. Que peut-on offrir aux hommes qui leur soit plus agréable que du feu pour les éclairer, et de l'eau pour les rafraîchir? Les animaux mêmes sont sensibles à ces marques d'humanité : elles attirent les oiseaux dans le voisinage de nos habitations qu'ils embellissent.

Pendant que nous parcourions l'avenue de la droite, nous aperçûmes une multitude infinie de petits oiseaux, semblables à des colibris et à des oiseaux-mouches étincelants des plus brillantes couleurs. D'autres espèces plus grosses, mais sans éclat, faisaient entendre dans l'ombre du feuillage des sons ravissants. Nous parvînmes, après une heure de marche, à l'extrémité de cette zone si riche, si parfumée. J'aperçus des forêts naturelles à l'Europe, de chênes, de hêtres, d'ormes à moitié dégarnis de leurs feuilles; et, au milieu de ces forêts, des avenues de poiriers, de pommiers, et d'autres arbres fruitiers de nos climats. Par-tout je reconnus les genres, cependant avec des différences qui en rendaient les espéces méconnaissables. Il en était de même des oiseaux : les merles, les sansonnets, les pies, les perdrix même, avaient des épaulettes, des tours de gorge, des pectoraux, rouges, bleus, verts, qui les faisaient distinguer aisément de ceux de l'Europe.

Quant à l'aspect qui se présentait au loin, il n'offrait plus qu'un grand lac, terminé par une vaste forêt de sapins noirs, et de bouleaux couverts de leurs écorces blanches. Au delà de cette forêt, s'élevaient les sommets pourprés des Paramas surmontés de neiges inaccessibles. Voyez-vous, me dit Varron, cette maison rouge et blanche, qui est à trois cents pas de nous, sur le bord de cette petite rivière qui sort du lac? c'est là que je passe une partie de ma vie, avec ce que j'ai de plus cher au monde, ma femme et mes deux enfants ; c'est là que je vais jouir souvent du même air que j'ai respiré à ma naissance. La république, touchée de mon zèle pour son service, m'a fait construire cette maison en

12*

pierres monumentales, comme le sont toutes celles qui s'élèvent sur la croupe de la montagne. J'aurais pu choisir un climat plus doux et des plantations plus agréables; mais j'ai préféré ce qui convenait le mieux à ma santé et à mon esprit. Je passe souvent de mon ermitage à la bibliothèque, et de la bibliothèque à mon ermitage, et toujours avec un nouveau plaisir. Comme il disait ces mots, nous arrivâmes à la porte de sa maison; elle s'ouvrit, et j'aperçus une femme de trente-cinq ans environ, d'une figure pleine d'intérêt : elle avait à sa droite et à sa gauche, deux filles de quinze ou seize ans, d'une physionomie charmante. A leur toilette, on voyait qu'elles se préparaient à se rendre à la fête. Varron dit à son épouse : Chère amie, voici un nouveau compatriote que je te présente : il est père de famille, comme moi; mais il est privé de sa femme et de ses enfants : tâchons de les lui faire oublier. Je vais le recevoir dans le cabinet des Muses, prépare-nous quelques cordiaux; ensuite nous retournerons à la fête, si notre hôte n'aime mieux passer cette nuit dans mon ermitage.

Après avoir ainsi parlé, Varron me prit par
la main, et me conduisit au fond de son jardin, sous un bosquet de vieux chênes et de
sapins, au milieu duquel étaient une rotonde
de granit, et une table de bois d'acajou couverte de manuscrits et de livres. Il alluma,
au moyen d'un phosphore, une lampe d'argile, et nous nous assîmes sur le canapé.
C'était l'asile du repos : le silence du lieu,
le murmure des chênes et des sapins agités
par les vents, tout invitait à la méditation.
Voici, me dit Varron, un manuscrit qui est
un *compendium* de nos lois : il renferme
tout ce que nous sommes obligés d'apprendre
pendant l'année d'épreuve. Il n'a point été
inspiré par l'étude des lois, mais par celle
de la nature ; aussi, les principes en sont-
ils gravés dans le cœur de tous les hommes.
Nous avons encore parmi nous plusieurs de
ceux qui ont travaillé, avec Benezet, à poser
les fondements de ce bel ouvrage : tel est
entre autres le brame, qui a aujourd'hui cent
trente-sept ans. J'ai cru devoir ajouter un
commentaire à ce code : c'est l'application
des principes de la nature aux institutions de

12*

la société humaine. Vous le lirez, si vous le voulez; vous en aurez le temps, car cette lecture ne demande que trois heures. Varron m'ayant alors remis son cahier : Il faut que je parte, me dit-il, ma présence est nécessaire à la fête ; je vous laisse maître de la maison. Tâchez de venir nous rejoindre ; toute la route sera illuminée, et de votre vie vous n'aurez vu un aussi magnifique spectacle. En disant ces mots, il m'embrassa, et partit avec toute sa famille. . . . .

. . . .

. . . .

« L'auteur, marchant sur les traces de Pla-
» ton, se proposait de développer ici le sys-
» tème complet du gouvernement de l'Ama-
» zone. Nous ignorons si cette partie de son
» ouvrage était bien avancée ; mais nous n'a-
» vons pu en retrouver que des fragments,
» dont, malgré nos efforts, il nous a été im-
» possible de former un tout digne d'être pu-
» blié. »

ESSAI

SUR

J.-J. ROUSSEAU.

PRÉFACE
DE L'ÉDITEUR.

VERS le milieu du mois de janvier de 1771, Bernardin de Saint-Pierre se trouvait au cap de Bonne-Espérance, et près de s'embarquer pour revenir en France, il mandait à Rulhière, qu'entre autres plaisirs il se promettait celui de voir deux étés dans la même année ; car, au moment où il s'éloignait de ces rivages, on était sur le point de commencer les vendanges, le mois de janvier du cap de Bonne-Espérance répondant à-peu-près à notre mois d'août. Cette lettre fut communiquée à J.-J. Rousseau, qui désira d'en connaître l'auteur ; et lorsqu'il le vit pour la première fois, il l'accueillit avec beaucoup d'empressement, et lui dit qu'il estimerait toujours un homme qui, en revenant du pays de la fortune, ne songeait qu'au bonheur de jouir de deux étés dans la même année. Telle fut l'origine d'une liaison qui fait époque dans la vie de Bernardin de Saint-Pierre. Dès qu'il connut Rousseau, il l'aima, on peut dire, avec passion. L'hiver, ils se réunissaient pour causer familièrement, au coin du feu, de leurs projets et de leurs ouvrages ; au retour de la belle saison, dès le matin, ils dirigeaient leur promenade dans la campagne, dînant au pied d'un arbre, et ne reprenant que le soir le chemin de la ville. C'est ainsi qu'ils passèrent des jours dignes de l'antiquité ; car leur amitié n'était pas stérile, et, dans leurs conversations familières, ils traitaient les plus hautes questions de la morale et de la philosophie. La nature, la religion et l'immortalité étaient les objets habituels de leurs méditations. A ces idées d'une philosophie pro-

fonde, ils mêlaient quelquefois les pein-
tures vives et animées de leurs sentiments,
les anecdotes de leur enfance, les souvenirs de leurs beaux jours, et des réflexions
touchantes sur la recherche du bonheur,
le mépris de la mort et la constance dans
l'adversité : questions qui ont si souvent
occupé les anciens, et qui donnent tant
l'intérêt à leurs ouvrages. On aime à voir
ces deux amis s'adresser ces questions avec
l'innocence de cœur d'un enfant, et y répondre avec la puissance de raisonnement
du génie. Ainsi ce qu'ils disaient au coin
du feu, ou dans leurs promenades solitaires, aurait pu profiter à tous les hommes
de tous les siècles. En lisant les notes où
Bernardin de Saint-Pierre consignait ces
souvenirs, et qui ont servi de matériaux
aux fragments que nous publions, on croit
lire quelques passages d'un dialogue de
Socrate et de Platon. L'aspect des campagnes remplissait leur ame d'un sentiment de bonheur et d'amour qui animait

8.   13

toutes leurs pensées ; car il y a dans les
beautés de la nature quelque chose qui
nous invite à aimer. Voilà pourquoi, lorsque, dans l'Énéide, Didon vient d'accorder l'hospitalité au fils de Vénus, Virgile,
ce grand peintre des passions, voulant
émouvoir le cœur de la reine de Carthage,
place l'Amour à ses genoux ; puis il fait
chanter par le bel Iopas, non des hymnes
tendres et voluptueux, mais les merveilles de l'univers :

Hic canit errantem lunam, solisque labores;
Undè hominum genus, etc.

(Æn., lib. 1, v. 746.)

Et qu'on ne croie pas que ce soit donner une trop grande importance à ces
épanchements de l'amitié ! Platon avait assisté aux leçons des philosophes de l'Inde,
de l'Égypte et de l'Italie. La science fut
le fruit de ses voyages ; mais il ne dut la
sagesse qu'aux entretiens de Socrate.
De simples conversations forment tous ses

ouvrages; et cependant il est encore aujourd'hui le premier moraliste de l'antiquité, quoique Cicéron ait écrit sur les mêmes sujets. Pourquoi n'attacherions-nous pas aux paroles de nos sages autant de prix que les anciens en attachaient aux discours de leurs philosophes?

On ne trouvera point ici ces sentences pompeuses dont nos livres sont pleins, et dont nos tribunes et nos théâtres retentissent. Celles-ci sont simples, familières et communes, mais elles ont servi à J.-J. Rousseau : les autres sont belles, mais inutiles. C'est en faisant allusion aux vertus austères de son ami, et aux vaines maximes de la philosophie moderne, que Bernardin de Saint-Pierre se plaisait à raconter qu'un jour, au garde-meuble de la couronne, il avait été frappé d'admiration à la vue de l'armure étincelante de pierreries offerte par Soliman à Louis XIV, jusqu'au moment où ses yeux s'étaient arrêtés avec attendrissement sur la cuirasse

de fer de Henri ıv, toute bossuée de coups
d'arquebuse.

D'ailleurs, l'épreuve qu'un grand homme
a faite des maximes qu'on va lire , n'est
pas leur seul mérite. Ce qui leur donne du
prix à mes yeux, c'est que tout le monde
peut en faire usage. Le défaut majeur de
notre éducation est d'offrir des exemples
qui ne peuvent être d'aucune utilité dans
le cours habituel de la vie. La plupart des
hommes sont destinés à l'obscurité; il leur
faut des vertus domestiques , et non des
vertus dramatiques. Ces dernières sont cependant les seules qu'on enseigne aujour-
d'hui : aussi n'aurons-nous bientôt plus
qu'un peuple d'acteurs, qui mourra de
ses vices en débitant les maximes de la
vertu. Sont-ce donc les modèles qui nous
manquent ? Et la vie de Rousseau , par
exemple , comme celle de Socrate, n'est-
elle pas à la portée commune, quoiqu'il
ait été sublime à lui d'y descendre et de
s'y maintenir ? Sans doute , il a commis des

...utes, et nous sommes loin de vouloir les dissimuler ; mais jamais homme parfait n'a été présenté à l'admiration des hommes. Fénelon, dont le goût était pur comme la vertu, en imaginant un prince qui pût servir d'exemple au duc de Bourgogne, lui donne les défauts de son âge et de son état ; lui-même, si digne de louanges dans la simplicité de sa vie privée, nous paraît bien plus grand lorsqu'il monte en chaire pour avouer ses erreurs et pour prononcer sa condamnation, que lorsqu'il développe toute la force de son génie dans la composition de son divin ouvrage. Les beautés morales ne naissent que des imperfections vaincues, et du combat de nos passions : d'où il n'y a pas d'effort, il n'y a pas de vertu.

Rien n'eût donc été plus propre à nous rendre meilleurs, que ces récits familiers de la vie de J.-J. Rousseau, mêlés aux souvenirs de la vie de Bernardin de Saint-Pierre. On pourra prendre une idée, bien

13*

faible il est vrai, de l'intérêt d'un parei[l]
ouvrage dans le fragment que nous p[u]blions aujourd'hui. Les deux amis s'y pré[ai]sentent avec tant de bonhomie et de si[m]plicité, qu'on s'imagine être en tiers [à]
causer avec eux. Les écrivains avaie[nt]
disparu ; ils ne s'occupaient plus de ce q[ui]
eût été le mieux dit, mais de ce qui éta[it]
le plus digne d'être dit. Il n'y avait ent[re]
eux ni prétention de bien parler, ni pr[é]tention de bien écrire, ni désir d'être a[p]plaudi ; le désir de s'éclairer, l'amour [de]
la vérité, restaient seuls. Leurs doute[s]
leurs espérances, leurs découvertes, ils [ne]
dissimulaient rien ; et qui pourrait expri[]mer leur ravissement, lorsqu'ils arrivaie[nt]
à la démonstration d'une des vérités [les]
consolantes de la religion ! car ils ne vo[u]laient que la vérité ; mais ils la voulaie[nt]
sublime, parce que celle-là seule les p[é]nétrait d'une joie ineffable, et que c'éta[it]
ainsi qu'ils sentaient qu'elle était la v[é]rité.

Aussi voyait-on sortir quelquefois leurs plus forts arguments de la surprise qu'ils éprouvaient en réfléchissant sur les plus belles facultés de l'ame, celles qui font aimer et raisonner.

Croyez-vous donc, disait Bernardin de Saint-Pierre après une longue discussion sur la poésie et sur l'amour, que les doux ravissements des muses, les émotions de la bienveillance, celles qui précèdent et qui suivent un bienfait, ne sont que l'agitation momentanée d'un petit morceau de terre?

Ces amitiés qu'on croit éternelles, ce goût pour les monuments qui conservent notre souvenir, cet amour de la gloire et de la louange, ce sentiment de l'infini que l'homme porte dans toutes ses passions, prouvent qu'il est né pour l'infini.

Sans doute, une des plus séduisantes illusions de l'amour est d'imaginer qu'on fait le bonheur de ce qu'on aime. C'est une illusion divine, ainsi que toutes celles de cette passion. Mais comment expliquer par le secours de l'organisation, la naissance d'un sentiment qui ne nous laisse heureux qu'autant que nous sommes cause d'un bonheur qui est hors de nous ! La matière ne peut rien là.

Philosophe, tu ne conçois pas ces relations ! tu ne les as peut-être jamais éprouvées ; tu n'en vois pas le but ! Mais conçois-tu pourquoi tu existes ? et nieras-tu ton existence parce que tu ne l'as pas comprise ? Examine tout ce que tu es forcé de croire pour ne croire à rien, et ose ensuite nous accuser de crédulité !

Chose digne de remarque ! au moment où J.-J. Rousseau livrait son ame à tous les charmes de cette amitié solitaire, il abandonnait la société des Diderot, des Saint-Lambert, des Helvétius, des Duclos, et de cette multitude de sophistes qui se firent un nom par de grands scandales, encore plus que par de grands talents. Il

préférait à ces hommes d'une science cor-
ruptrice, d'une vertu fastueuse, et dont
la plume distribuait la gloire, un homme
simple et sans renommée, mais dont le
cœur renfermait des trésors de sagesse et
l'amour; et tandis que les salons de la capitale applaudissaient aux impiétés de ces
profonds génies qui ne croyaient qu'à eux,
qui n'adoraient que leur intelligence, Jean-
Jacques et son ami, promeneurs solitaires,
trouvaient dans la plus petite fleur un nouveau sujet d'élever leur ame jusqu'au Dieu
de la nature. Souvent alors, ramenant
leurs pensées sur eux-mêmes, ils soupi-
raient en se voyant délaissés des hommes
qu'ils voulaient rendre heureux; mais
toutes leurs douleurs cédaient bientôt à
l'espérance de cet avenir céleste que la religion promet à ceux qui souffrent. Dieu,
disaient-ils, nous envoie souvent des maux
qui n'ont point ici-bas de consolation, pour
nous obliger à n'avoir recours qu'à lui.
La vertu est un arbre dont les racines

tiennent à la terre, mais qui ne donne son
fruit que dans le ciel.

Cependant, cette amitié si pure avait
aussi ses moments de trouble et d'amer-
tume. Rousseau s'était fait un système d'indépendance qui ne lui permettait pas de
supporter la moindre gêne; une visite à
contre-temps, un mot, une question, mal
interprétés, suffisaient pour occasioner
une rupture. Dans son dépit, Bernardin
de Saint-Pierre jurait de ne plus le revoir,
mais sa destinée le ramenait tôt ou tard à
sa rencontre : alors tout était oublié; les
visites, les promenades recommençaient
sans qu'il fût question du passé. Rousseau
avait quelquefois de l'humeur, jamais de
ressentiment.

Un jour, c'était dans la plus belle saison de l'année, vers la fin du mois de mai
de 1778, ils avaient formé le projet d'aller passer la matinée sur les hauteurs
de Sèvres; Bernardin de Saint-Pierre arrive au lieu du rendez-vous, Rousseau n'y

tait pas : pendant plusieurs jours, il revient
au même lieu, et il y revient inutilement.
Enfin après une semaine d'attente, il ha-
sarde une lettre, elle reste sans réponse ;
alors son inquiétude est au comble, et
dans une violente agitation, il prend le
chemin de la rue Plâtrière ; arrivé près de
l'habitation de son ami, la crainte le saisit,
il s'arrête, il hésite s'il montera ; mais
enfin surmontant son émotion, il se trouve
dans la chambre de Rousseau : elle était
vide ! deux femmes y cardaient de la laine ;
elles ignorent jusqu'au nom de celui qu'il
demande : mais redescendu chez le maître
de la maison, il y apprend que depuis
quinze jours, Rousseau s'était retiré à la
campagne dans un lieu isolé, d'où il avait
envoyé une seule fois prendre les lettres
qui lui étaient adressées.

Il est difficile de se faire une idée de
l'affliction de Bernardin de Saint-Pierre.
Il s'était livré à cette amitié avec la ferveur
de la jeunesse, et il crut avoir tout perdu

parce qu'il perdait sa dernière illusion.
Quelques lignes trouvées dans ses papiers,
et que nous rapporterons ici, expriment
d'une manière bien touchante, combien
l'impression qu'il reçut fut profonde et
douloureuse.

« Mon premier mouvement, dit-il, fut
» de me repentir de l'avoir aimé. Je ne
» pouvais concilier sa conduite avec les
» marques de confiance qu'il m'avait don-
» nées dans nos derniers entretiens. Je ré-
» solus de lui écrire pour me plaindre amè-
» rement; je n'en eus pas la force. Je com-
» mençais ma lettre par lui faire de tendres
» reproches d'être parti sans me dire adieu,
» ensuite lui rappelant nos projets et nos
» conversations, je lui promettais de l'aller
» voir, et je terminais par deux vers dont
» il connaissait l'allusion, et que Virgile fait
» adresser par Gallus aux bergers de l'Ar-
» cadie :

« Atque utinam ex vobis unus, vestrique fuissem
» Aut custos gregis, aut maturæ vinitor uvæ! »

« Plût aux dieux que j'eusse été l'un de vous ! quel » plaisir de garder vos troupeaux, ou de vendanger » vos raisins ! »

» Cependant des bruits vagues se répan- » daient dans le public qu'on allait publier » les mémoires de la vie de Rousseau, qu'il » était poursuivi, qu'il était caché, qu'il » avait fui en Hollande ; enfin on citait des » crimes. Où est-il ? que fait-il ? me disais- » je. S'il prépare une apologie, je serai » son secrétaire ; est-il persécuté ? je veil- » lerai sur ses jours : a-t-il fait une faute ? » je pleurerai avec lui. Au milieu des ru- » meurs de la capitale et des anxiétés de » mon ame, j'apprends sa mort par le Jour- » nal de Paris. »

Ainsi s'exprimait Bernardin de Saint-Pierre, peu de temps après cette époque douloureuse. Il crut alors qu'au défaut d'un ami, il n'y avait que la solitude qui pût calmer ses peines. La nature console de tout en nous conduisant doucement de la vue de ses ouvrages au sentiment de la

8.   14

Divinité. C'est ainsi qu'elle l'avait consolé
dans plusieurs circonstances, mais cette
fois elle fut insuffisante. Hélas! il avait eu
un ami, et l'aspect de la campagne ne faisait que renouveler dans son cœur le regret de sa perte. Avec quelle émotion il
revenait seul dans les lieux de leurs promenades habituelles! Il croyait le voir encore le long des chemins peu battus, au
pied des arbres, ou sur les pelouses solitaires; il lui semblait que les bords de la
Seine, le mont Valérien, le bois de Boulogne, lui répétaient ses pensées et jusqu'aux sons de sa voix. Il ne voyait rien
dans la nature qui ne partageât sa tristesse;
semblable à ce pasteur qui, dans Virgile,
déplore la mort de Daphnis, et s'imagine
que les lions, les montagnes, les forêts,
pleurent Daphnis comme lui :

« Daphni, tuum Pœnos etiam ingemuisse leones
» Interitum, montesque feri silvæque loquuntur »

Sa douleur ne lui laissait aucun refuge.

Je pouvais m'éloigner, disait-il; mais quand j'aurais perdu ces lieux de vue, quand j'aurais été dans une terre étrangère, les plantes dont elle eût été couverte, et dont Rousseau m'avait fait aimer l'étude, m'auraient dit à chaque pas : Vous ne le verrez plus !

C'est alors que ne sachant où aller, fuyant les hommes qui lui en disaient trop de mal, et la nature qui lui en disait trop de bien, Bernardin de Saint-Pierre essaya de charmer sa douleur en jetant sur le papier tout ce qu'il put se rappeler de l'ami dont le souvenir l'occupait. Il se plaisait dans les détails de ce qu'il avait retenu de sa jeunesse, de ses amours, de ses sentiments, de ses doutes, cherchant à faire revivre celui qu'il avait perdu, et recueillant les débris de ce naufrage, afin d'en fortifier sa vie.

Il est probable que la publication des Confessions décida Bernardin de Saint-Pierre à abandonner son ouvrage. Seule-

ment il en tira une multitude de pensées
et d'anecdotes qui trouvèrent leur place
dans les Études et les Harmonies. Tels
sont les jugements sur Plutarque, sur
la Grèce et sur Rome; la promenade au
mont Valérien, celle au pré Saint-Gervais;
la description du Déluge, du Poussin, et
le morceau si touchant du triomphe de
Paul Émile et de ses petits-enfants : les
plus belles pages sur le danger de l'émulation, et sur l'abus et l'incertitude des
sciences, furent également inspirées par ces
délicieux souvenirs. Une partie de ces matériaux avait été mise en œuvre; le reste
était demeuré imparfait. Tels sont les
fragments que nous avons essayé de réunir. Ceux qui font une étude approfondie
du caractère et des opinions de Jean-Jacques, aimeront à y retrouver ses pensées,
dépouillées de toute éloquence, et telles
qu'il les exprimait dans ses conversations
familières. Ils croiront vivre avec lui, et
suivant ses traces dans les campagnes, ils

chercheront les lieux où il allait méditer.
Alors, sans doute, ces débris seront regardés avec respect, comme ces médailles
usées de Platon et de Socrate, que nous
vénérons parce qu'elles ont été frappées
de leur temps. Quant à l'ouvrage lui-même,
rien n'a été négligé pour lui laisser sa simplicité originale. Jean-Jacques, pour me
servir de l'expression de Montaigne, y est
représenté en *sa façon simple, naturelle
et ordinaire, sans contention et artifice.* *
*On pourra contrerôler ses actions commu-
nes et le surprendre en son à tous les jours;
seul moyen de juger bien à poinct d'un
homme.* **

Cependant il n'est point inutile de remarquer qu'en recueillant ces fragments,
il nous a été impossible de ne pas répéter
quelques-uns des traits déjà rapportés dans
les Confessions. Mais il nous semble que

* Essais de Montaigne, dans sa Préface.
** *Ibid.*, livre II, chapitre XXIX.

14*

ces répétitions mêmes donnent quelque
prix à notre travail ; car, non-seulement
elles prouvent la sincérité de Rousseau ;
mais ces récits sans parure, et tels qu'il
les faisait à un ami, peuvent, en les comparant avec l'ouvrage où il s'est peint lui-
même, donner une idée du charme qu'il
savait répandre sur les plus petites choses,
lorsqu'il voulait les présenter au public.
D'ailleurs, quand il s'agit de ces génies
privilégiés, toutes les circonstances sont
importantes. On aime à se représenter
leurs moindres actions, à entendre leurs
moindres paroles, à connaître toutes leurs
pensées : on est presque étonné de voir
qu'ils étaient hommes ! Mais cet étonnement, en les rapprochant de nous par
les détails de la vie ordinaire, nous donne
souvent la force de nous élever jusqu'à
eux par les vertus de leur vie contempla-
tive. Au reste, notre siècle est si pauvre
que les plus faibles souvenirs du siècle qui
vient de s'écouler sont des richesses pour

lui. Nous sommes semblables au peuple de Rome, qui ne vit plus aujourd'hui que des ruines du temps passé, et qui présente à la vénération des voyageurs jusques aux cailloux qui ont été foulés par ses héros.

Une autre considération donnera, sans doute, quelque prix à ce fragment, c'est qu'il offre comme un tableau antique des mœurs de deux hommes célèbres. Un auteur, dit-on, ne rend le public juge que de ses talents : c'est une erreur. L'art de tromper dans tous les genres est devenu si universel, les livres répandent aujourd'hui tant de fausses lumières, qu'on ne peut désormais ajouter foi à la science qu'à proportion de la confiance qu'on porte au savant. Apprendre à connaître l'homme, c'est apprendre, selon Montaigne, à rabattre l'imposture des mots captieusement entrelacés. * C'est donc à la pureté des cœurs à nous répondre de la pureté des principes ;

* Essais, livre 1ᵉʳ, chapitre xxiv.

cela est évident des historiens, mais cela
n'est pas moins vrai des philosophes, et
d'une bien autre conséquence. Les premiers,
dans le fond, ne nous égarent guère quand
ils nous trompent ; car qui peut régler sur
les grands personnages de l'histoire une
vie souvent obscure, et dont les événements varient pour chaque homme ? Nous
logeons les faits historiques tout au plus
haut dans notre mémoire, tandis que nous
recevons les maximes de la philosophie
dans notre conscience ; et comme elles
parlent à notre raison, elles influent sur
nos opinions et dirigent notre conduite.
Pour juger donc la sagesse d'une philosophie, il faut connaître les mœurs du philosophe ; car c'est un préjugé bien favorable qu'elle est utile et bonne, lorsqu'elle
a servi à rendre meilleur celui qui l'a
donnée.

Si l'on fait l'application de ce principe
à la vie retirée, aux mœurs simples de nos
deux philosophes, on sentira toute la force

que leur exemple doit donner à leur morale. L'enthousiasme qu'ils inspirent, tient
moins au souvenir des méditations qui les
éloignaient des hommes, qu'à celui du
penchant qui les rapprochait de la nature.
On veut partager un bonheur qu'ils ont
l'art de faire envier, non parce qu'ils ont
su le peindre, mais parce qu'ils savaient
en jouir. *C'est quelque chose*, dit encore
Montaigne, *de ramener l'ame à ces ima-
ginations, c'est plus d'y joindre les effets.* *
Le précepte instruit, l'exemple commande;
et les paroles les plus éloquentes ne pro-
duiront jamais une émotion aussi vive que
celle qui nous transporte au seul aspect
d'un homme vertueux.

Nous regrettons de n'avoir pu recueillir
aucun des jugements de Bernardin de Saint-
Pierre sur les ouvrages de Rousseau. Tout
ce que nous en savons, c'est qu'il ne con-

* Essais, livre 11, chapitre XXIX.

sidérait pas ces ouvrages seulement sous
le rapport littéraire, mais encore sous le
rapport de leur influence morale. Il y a
une seule chose qui, avec le talent, assure
une haute réputation. Ce n'est pas l'esprit, car qui en a plus que Martial ? ce
n'est pas la grâce et la volupté, car rien
n'est plus gracieux qu'Ovide ; ce n'est pas
la haine du vice, car jamais cette haine
n'inspira des pages plus véhémentes que
celles de Juvénal : c'est l'utilité dont un
écrivain est au genre humain. Bernardin
de Saint-Pierre voulait faire l'application
de cette pensée aux divers ouvrages de
Rousseau ; mais ce projet ne fut point exécuté. On trouve seulement dans ses notes
des indications telles que celles-ci : « Mères
» devenues nourrices ; éducation adoucie ;
» châtiments honteux supprimés ; * l'homme
» rendu moins malheureux devient moins

* C'est par l'influence des ouvrages de Jean-
Jacques, que les punitions corporelles qui dépravent
l'enfance, furent supprimées à l'École militaire, et que

méchant ; liens de la société naturelle renforcés ; goût de la nature inspiré. » Les notes copiées textuellement peuvent donner une idée de la manière dont Bernardin de Saint-Pierre préparait son travail ; mais elles servent sur-tout à nous faire regretter qu'il ne l'ait point achevé. Cette manière de considérer les œuvres de Jean-Jacques prévenait d'ailleurs bien des objections ; car ce philosophe était loin de mériter le reproche que Cicéron adresse avec tant de raison aux stoïciens, de n'avoir rien fait pour l'utilité générale. Il est vrai que Rousseau nous égare quelquefois ; mais alors même ce n'est point le vice qui nous séduit, c'est l'exagération de la vertu qui nous entraîne, et l'on sent encore qu'il est tout occupé de notre bonheur. C'est ainsi que Bernardin de Saint-Pierre se serait plu à nous montrer Rousseau, philo-

l'impératrice de Russie les bannit également des collèges.

sophe de la nature, protecteur du faible,
ami des infortunés, ouvrant dans l'Héloïse
une route au repentir, élevant un asile à
l'enfance dans l'Émile, et un refuge aux
peuples dans le Contrat social.

Un des passages les plus remarquables
du fragment que nous publions, est celui
où l'auteur établit une distinction entre le
caractère que donne la nature, et celui
que donne la société. Cette distinction
jette un grand jour sur J.-J. Rousseau;
elle explique les boutades, les bizarreries,
qui jusqu'alors avaient paru inexplicables.
La nature l'avait fait sensible et hardi, le
malheur le rendit brusque et timide. Socrate s'avouait enclin à tous les vices, c'é-
tait son caractère naturel; son caractère
social était la vertu. Au contraire Rousseau, sensible par nature, devient dur et
méfiant parce que la société le trompe et
le repousse. Toujours en défiance contre
les hommes, il cherche un appui dans ses
illusions; la terre disparaît à ses yeux,

Créateur d'un monde idéal, il le peuple d'êtres célestes, et s'abandonne ensuite avec délices au bonheur de les aimer. Le voilà dans son caractère naturel : gardez-vous de le réveiller; vous ne le pouvez sans lui rendre son caractère social, c'est-à-dire, sans le replacer au milieu des maux de la société, sans le mettre en garde contre ses vices. Quant à présent il est heureux, parce qu'il ne voit que des heureux; tout se dirige autour de lui à la vertu et à Dieu. Voyez avec quelle éloquence il loue cette religion qui nous apprend qu'un être bienfaisant veille sur chacun de nous, et qui, à la place du Dieu de la philosophie, de ce grand géomètre des mondes, sans cesse occupé à rouler d'innombrables sphères, nous montre un Dieu compagnon de la vie et des misères humaines.

A la suite du fragment sur Jean-Jacques, nous avons placé un parallèle de ce philosophe et de Voltaire. Ce parallèle fut

8.   15

écrit il y a plus de vingt ans, et, quoique resté imparfait, c'est peut-être le morceau de Bernardin de Saint-Pierre où l'on trouve le plus d'aperçus fins, délicats et ingé-nieux. On regrette seulement qu'il ait abandonné son travail au moment où il allait comparer l'influence que ces deux écrivains ont exercée sur leur siècle. Il semble d'après quelques passages mêmes du parallèle, que son intention était d'ap-précier les résultats si opposés de leurs opinions. Effectivement ces résultats ont ce caractère particulier, qu'ils furent en raison inverse de l'intention, du talent, de la réputation et de l'ambition de ces deux philosophes. Voltaire a beaucoup influé sur la dernière classe de la société, dont il ne se souciait pas ; il n'a influé que su-perficiellement sur la seconde, pour la-quelle il écrivait ; et pas du tout sur la première, qu'il flattait dans tous ses ou-vrages. Rousseau au contraire a peu influé sur le peuple, vers lequel il a dirigé toutes ses vues, et dont il a défendu tous les droits; mais il a beaucoup influé sur la seconde classe de la société, et encore plus sur les grands, dont il n'a cependant ni flatté ni dissimulé les vices. Voltaire attaque la superstition qui nuit aux hommes; Rousseau élève la religion qui leur est utile. Le premier répand une lumière qui éblouit et trompe les peuples; il leur inspire le goût du luxe, des arts, de la vanité, ne sachant pas qu'il multiplie leurs maux en multipliant leurs plaisirs : le second donne des sentiments d'humanité aux riches, et les ramène au goût d'un bonheur tranquille et des plaisirs simples de la nature. Si Voltaire fait débiter ses maximes par la multitude qu'il séduit et qu'il égare, Rousseau fait pratiquer les siennes par ceux qui influent sur la félicité des peuples, et les rappelle à la vertu par la force du sentiment. Ainsi Voltaire, toujours occupé à détruire sans réparer, ne délivre l'homme de ses croyances superstitieuses que pour

le livrer à de plus grands maux, ceux de
l'incrédulité. Sa philosophie, comme le
dit Bernardin de Saint-Pierre, *est celle
des gens heureux*, et tôt ou tard la fortune
nous force à l'abandonner; tandis que la
philosophie de Rousseau, étant celle des
infortunés, devient à la fin celle de tous
les hommes.

Parmi les notes qui devaient servir de
matériaux à l'ouvrage de Bernardin de
Saint-Pierre, il en est un grand nombre
que leur imperfection ne nous permet pas
d'introduire dans le fragment que nous
publions. Ces notes n'étaient que des indications; il fallait ou les laisser perdre,
ou essayer de les rédiger en leur conser-
vant toute leur simplicité. Quelque désa-
vantage qu'il y eût à entreprendre un pareil travail, il ne nous était pas permis de
balancer. Les pages suivantes renferment
donc tous les débris que nous avons pu
recueillir. Quelques-unes de ces pensées
sont placées dans la bouche de Bernardin

de Saint-Pierre ; cette forme nous était indiquée par les notes elles-mêmes, et c'eût été nuire à l'intérêt que de vouloir en prendre une autre. Ce sont des anecdotes, des souvenirs qui lui échappent comme dans une conversation : aussi, pour me servir de l'expression d'un poëte, notre dessein est-il moins d'offrir au lecteur des phrases pompeuses et magnifiques, que de converser tête à tête avec lui :

Non equidem hoc studeo, bullatis ut mihi nugis
Pagina turgescat,.....
Secreti loquimur :...... *

FRAGMENTS SUR J.-J. ROUSSEAU.

Un jour, en voyant des enfants qui jouaient sur le gazon des Tuileries : Voilà, lui dis-je, des enfants que vous avez ren-

* Pers., sat. v, v. 19.

dus heureux ; on a fait ce que vous demandez. Il s'en faut bien, me répondit-il, on se jette toujours dans les extrémités. J'ai parlé contre ceux qui leur faisaient ressentir leur tyrannie, et ce sont eux à présent qui tyrannisent leurs gouvernantes et leurs précepteurs.

Pour détruire les athées, s'il y en a, disait Rousseau, il ne faut pas leur montrer la nature qu'ils refusent de voir, mais les attaquer dans leur propre raisonnement.

Il semblait s'exercer à quitter toutes les choses de la vie. Un jour il se défit de son épinette ; il ne disait plus, comme autrefois : La musique m'est aussi nécessaire que le pain. Un autre jour il donna son herbier ; enfin il perdit sa loupe, sa canne, son chapeau, et son livre De la Sagesse ; mais il se livrait encore à la recherche des plantes.

Rousseau disait : Il faut mépriser les

hommes, et agir comme si on était toujours en leur présence. Mais sa conduite
et ses vertus prouvaient bien qu'il se proposait d'autres témoins et d'autres juges
que les hommes. Je n'ai commencé à être
heureux, disait-il, que lorsque j'ai été
tout-à-fait sans espérance. On ne conserve
la paix du cœur que par le mépris de tout
ce qui peut la troubler.

Il aimait singulièrement les contes orientaux, et faisait un cas tout particulier des
Mille et une Nuits. L'homme, disait-il, y
est plus rapproché de l'homme : on y voit
souvent un souverain converser avec un
homme du peuple. Nos riches ne craignent
jamais de tomber dans la misère. Il n'y a
guère que les malheureux de charitables.
Je lui dis à ce sujet : Quoiqu'en dise le
président Hénault, une des grandes causes
de la stérilité de nos histoires, c'est qu'il
n'y a rien pour le peuple ; il ne s'agit que
de quelques grandes maisons, et de savoir

qui occupera le trône. Il n'y a donc qu'un
homme qui intéresse ; c'est le roi : et l'intérêt de son histoire augmente à mesure
qu'il est plus populaire. Voilà pourquoi
l'on admire Louis XIV; mais on aime
Henri IV. Nous avons cependant quelques
histoires touchantes, comme celle de Tu-
renne ; mais ce n'est pas comme grand
seigneur, c'est comme homme.

On l'a taxé d'orgueil parce qu'il repous-
sait la main qui voulait lui mettre un joug,
parce qu'il refusait les dîners, parce qu'il
n'adoptait pas les opinions du jour,
qu'il n'accordait pas son estime au rang
et à la fortune, et qu'il s'éloignait des réunions d'artistes, de gens de lettres et de
qualité. Mais ce sont les orgueilleux qui
taxent d'orgueil. L'orgueilleux est celui
qui cherche à subjuguer ; et Rousseau,
solitaire, sans ambition et sans fortune,
ne voulut que vivre libre. Il se fit même
un état pour être indépendant ; mais en

cherchant à échapper à la société, il ne voulut point échapper aux lois, et il prit pour règle de sa conduite, des lois encore plus sévères que celles de l'état, celles de la conscience.

Il ne parlait de Richardson qu'avec enthousiasme. Clarisse renfermait, selon lui, une peinture complète du cœur humain; il estimait moins Grandisson. Il faisait à l'auteur un reproche général, celui de n'avoir rattaché le souvenir de ses héros à aucune localité dont on aurait aimé à reconnaître les tableaux. Il est impossible, disait-il, de se représenter Achille sans voir en même temps les plaines de Troie. On suit Énée sur les rives du Latium : Virgile n'est pas seulement le peintre de l'amour et de la guerre, il est encore le peintre de sa patrie. Ce trait de génie a manqué à Richardson.

Il estimait la probité de Fontenelle, et

admirait qu'ayant une si grande facilité
pour l'épigramme , il eût eu la générosité
de n'en jamais faire usage contre ses nombreux ennemis.

Dans les dernières années de sa vie , il
voulait écrire sur les avantages de l'adversité. Il voulait également écrire de la vieillesse , n'étant pas content de ce que Cicéron en a écrit. Celui qui avait tant fait
pour le bonheur de l'enfance , était digne
de donner des consolations au dernier âge
de la vie.

Il aimait Shakespeare , et trouvait que
nos tragédies manquent d'action et sont
trop en dialogues.

La poésie lui rappelait le temps pasto-
ral. La fortune a dégradé les hommes ,
disait-il , et c'est alors que les arts sont
descendus du ciel pour suppléer à la nature : ils eurent en peinture et en poésie la
représentation de ce qu'ils avaient perdu

t leur imagination s'y complaisait comme
ans des tableaux d'un bonheur idéal,
ont il n'est pas donné à un mortel de
jouir.

J.-J. Rousseau disait : Ne mettez la vérité ni en maximes ni en sentences. Les
plus grands écrivains sont tombés dans ce
défaut : il en résulte que les parties font
de l'effet, et que l'ensemble n'en fait point.

Il aimait singulièrement l'Astrée de
d'Urfé; il l'avait lue deux fois, et voulait
la lire une troisième. Il ne faut pas la lire
en courant, disait-il. Je lus ce livre à sa
sollicitation. J'admirai la variété des caractères, mais j'avoue qu'il m'ennuya, malgré l'imagination de l'auteur : il y a trop
de personnages, trop de longueurs, trop
de répétitions, et une métaphysique qui
noie tout.

Il voulait avec raison qu'on aimât les
choses pour elles-mêmes. Un jour une

très-aimable dame vint chez lui avec son
frère. Vous vous occupez de botanique,
lui dit-elle; apparemment vous nous en
donnerez un traité. On croit, lui répondit-il, qu'on ne s'applique aux choses que
pour en donner des leçons; je cultive la
botanique pour la botanique même. Il disait de la botanique : C'est une science de
voluptueux et de paresseux.

Vous avez lu Pline, lui disais-je ; quelle
éloquence! Comme il se récrie à chaque
page sur la majesté et sur la prévoyance
de la nature! Eh bien! il y a un endroit
où, du plus grand sang-froid, il nous dit
qu'il n'y a point de Dieu. Il est impossible
d'imaginer qu'un si beau traité, rempli de
si belles preuves de la Providence, soit
l'ouvrage d'un athée. Il me répondit que
tous les livres avaient été interpolés, et
que l'historien de la nature n'avait pas
plus été à l'abri des falsifications de
partis, que les historiens des hommes

Que d'hommes vertueux ont été présentés comme coupables !

Toutes les facultés de son esprit, ses mœurs, ses ouvrages, portaient l'empreinte de son caractère. Il n'y avait pas d'homme plus conséquent avec ses principes ; mais souvent un homme passe pour inconstant, par la raison que tout change autour de lui, et qu'il ne change pas lui-même.

Il donnait à Fénelon une grande louange ; celle d'avoir tourné l'esprit de l'Europe à l'agriculture, seule base du bonheur des peuples. Sans les guerres et sans les victoires, on eût dit le siècle de Fénelon, bien mieux que le siècle de Louis XIV.

Il disait, comme Fontenelle expirant, que ce dont il se félicitait le plus dans toute sa vie, c'était de n'avoir jamais jeté le moindre ridicule sur la plus petite vertu.

Un jour il trouva chez un marchand de

8. 16

livres un manuscrit précieux sur la Pucelle
d'Orléans ; un abbé passant la main sur
son épaule, essaya inutilement de lui ar-
racher ce manuscrit. Il le paya un louis,
et le fit remettre à la bibliothèque de Genève. Lorsqu'il me raconta cette anecdote,
je lui exprimai mon admiration pour cette
fille extraordinaire à qui Athènes eût élevé
des autels, et que Rome eût placée au
Capitole. Ce sujet me semblait digne de
la scène française ; mais il me détourna
de le traiter en me disant : Vous ferez
une chose touchante, et tout le monde
s'en moquera : ce n'est qu'en France que
les plus hautes vertus ne reçoivent d'autre
récompense que le ridicule.

Le Devin du Village fut inspiré à J.-J.
Rousseau par Fontenelle, qui se plaignait
un jour du peu de rapport qui existait
entre les paroles et la musique de tous les
opéra qu'il avait entendus. Il faudrait,
disait-il, que le même auteur composât

la musique et les paroles ; alors seulement il y aurait harmonie entre les sons, les expressions et les sentiments. Cette idée frappa Rousseau qui lui répondit : Je l'essaierai.

J.-J. Rousseau avait également composé la musique de Daphnis et Chloé. Il me citait souvent comme un de ses meilleurs morceaux, celui du sommeil de Chloé ; mais les paroles de cet opéra n'étaient pas de Rousseau, excepté une seule scène, celle où Chloé soupçonne Daphnis, et le fait jurer qu'il est fidèle, par le dieu Pan ; puis elle se rappelle que Pan est inconstant, qu'il a aimé toutes les nymphes, et veut que Daphnis prête un second serment. Puissent, dit-il, ces vallons n'avoir jamais pour moi leur beauté printanière, ma flûte perdre sa douceur, et mes paroles ne plus toucher celle que j'aime, si je manque à mes serments ! Puis il ajoute : Vous me croyez inconstant ; j'ai juré, mais c'est vous seule qui êtes coupable, car vous avez douté. Ah! m'écriai-je, cette scène est de vous! Il sourit, mais il ne nia pas. Sa morale est pure; il ramène, dans cet ouvrage, du vain éclat de la grandeur à l'amour champêtre; il fait aimer, adorer la nature par des sons tendres et naïfs, par une simplicité virginale; et l'émotion dont il nous pénètre, a quelque chose de semblable à celle que l'on éprouve à l'aspect de la campagne, dans les premiers jours du printemps.

Il aimait beaucoup la lecture des Voyages, sur-tout de ceux où la nature est décrite.

Bernardin de Saint-Pierre disait de Rousseau : Que n'est-il catholique et Français!

Rousseau avait plusieurs amis avec lesquels il se promenait souvent. Pour ne pas se gêner mutuellement, ils avaient imaginé de mettre un dé au pied d'un arbre des Tuileries ; le premier arrivé plaçait le dé sur le point *un*, le second sur le point *deux*, etc., ainsi des autres : lorsque la société était complète, on ne tardait pas à se réunir.

La comédie rend la vieillesse odieuse ou ridicule ; elle donne du charme aux étourderies et aux fautes de la jeunesse. La tragédie peint des mœurs inconnues, et les malheurs interminables de la famille d'Agamemnon. Le philosophe qui assiste à nos spectacles est forcé d'avouer qu'on y a oublié la société, c'est-à-dire la patrie. Rousseau a dit tout cela ; il a même remarqué que l'éducation achève de détruire nos mœurs, en jetant le ridicule sur toutes les conditions et sur tous les états ; mais il a oublié de dire que la comédie était flétrie par l'Aréopage, qui honorait la tragédie, celle-ci parlant des grands hommes de la nation.

16*

Je lui demandais un jour quelle était la nation dont il avait la meilleure opinion ; il me répondit : l'espagnole. Je ne poussai pas plus loin la curiosité ; mais depuis ayant cherché les motifs de cette préférence, il m'est venu dans la pensée que son estime pour cette nation venait de ce qu'elle a un caractère ; car si elle n'est pas riche, elle conserve sa fierté dans la pauvreté, et quoique sans gloire aujourd'hui, on sent qu'il ne faudrait que lui faire entendre le cri de la guerre pour ranimer son courage chevaleresque. D'ailleurs un seul esprit l'anime, car elle n'a pas été battue des opinions de la philosophie qui divisent les nations en multipliant les sectes.

Rousseau aimait à raconter ce trait d'un homme qui, étant venu le voir, se plaça sur une chaise vis-à-vis de lui, et après une heure de contemplation, se retira sans avoir prononcé une seule parole. Il rappelait à cette occasion le trait d'un négociant chinois, qui avait pour maxime que parler le premier c'était annoncer qu'on avait besoin de la personne à qui on s'adressait. Un jour ce négociant se rendit chez le gouverneur de Batavia, qui, se conduisant d'après la même maxime, le reçut sans ouvrir la bouche; le Chinois resta jusqu'à la fin de l'audience, mais voyant que le gouverneur gardait toujours le silence, il se retira en disant : Il n'y a rien à faire ici.

Un écrivain disait un jour à Rousseau qu'il s'occupait du projet de démontrer la fausseté des vertus des grands hommes du paganisme, en représaille de ce que les philosophes modernes attaquaient celles des grands hommes du christianisme. Vous allez rendre, lui dit Rousseau, un grand service au genre humain! il va se trouver entre la religion et la philosophie, comme ce vieillard dont deux femmes de différents âges se disputaient le cœur; elles

dépouillèrent sa tête, *saccageant* tour-à-
tour les poils blancs et noirs ;

> Toutes deux firent tant que notre tête grise
> Demeura sans cheveux, etc.

Je sais que Rousseau a écrit les Mémoires
de sa vie, où il a eu le courage d'avouer
ses fautes. Il ne me les a pas lus, quoique
je lui en aie parlé quelquefois ; mais soit
qu'ils lui rappelassent des jours pleins d'a-
mertume, soit qu'il n'aimât pas à médire,
il me répondait : *Ne parlons pas des
hommes, parlons de la nature.*

Un jour Bernardin de Saint-Pierre voulait essayer le parallèle de J.-J. Rousseau
et de saint Vincent de Paul. On lui fit
observer que l'auteur d'Émile avait exposé
ses enfants, tandis que la charité de saint
Vincent de Paul s'était occupée à recueillir les enfants d'autrui. Ah ! dit-il, ne re-
prochez point à un grand homme, persécuté pendant sa vie, des actions qu'il s'est

lui-même si amèrement reprochées ; plus ces fautes ont été humiliantes, plus l'aveu public qu'il en a fait a été sublime. Son Émile en est l'expiation, et Jean-Jacques n'entrera pas moins dans le séjour de la vertu que Vincent de Paul, parce que le Père indulgent des faibles humains y a ouvert deux portes, l'une au repentir, et l'autre à l'innocence.

ÉPITAPHE

DE JEAN-JACQUES ROUSSEAU,

PAR BERNARDIN DE SAINT-PIERRE.

IL a cultivé la musique, la botanique, l'éloquence ;
Il a combattu et dédaigné la fortune, les tyrans, les hypocrites, les ambitieux ;
Il a adouci le sort des enfants, et augmenté le bonheur des mères ;
Et il a été persécuté :
Il a vécu et il est mort dans l'espérance, commune à tous les hommes, d'une meilleure vie.

———

ESSAI

SUR

J.-J. ROUSSEAU.

———

Au mois de juin de 1772, un ami m'ayant proposé de me mener chez J.-J. Rousseau, il me conduisit dans une maison rue Plâtrière, à-peu-près vis-à-vis l'hôtel de la Poste. Nous montâmes au quatrième étage. Nous frappâmes ; et madame Rousseau vint nous ouvrir la porte. Elle nous dit : « Entrez messieurs, vous allez trouver mon mari. » Nous traversâmes une fort petite antichambre, où les ustensiles de ménage étaient proprement arrangés ; de là nous entrâmes dans une chambre où J.-J. Rousseau était assis en redingote et en bonnet blanc, occupé à copier

de la musique. Il se leva d'un air riant, nou...
présenta des chaises, et se remit à son tra...
vail, en se livrant toutefois à la conversa...
tion.

Il était maigre, et d'une taille moyenne...
Une de ses épaules paraissait un peu plu...
élevée que l'autre, soit que ce fût l'effet d'u...
défaut naturel, ou de l'attitude qu'il prenai...
dans son travail, ou de l'âge qui l'avait voûté...
car il avait alors soixante ans; d'ailleurs, i...
était fort bien proportionné. Il avait le tein...
brun, quelques couleurs aux pommettes de...
joues, la bouche belle, le nez très-bien fait...
le front rond et élevé, les yeux plein de fe...
Les traits obliques qui tombent des narin...
vers les extrémités de la bouche, et qui c...
ractérisent la physionomie, exprimaient dar...
la sienne une grande sensibilité, et que...
que chose même de douloureux. On rema...
quait dans son visage trois ou quatre cara...
tères de la mélancolie, par l'enfoncement d...
yeux et par l'affaissement des sourcils; de...
tristesse profonde par les rides du front; u...
gaieté très-vive et même un peu caustique...
par mille petits plis aux angles extérieurs d...

yeux, dont les orbites disparaissaient quand il riait. Toutes ces passions se peignaient successivement sur son visage, suivant que les sujets de la conversation affectaient son ame ; mais dans une situation calme, sa figure conservait une empreinte de toutes ces affections, et offrait à-la-fois, je ne sais quoi d'aimable, de fin, de touchant, de digne de pitié et de respect. *

Près de lui était une épinette sur laquelle il essayait de temps en temps des airs. Deux petits lits, de *cotonnade* rayée de bleu et de blanc, comme la tenture de sa chambre, une commode, une table et quelques chaises fai-

---

* On voit chez M. Necker un portrait de J.-J. Rousseau fort ressemblant ; mais de toutes les gravures qu'on a données de lui au public, je n'en ai vu qu'une seule où l'on reconnût quelques-uns de ses traits : c'est une grande estampe de 10 à 12 pouces, gravée, je crois, en Angleterre ; il y est représenté en bonnet et en habit d'Arménien. On pourrait faire un bon portrait de lui d'après le buste de M. Houdon, qu'on voit à la Bibliothèque du Roi. Cet habile sculpteur l'a modelé, dit-on, après sa mort : il s'était refusé pendant sa vie aux instances de tous les artistes.

8.   17

saient tout son mobilier. Aux murs étaient
attachés un plan de la forêt et du parc de
Montmorency, où il avait demeuré, et une
estampe du roi d'Angleterre, son ancien bienfaiteur. Sa femme était assise, occupée à
coudre du linge ; un serin chantait dans sa
cage suspendue au plafond ; des moineaux
venaient manger du pain sur ses fenêtres
ouvertes du côté de la rue, et sur celles de
l'antichambre on voyait des caisses et des
pots remplis de plantes telles qu'il plaît à la
nature de les semer. Il y avait dans l'ensemble de son petit ménage un air de propreté, de paix et de simplicité, qui faisait
plaisir.

Il me parla de mes voyages ; ensuite la
conversation roula sur les nouvelles du temps,
après quoi il nous lut une lettre manuscrite
en réponse à M. le marquis de Mirabeau, qui
l'avait interpellé dans une discussion politique. Il le suppliait de ne pas le rengager
dans les tracasseries de la littérature. Je lui
parlai de ses ouvrages, et je lui dis que ce
que j'en aimais le plus, c'était le Devin du
Village et le troisième volume d'Émile. Il me

parut charmé de mon sentiment. C'est aussi, me dit-il, ce que j'aime le mieux avoir fait; mes ennemis ont beau dire, ils ne feront jamais un Devin du Village. Il nous montra une collection de graines de toute espèce. Il les avait arrangées dans une multitude de petites boîtes. Je ne pus m'empêcher de lui dire que je n'avais vu personne qui eût ramassé une si grande quantité de graines, et qui eût si peu de terres. Cette idée le fit rire. Il nous reconduisit, lorsque nous prîmes congé de lui, jusque sur le bord de son escalier.

A quelques jours de là, il vint me rendre ma visite. Il était en perruque ronde bien poudrée et bien frisée, portant un chapeau sous le bras, et en habit complet de nankin. Il tenait une petite canne à la main. Tout son extérieur était modeste, mais fort propre, comme on le dit de celui de Socrate. Je lui offris une pièce de coco marin avec son fruit, pour augmenter sa collection de graines; et il me fit le plaisir de l'accepter. Avant de sortir de chez moi, nous passâmes dans une chambre où je lui fis voir une belle immortelle du Cap, dont les fleurs ressemblent à des fraises, et les feuilles à des morceaux de drap gris. Il la trouva charmante; mais je l'avais donnée, et elle n'était plus à ma disposition. Comme je le reconduisais à travers les Tuileries, il sentit l'odeur du café. Voici, me dit-il, un parfum que j'aime beaucoup. Quand on en brûle dans mon escalier, j'ai des voisins qui ferment leur porte, et moi j'ouvre la mienne. Vous prenez donc du café, lui dis-je, puisque vous en aimez l'odeur? Oui, me répondit-il; c'est presque tout ce que j'aime des choses de luxe, les glaces et le café. J'avais apporté une balle de café de l'île de Bourbon, et j'en avais fait quelques paquets que je distribuais à mes amis. Je lui en envoyai un le lendemain, avec un billet où je lui mandais que sachant son goût pour les graines étrangères, je le priais d'accepter celles-là. Il me répondit par un billet fort poli, où il me remerciait de mon attention.

Mais le jour suivant j'en reçus un autre d'un ton bien différent. En voici la copie:

Hier, monsieur, j'avais du monde chez

moi qui m'a empêché d'examiner ce que contenait le paquet que vous m'avez envoyé. A peine nous nous connaissons, et vous débutez par des cadeaux : c'est rendre notre société trop inégale ; ma fortune ne me permet point d'en faire. Choisissez de reprendre votre café ou de ne nous plus voir.

Agréez mes très-humbles salutations.

J.-J. ROUSSEAU.

Je lui répondis, qu'ayant été dans le pays où croissait le café, la qualité et la quantité de ce présent le rendaient de peu d'importance ; qu'au reste je lui laissais le choix de l'alternative qu'il m'avait donnée. Cette petite altercation se termina aux conditions que j'accepterais de sa part une racine de ginseng, et un ouvrage sur l'ichthyologie qu'on lui avait envoyé de Montpellier. Il m'invita à dîner pour le lendemain. Je me rendis chez lui à onze heures du matin. Nous conversâmes jusqu'à midi et demi. Alors son épouse mit la nappe. Il prit une bouteille de vin, et en la posant sur la table, il me de-

17*

manda si nous en aurions assez, et si j'aimais
à boire. Combien sommes-nous ? lui dis-je.
Trois, dit-il, vous, ma femme et moi. Quand
je bois du vin, lui répondis-je, et que je suis
seul, j'en bois bien une demi-bouteille, et
j'en bois un peu plus quand je suis avec mes
amis. Cela étant, reprit-il, nous n'en aurons
pas assez; il faut que je descende à la cave.
Il en rapporta une seconde bouteille. Sa
femme servit deux plats; un de petits pâtés,
et un autre qui était couvert. Il me dit, en
me montrant le premier : Voici votre plat,
et l'autre est le mien. Je mange peu de pâ-
tisserie, lui dis-je, mais j'espère bien goûter
du vôtre. Oh! me dit-il, ils nous sont communs tous deux; mais bien des gens ne se
soucient pas de celui-là; c'est un mets suisse;
un pot-pourri de lard, de mouton, de légumes et de châtaignes. Il se trouva excellent.
Ces deux plats furent relevés par des tranches
de bœuf en salade, ensuite par des biscuits
et du fromage; après quoi sa femme servit le
café. Je ne vous offre point de liqueur, me
dit-il, parce que je n'en ai point; je suis
comme le cordelier qui prêchait sur l'adul-

tère, j'aime mieux boire une bouteille de vin qu'un verre de liqueur.

Pendant le repas, nous parlâmes des Indes, des Grecs et des Romains. Après le dîner, il fut me chercher quelques manuscrits dont je parlerai quand il sera question de ses ouvrages. Il me lut une continuation d'Émile, quelques lettres sur la botanique, un petit poëme en prose sur le lévite dont les Benjamites violèrent la femme, des morceaux charmants traduits du Tasse. — Comptez-vous donner ces écrits au public? Oh! Dieu m'en garde, dit-il! je les ai faits pour mon plaisir, pour causer le soir avec ma femme. Oh oui! que cela est touchant, reprit madame Rousseau! cette pauvre Sophronie! j'ai bien pleuré quand mon mari m'a lu cet endroit-là. Enfin elle m'avertit qu'il était neuf heures du soir : j'avais passé dix heures de suite comme un instant.

Lecteur, si vous trouvez ces détails frivoles, n'allez pas plus avant; tous sont précieux pour moi, et l'amitié m'ôte la liberté de choisir. Si vous aimez à voir de près les grands hommes, et si vous chérissez dans un récit la simplicité et la sincérité, vous serez satisfait. Je ne donne rien à l'imagination, je n'exagère aucune vertu, je ne dissimule aucun défaut : je ne mets d'autre art dans ma narration qu'un peu d'ordre. Dans l'envie que j'avais de ne rien perdre de la mémoire de Rousseau, j'avais recueilli quelques autres anecdotes ; mais elles n'étaient fondées que sur des ouï-dire, et j'ai voulu donner à cet ouvrage un mérite étranger même aux meilleures histoires : c'est de ne pas renfermer la plus légère circonstance, que je n'en aie été le témoin, ou que je ne la tienne de la bouche même de Rousseau.

Il était né à Genève, en 1712, d'un père de la religion réformée, et horloger de profession. Sa naissance coûta la vie à sa mère. C'était une femme d'esprit, qui faisait même des vers agréablement. Il m'en a cité d'elle qu'elle avait improvisés dans une promenade ; mais je les ai oubliés. Il fut élevé par une sœur de son père, et jamais il n'oublia les soins qu'elle avait pris de son enfance. Elle vit peut-être encore ; elle vivait du moins il y a quelques années, et voici comment je l'ai

...su. Un de mes anciens camarades de collége me pria, il y a trois ans, de le présenter à J.-J. Rousseau. C'était un brave garçon, dont la tête était aussi chaude que le cœur. Il me dit qu'il avait vu Rousseau au château de Trie, et qu'étant ensuite allé voir Voltaire à Genève, on lui avait dit que la tante de Rousseau demeurait près de là dans un village. Il fut lui rendre visite. Il trouva une vieille femme qui, en apprenant qu'il avait vu son neveu, ne se possédait pas d'aise. Comment! monsieur, lui dit-elle, vous l'avez vu! Est-il donc vrai qu'il n'a pas de religion? Nos ministres disent que c'est un impie. Comment cela se peut-il? il m'envoie de quoi vivre. Pauvre vieille femme de plus de quatre-vingts ans, seule, sans servante, dans un grenier, sans lui je serais morte de froid et de faim! Je répétai la chose à Rousseau mot pour mot. Je le devais, me dit-il, elle m'avait élevé orphelin. Cependant il ne voulut pas recevoir mon camarade, quoique j'eusse tout disposé pour l'y engager. Ne me l'amenez pas, dit-il, il m'a fait peur; il m'a écrit une lettre où il me mettait au-dessus de Jésus-Christ.

Il apprit à connaître ses lettres dans des romans. Son père le faisait lire auprès de son établi. Vers l'âge de sept à huit ans, il lui tomba entre les mains un Plutarque, qui devint sa lecture favorite. Dès l'enfance il s'exprimait avec sensibilité. Son père qui lui trouvait beaucoup de ressemblance avec l'épouse qu'il regrettait, lui disait quelquefois le matin en se levant : Allons, Jean-Jacques, parle-moi de ta mère. Si je vous en parle, disait-il, vous allez pleurer. Ce n'était point par singularité qu'il aimait à porter ce nom de Jean-Jacques, mais parce qu'il lui rappelait un âge heureux, et le souvenir d'un père dont il ne me parlait jamais qu'avec attendrissement. Il m'a raconté que son père était d'un tempérament très-vigoureux, grand chasseur, aimant la bonne chère et à se réjouir. Dans ce temps-là on formait à Genève des coteries, dont chaque membre, suivant l'esprit de la réforme, prenait un surnom de l'ancien Testament. Celui de son père était David. Peut-être ce surnom contribua-t-il à le lier avec David Hume, car il aimait à attacher aux mêmes noms les mêmes idées, e comme je le dirai dans une occasion où il s'agissait du mien. Au reste ce préjugé lui a été commun avec les plus grands hommes de l'antiquité, et même avec le peuple romain, qui confia sa destinée à des généraux dont le nom lui paraissait d'un heureux augure, pour avoir été porté par des hommes dont il chérissait la mémoire. C'est ce qu'on peut voir sur-tout dans la vie des Scipion.

Alors il n'y avait pas à Genève un citoyen bien élevé qui ne sût son Plutarque par cœur. Rousseau m'a dit qu'il a été un temps où il connaissait mieux les rues d'Athènes que celles de Genève. Les jeunes gens ne parlaient dans leurs conversations que de législation, des moyens d'établir ou de réformer la société. Les ames étaient nobles, grandes et gaies. Un jour d'été, une troupe de bourgeois prenaient le frais devant leurs portes, ils causaient et riaient entre eux, lorsqu'un lord vint à passer. Il crut, à leurs rires, qu'ils se moquaient de lui. Il s'arrêta et leur dit fièrement : Pourquoi riez-vous quand je passe ? Un des bourgeois lui répondit sur le même ton : Eh ! pourquoi passez-vous quand nous rions? Son père eut une querelle avec un capitaine qui l'avait insulté, et qui appartenait à une famille considérable de la ville. Il proposa au capitaine de mettre l'épée à la main, ce que celui-ci refusa. Cette aventure renversa sa fortune. La famille de son adversaire le força de s'expatrier : il mourut âgé de près de cent ans.

Rousseau, vers l'âge de vingt ans, fit, à pied, un voyage à Paris; il y séjourna peu, se rendit de là, toujours à pied, à Chambéry, en dirigeant sa route par Lyon, qu'il désirait revoir. Il arriva dans cette ville à l'entrée de la nuit, soupa avec son dernier morceau de pain, et se coucha sur le pavé sous une arcade ombragée par des marroniers : c'était en été. Je n'ai jamais passé une nuit plus agréable, me dit-il; je dormis d'un sommeil profond, ensuite je fus réveillé, au lever du soleil, par le chant des oiseaux; frais et gai comme eux, je marchais en chantant dans les rues, ne sachant où j'allais et ne m'en souciant guère. Je n'avais pas un sou dans ma poche. Un abbé, qui venait derrière moi, m'appela : Mon petit ami, vous savez la musique ; voudriez-vous en copier ? C'était tout ce que je savais faire : je le suivis, et il me fit travailler. — La Providence, lui dis-je, vous servit à point nommé ; mais que serait-il arrivé si vous n'eussiez pas rencontré cet abbé ? J'aurais, me dit-il, probablement fini par demander l'aumône quand l'appétit serait venu.

Il avait un frère aîné, qui partit à dix-sept ans pour aller faire fortune aux Indes. Jamais depuis il n'en a ouï parler. Il fut sollicité par un directeur de la compagnie des Indes d'aller à la Chine ; et il était fâché de n'avoir pas pris ce parti. C'est à-peu-près vers ce temps-là qu'il fut en Italie. Le noble aveu qu'il fait de sa position, de ses fautes et de ses malheurs, au commencement du troisième volume d'Émile, est si touchant, que je ne puis me refuser le plaisir de le transcrire.

« Il y a trente ans que dans une ville d'Italie, un jeune homme expatrié se voyait réduit à la dernière misère. Il était né calviniste ; mais par les suites d'une étourderie, se trouvant fugitif, en pays étranger, sans ressource, il changea de religion pour avoir

8.   18

» du pain. Il y avait dans cette ville un hospice
» pour les prosélytes ; il y fut admis. En l'ins-
» truisant sur la controverse, on lui donna
» des doutes qu'il n'avait pas, et on lui apprit
» le mal qu'il ignorait : il entendit des dogmes
» nouveaux, il vit des mœurs encore plus
» nouvelles ; il les vit, et faillit en être la vic-
» time. Il voulut fuir, on l'enferma ; il se
» plaignit, on le punit de ses plaintes ; à la
» merci de ses tyrans, il se vit traiter en cri-
» minel, pour n'avoir pas voulu céder au
» crime. Que ceux qui savent combien la pre-
» mière épreuve de la violence et de l'injus-
» tice irrite un jeune cœur sans expérience, se
» figurent l'état du sien. Des larmes de rage
» coulaient de ses yeux ; l'indignation l'étouf-
» fait ; il implorait le ciel et les hommes ; il se
» confiait à tout le monde, et n'était écouté
» de personne. Il ne voyait que de vils domes-
» tiques soumis à l'infâme qui l'outrageait,
» ou des complices du même crime, qui se
» raillaient de sa résistance, et l'excitaient à
» les imiter. Il était perdu sans un honnête
» ecclésiastique qui vint à l'hospice pour quel-
» que affaire, et qu'il trouva le moyen de

» consulter en secret. L'ecclésiastique était
» pauvre, et avait besoin de tout le monde ;
» mais l'opprimé avait encore plus besoin de
» lui ; et il n'hésita pas à favoriser son éva-
» sion, au risque de se faire un dangereux
» ennemi.

» Échappé au vice pour rentrer dans l'indi-
» gence, le jeune homme luttait sans succès
» contre sa destinée : un moment il se crut
» au-dessus d'elle. A la première lueur de for-
» tune, ses maux et son protecteur furent ou-
» bliés. Il fut bientôt puni de cette ingrati-
» tude ; toutes ses espérances s'évanouirent :
» sa jeunesse avait beau le favoriser, ses idées
» romanesques gâtaient tout. N'ayant ni
» assez de talent, ni assez d'adresse pour se
» faire un chemin facile ; ne sachant être ni
» modéré ni méchant, il prétendit à tant de
» choses, qu'il ne sut parvenir à rien. Re-
» tombé dans sa première détresse, sans pain,
» sans asile, prêt à mourir de faim, il se res-
» souvint de son bienfaiteur. Il y retourne, il
» le trouve, il en est bien reçu. Sa vue rap-
» pelle à l'ecclésiastique une bonne action
» qu'il avait faite ; un tel souvenir réjouit tou-

» jours l'ame. Cet homme était naturellement
» humain, compatissant ; il sentait les peines
» d'autrui par les siennes, et le bien-être
» n'avait point endurci son cœur : enfin les
» leçons de la sagesse et une vertu éclairée
» avaient affermi son bon naturel. Il accueille
» le jeune homme, lui cherche un gîte, l'y re-
» commande ; il partage avec lui son néces-
» saire, à peine suffisant pour deux. Il fait
» plus, il l'instruit, le console ; il lui apprend
» l'art difficile de supporter patiemment l'ad-
» versité. Gens à préjugés, est-ce d'un prêtre,
» est-ce en Italie que vous eussiez espéré
» tout cela !

    » Cet honnête ecclésiastique était un pauvre
» vicaire savoyard, qu'une aventure de jeu-
» nesse avait mis mal avec son évêque.... »

Après un tableau des malheurs et des vertus de son protecteur, « Je me lasse, dit
» Rousseau, de parler en tierce personne, et
» c'est un soin fort superflu ; car vous sentez
» bien, cher concitoyen, que ce malheureux
» fugitif, c'est moi-même : je me crois assez
» loin des désordres de ma jeunesse pour oser les
» avouer ; et la main qui m'en tira, mérite bien,

«qu'aux dépens d'un peu de honte, je rende
» au moins quelque honneur à ses bienfaits. »

Échappé aux mains cruelles des moines,
recueilli et réchauffé par un bon Samaritain,
il se vit un moment à la porte de la fortune
et des honneurs. Il fut attaché à la légation
de France à Venise, et il fit, pendant l'ab-
sence de l'ambassadeur, les fonctions de secrétaire d'ambassade. L'ambassadeur, qui
était fort avare, voulut partager avec lui
l'argent que la cour de France passe dans ces
circonstances, en gratifications, aux secrétaires. Pour l'engager à faire ce sacrifice,
l'ambassadeur lui disait : Vous n'avez point
de dépense à faire, point de maison à sou-
tenir ; pour moi, je suis obligé de raccom-
moder mes bas. Et moi aussi, dit Rousseau ;
mais quand je les raccommode, il faut bien
que je paye quelqu'un pour faire vos dépê-
ches. J'observai à cette occasion que tous les
ambitieux finissaient par être avares, que
l'avarice même n'était qu'une ambition pas-
sive, et que ces deux passions sont également
dures, cruelles et injustes. Le caractère de
cet ambassadeur était bien connu aux Affaires

18*

étrangères. Une personne digne de foi m'a
cité plusieurs traits de son avarice. Trois souliers, disait-il souvent, équivalent à deux
paires, parce qu'il y en a toujours un plus tôt
usé que l'autre : en conséquence il se faisait
toujours faire trois souliers à-la-fois.

Rousseau a vécu à Montpellier, en Fran-
che-Comté, en Suisse, aux environs de Neuchâtel, mais j'ignore à quelles époques. Je
lui ai fait rarement des questions à ce sujet.
Il ne me communiquait de sa vie passée que
ce qu'il lui plaisait. Content de lui tel que je
le voyais, peu m'importait ce qu'il avait
été. Un jour cependant je lui demandai s'il
n'avait pas fait le tour du monde, et s'il
n'était pas le Saint-Preux de sa Nouvelle
Héloïse. Non, me dit-il, je ne suis pas sorti
de l'Europe ; Saint-Preux n'est pas tout-à-fait
ce que j'ai été, mais ce que j'aurais voulu être.

Il paraît que sa destinée, au défaut des richesses, sema sur sa route un peu de bonheur. Il eut un ami dans la personne de
George Keith, milord-maréchal, gouverneur de Neuchâtel : il en conservait pré-
cieusement la mémoire. Ils avaient formé le

projet, conjointement avec un capitaine de la compagnie des Indes, d'acheter chacun une métairie sur les bords du lac de Genève, pour y passer leurs jours. Les trois solitudes auraient été entre elles à une demi-lieue de distance. Quand l'un des amis aurait voulu recevoir la visite des deux autres, il aurait arboré un pavillon au haut de sa maison : par cet arrangement, chacun d'eux se ménageait la liberté dans son habitation, et la vue du toit d'un ami.

Il a demeuré plusieurs années à Montmorency, dans une petite maison située à mi-côte au milieu du village; mais il en a occupé une bien plus agréable dans le bois même de Montmorency : c'était un lieu charmant, me dit-il, qu'on appelait l'Ermitage; mais il n'existe plus, on l'a gâté. J'allais souvent me promener dans un endroit retiré de la forêt qui me plaisait beaucoup. Un jour j'y trouvai des siéges de gazon ; cette surprise me fit grand plaisir. Vous aviez donc des amis ? lui dis-je. Dans ce temps-là j'en avais, reprit-il, mais à présent je n'en ai plus. Pourquoi, lui disais-je une fois, avez-vous

quitté le séjour de la campagne, que vous
aimez tant, pour habiter une des rues de
Paris les plus bruyantes ? Il faut, me répondit-il, pouvoir vivre à la campagne ; mon état
de copiste de musique m'oblige d'être à
Paris. D'ailleurs, on a beau dire qu'on vit
à bon marché à la campagne, on y tire presque tout des villes. Si vous avez besoin de
deux liards de poivre, il vous en coûte six
sous de commission. Et puis j'y étais accablé
de gens indiscrets. Un jour entre autres, une
femme de Paris, pour m'épargner un port
de lettre de quatre sous, m'en fit coûter près
de quatre francs. Elle m'envoya une lettre à
Montmorency par un domestique. Je lui donnai à dîner, et un écu pour sa peine : c'était
bien la moindre chose ; il avait fait le chemin
à pied, et il venait pour moi. Quant à la rue
Plâtrière, c'est la première rue où j'ai logé
en arrivant à Paris : c'est une affaire d'habitude, il y a vingt-cinq ans que j'y demeure.

Il avait épousé mademoiselle Levasseur,
du pays de Bresse,* de la religion catholique.

* C'est une légère erreur. Cette demoiselle était d'Orléans, comme on peut le voir liv. VII des Confessions.

Après avoir jeté un coup-d'œil sur les événements de sa vie, passons à sa constitution physique.

Dans la plupart de ses voyages, il aimait à aller à pied; mais cet exercice n'avait jamais pu l'accoutumer à marcher sur le pavé. Il avait les pieds très-sensibles : Je ne crains pas la mort, disait-il, mais je crains la douleur. Cependant, il était très-vigoureux; à plus de soixante ans, il allait après midi aux prés Saint-Gervais, ou bien il faisait le tour du bois de Boulogne, sans qu'à la fin de cette promenade il parût fatigué. Il avait eu des fluxions aux dents, qui lui en avaient fait perdre une partie; il faisait passer la douleur en mettant de l'eau très-froide dans sa bouche. Il avait observé que la chaleur des aliments occasione les maux de dents, et que les animaux qui boivent et mangent froid, les ont fort saines. J'ai vérifié la bonté de son remède et de son observation; car les peuples du Nord, entre autres les Hollandais, ont presque tous les dents gâtées par l'usage du thé, qu'ils boivent très-chaud, et les paysans de mon pays les ont très-blanches. Dans sa

jeunesse il eut des palpitations si fortes
qu'on entendait les battements de son cœur de
l'appartement voisin. J'étais alors amoureux,
me dit-il, je fus trouver à Montpellier
M. Fizes, fameux médecin ; il me regarda
en riant, et en me frappant sur l'épaule : Mon
bon ami, me dit-il, buvez-moi de temps en
temps un bon verre de vin. Il appelait les vapeurs *la maladie des gens heureux.* Les
vapeurs de l'amour sont douces, lui dis-je,
mais si vous aviez, avec celles-ci, éprouvé
celles de l'ambition, vous en jugeriez peut-
être autrement. Il avait de temps à autre quelque ressentiment de ce mal. Il m'a conté qu'il
n'y avait pas long-temps, il avait cru mourir
un jour qu'il était dans le cul-de-sac Dauphin
sans en pouvoir sortir, parce que la porte des
Tuileries était fermée derrière lui, et que
l'entrée de la rue était barrée par des carrosses ; mais dès que le chemin fut libre, son
inquiétude se dissipa. Il avait appliqué à ce
mal le seul remède convenable à tous les
maux, qui est d'en ôter la cause : il s'abste-
nait de méditations, de lectures et de liqueurs fortes. Les exercices du corps, le re-

... os de l'ame et la dissipation avaient achevé d'en affaiblir les effets. Il fut long-temps affligé d'une descente et d'une rétention d'urine, qui l'obligèrent d'user de bandages et d'une sonde. Comme il vivait à la campagne, et presque toujours seul dans les bois, il imagina de porter une robe longue et fourrée pour cacher son incommodité; et à un homme, dans cet état, une perruque était peu commode; il se coiffa d'un bonnet; mais d'un autre côté, cet habillement paraissant extraordinaire aux enfants et aux badauds qui le suivaient par-tout, il fut obligé d'y renoncer. Voilà comme on a attribué à l'esprit de singularité ce prétendu habit d'Arménien, que ses infirmités lui avaient rendu nécessaire. Il se guérit à la fin de ses maux en renonçant à la médecine et aux médecins; il ne les appelait pas même dans les accidents les plus imprévus. En 1776, à la fin de l'automne, en descendant seul le soir la pente de Ménil-Montant, un de ces grands chiens danois que la vanité des riches fait courir dans les rues, au-devant de leurs carrosses, pour le malheur des gens de pied, le renversa si

rudement sur le pavé, qu'il en perdit toute
connaissance. Des gens charitables qui pas-
saient, le relevèrent ; il avait la lèvre supérieure fendue, le pouce de la main gauche
tout écorché ; il revint à lui ; on voulut lui
chercher une voiture, il n'en voulut point de
peur d'y être saisi du froid ; il revint chez lui
à pied ; un médecin accourut, il le remercia
de son amitié, mais il refusa son secours, et
se contenta de laver ses blessures qui, au
bout de quelques jours, se cicatrisèrent par-
faitement. *C'est la nature*, disait-il, *qu'il
guérit, ce ne sont pas les hommes.*

Dans les maladies intérieures, il se mettai
à la diète, et voulait être seul, prétendan
qu'alors le repos et la solitude étaient auss
nécessaires au corps qu'à l'ame.

Son régime en santé l'a maintenu frais
vigoureux et gai jusqu'à la fin de sa vie. Il se
levait à cinq heures du matin en été, se mettait à copier de la musique jusqu'à sept heures et demie ; alors il déjeunait, et pendant
le déjeuner, il s'occupait à arranger sur des
papiers les plantes qu'il avait cueillies l'après-
midi de la veille ; après déjeuner, il se re-

mettait à copier de la musique; il dînait à
midi et demi; à une heure et demie il allait
prendre du café, assez souvent au café des
Champs-Élysées où nous nous donnions rendez-vous.* Ensuite il allait herboriser dans les
campagnes, le chapeau sous le bras en plein
soleil, même dans la canicule. Il prétendait
que l'action du soleil lui faisait du bien. Cependant je lui disais que tous les peuples mé-
ridionaux couvraient leur tête de coiffures
d'autant plus élevées qu'ils approchent plus
de la Ligne. Je lui citais les turbans des Turcs
et des Persans, les longs bonnets pointus des
Chinois et des Siamois, les mitres élevées
des Arabes, qui cherchent tous à ménager
entre leur tête et leurs coiffures un grand
volume d'air, tandis que les peuples du nord
n'ont que des toques; j'ajoutais que la nature
fait croître dans les pays chauds les arbres
à larges feuilles, qui semblent destinés à donner aux animaux et aux hommes des ombra-

* Ce café était un petit pavillon de madame la duchesse de Bourbon, qui avait été un cabinet de bain
de la marquise de Pompadour.

8.   19

ges plus épais. Enfin, je lui rappelais l'instinct
des troupeaux qui vont se mettre à l'ombre au
fort de la chaleur; mais ces raisons ne pro-
duisaient aucun effet, il me citait l'habitude
et son expérience. Cependant j'attribue à
ces promenades brûlantes une maladie qu'il
éprouva dans l'été de 1777. C'était une révolution de bile, avec des vomissements et
des crispations de nerfs si violentes, qu'il
m'avoua n'avoir jamais tant souffert. Sa dernière maladie, arrivée l'année suivante dans
la même saison, à la suite des mêmes exercices, pourrait bien avoir eu la même cause.
Autant il aimait le soleil, autant il craignait
la pluie; quand il pleuvait il ne sortait point.
Je suis, me disait-il en riant, tout le contraire
du petit bon-homme du baromètre suisse;
quand il rentre je sors, et quand il sort je
rentre. Il était de retour de la promenade un
peu avant la fin du jour, il soupait et se cou-
chait à neuf heures et demie.

Tel était l'ordre de sa vie; ses goûts avaient
la même simplicité. A commencer par le sens
qui est le précurseur de celui du goût,
comme il n'usait point de tabac, il avait l'o-

dorat fort subtil ; il ne recueillait pas de plantes qu'il ne les flairât, et je crois qu'il aurait pu faire une botanique de l'odorat, s'il y avait dans les langues autant de noms propres à caractériser les odeurs, qu'il y a d'odeurs dans la nature. Il m'avait appris à connaître beaucoup de plantes par les seules émanations : l'œillet à odeur de girofle ; la croisette qui sent le miel ; le muscari, la prune ; un certain chenopodium, la morue salée ; une espèce de géranium, le gigot de mouton rôti ; une vesse-de-loup façonnée en boîte à savonnette, divisée en côtes de melon avec un tel artifice, que si on s'essaie à l'ouvrir par-là, elle se fend tout-à-coup par une suture transversale et imperceptible, et vous couvre d'une poussière fétide ; et une infinité d'autres. Mais que dire, en passant, de ces jeux où la nature imite jusqu'aux ouvrages de l'homme, comme pour s'en moquer ?

Il mangeait de tous les aliments, à l'exception des asperges, parce qu'il avait éprouvé qu'elles offensent la vessie. Il regardait les haricots, les petits pois, les jeunes artichauts, comme moins sains et moins agréables que

ceux qui ont acquis leur maturité. Il ne mettait pas à cet égard de différence entre les
primeurs en légumes et les primeurs en fruits.
Il aimait beaucoup les féves de marais, quand
elles ont leur grosseur naturelle, et que toutefois elles sont encore tendres. Il m'a raconté que dans les premiers temps qu'il vint
à Paris, il soupait avec des biscuits. Il y avait
alors deux fameux pâtissiers au Palais-Royal,
chez lesquels beaucoup de personnes allaient
faire leur repas du soir. L'un d'eux mettait
du citron dans ses biscuits, l'autre n'y en
mettait pas ; celui-ci passait pour le meilleur.
Autrefois, me disait-il, nous buvions, ma
femme et moi, un quart de bouteille de vin à
notre souper, ensuite est venue la demi-
bouteille, à présent nous buvons la bouteille
tout entière ; cela nous réchauffe. Il aimait à
se rappeler les bons laitages de la Suisse,
entre autres celui qu'on mange en quelques
endroits des bords du lac de Genève. La
crème en été y est couleur de rose, parce
que les vaches y paissent quantité de fraises
qui croissent dans les pâturages des montagnes. Je ne voudrais pas, disait-il, faire tous

les jours bonne chère, mais je ne la hais pas.

Un jour que j'étais dans le carrosse de Montpellier, on nous servit, à quelques lieues de
cette ville, un dîner excellent en gibier, en
poissons et en fruits ; nous crûmes qu'il
nous en coûterait beaucoup : on nous demanda 3o sous par tête. Le bon marché, la
société qui se convenait, la beauté du paysage
et de la saison, nous firent prendre le parti
de laisser aller le carrosse ; nous restâmes là
trois jours à nous réjouir ; je n'ai jamais fait
meilleure chère. On ne jouit des biens de la
vie que dans les pays où il n'y a point de
commerce : le désir de tout convertir en or
fait qu'ailleurs on se prive de tout. Cette réflexion peut servir de réponse à ceux de nos
politiques modernes qui veulent étendre sans
discrétion le commerce d'un pays, et qui regardent cette extension comme le plus grand
avantage qu'on puisse lui procurer. A l'observation de Jean-Jacques sur les jouissances des
peuples qui n'ont point de commerce, j'en
ajouterai une sur les privations de ceux qui
en ont beaucoup. J'ai un peu voyagé, et j'ai
vu dans les pays où l'on fabrique beaucoup

de draps, le peuple presque nu ; dans ceux
où l'on engraisse quantité de bœufs et de volailles, le paysan sans beurre, sans œufs et
sans viande ; et ne mangeant que du pain noir
dans ceux où croît le plus beau froment :
c'est ce que j'ai vu à-la-fois en Normandie,
dont les campagnes sont les plus fertiles et
les plus commerçantes que je connaisse. Au
demeurant, personne n'était plus sobre que
Rousseau. Dans nos promenades, c'était toujours moi qui lui faisais la proposition de
goûter ; il l'acceptait, mais il fallait absolument qu'il payât la moitié de la dépense, et
si je la payais à son insu, il refusait les semaines suivantes de venir avec moi. *Vous
manquez*, disait-il, *à nos engagements.*

Je sais que la gourmandise est un goût de
l'enfance, mais c'est aussi quelquefois celui
des vieillards. S'il avait eu ce vice, combien de
tables délicates à Paris auraient été à sa discrétion ! mais la bonne compagnie y est plus
rare que la bonne chère, et le plaisir dispa-
raissait pour lui, dès qu'il était en opposition
avec quelque vertu. J'en citerai une occasion
où il fut sollicité par un désir fort vif. Un jour

l'été très-chaud, nous nous promenions aux près Saint-Gervais ; il était tout en sueur : nous fûmes nous asseoir dans une des charmantes solitudes de ce lieu, sur l'herbe fraîche, à l'ombre des cerisiers, ayant devant nous un vaste champ de groseilliers, dont les fruits étaient tout rouges. J'ai grand'soif, me dit-il, je mangerais bien des groseilles ; elles sont mûres, elles font envie, mais il n'y a pas moyen d'en avoir : le maître n'est pas là. Il n'y toucha pas. Il n'y avait aux environs, ni gardes, ni maître, ni témoin ; mais il voyait dans le champ la statue de la Justice. Ce n'était pas son épée qu'il respectait, c'était ses balances.

Ses yeux n'étaient pas moins continents que son goût. Jamais il ne les fixait sur une femme, quelque jolie qu'elle fût. Son regard était assuré, et même perçant lorsqu'il était ému ; mais jamais il ne l'arrêtait que sur celui de l'homme auquel il voulait se communiquer. Ce cas rare excepté, il ne s'occupait dans les rues qu'à en sortir sûrement et promptement. Je lui disais un jour, sur son indifférence pour les objets devant les-

quels nous passions : Vous ressemblez à Xé-
nocrate, qui pensait que de jeter les yeux
dans la maison d'autrui, c'était autant que
d'y mettre les pieds. *Oh ! c'est un peu trop
fort*, répondit-il. Le spectacle des hommes,
loin de lui inspirer de la curiosité, la lui avait
ôtée. J'ai souvent remarqué sur son front, un
nuage qui s'éclaircissait à mesure que nous
sortions de Paris, et qui se reformait à mesure que nous nous en rapprochions. Quand il
était une fois dans la campagne, son visage
devenait gai et serein. *Enfin nous voilà,*
disait-il, *hors des carrosses, du pavé et des
hommes.* Il aimait sur-tout la verdure des
champs. J'ai dit à ma femme, me disait-il,
quand tu me verras bien malade, et sans
espérance d'en revenir, fais-moi porter au
milieu d'une prairie, sa vue me guérira. Il
ne voyait pas de fort loin, et pour apercevoir les objets éloignés, il s'aidait d'une lor-
gnette ; mais de près, il distinguait dans le
calice des plus petites fleurs, des parties que
j'y voyais à peine avec une forte loupe. Il
aimait l'aspect du mont Valérien, et quelquefois au coucher du soleil, il s'arrêtait à le

considérer sans rien dire, non pas seulement pour y observer les effets de la lumière mou-rante au milieu des nuages et des collines d'alentour; mais parce que cette vue lui rap-pelait les beaux couchers du soleil dans les montagnes de la Suisse. Il m'en faisait des ta-bleaux charmants. On trouve quelquefois dans la Suisse, disait-il, des positions enchantées. J'y ai vu au milieu d'un cratère entouré de lon-gues pyramides de roches sèches et arides, des bassins où croissent les plus riches végé-taux, et d'où sortent des bouquets d'arbres au centre desquels est bien souvent une petite maison. Vous êtes dans les airs, et vous aper-cevez sous vos pieds des points de vue déli-cieux. Cependant, ajoutait-il, je ne vou-drais pas demeurer sur ces montagnes, parce que les belles vues gâtent le plaisir de la promenade, mais je voudrais y avoir ma maison à mi-côte. Il n'était sensible qu'aux beautés de la nature. Un jour, cependant, que j'allais à Sceaux pour la première fois, il me dit : Vous le verrez avec plaisir; je n'aime pas les parcs, mais de tous ceux que j'ai vus, c'est celui que je préférerais. Il n'ap-

prouvait pas les changements qu'on avait faits
à celui de la Muette, où il allait quelquefois
se promener. Les ruines des parcs l'affectaient plus que celles des châteaux. Il considérait avec intérêt ce mélange de plantes
étrangères, sauvages et domestiques ; ces
charmilles redevenues des bois ; ces grands
arbres jadis taillés, et qui se hâtent de reprendre leur forme ; ce concours où l'art des
hommes ne lutte contre la nature que pour
faire connaître son impuissance. Il riait de
la bizarrerie de nos riches, qui scellent sur
les bords de leurs ruisseaux factices, des gre-
nouilles et des roseaux de plomb, et qui
font détruire avec grand soin ceux qui y viennent naturellement ; il se moquait de leur
mauvais goût, qui leur fait entasser dans de
petits terrains les simulacres des ruines d'architecture de tous les peuples et de tous les
siècles. Mais quand elles y seraient même
bien ordonnées, je crois qu'elles n'en fe-
raient pas plus d'effet. Ce n'est pas parce
que les monuments de l'antiquité inspirent
de la mélancolie, que nous en aimons la vue.
O grands ! voulez-vous que vos parcs offrent

un jour à la postérité des ruines vénérables
comme celles des Grecs et des Romains ?
faites régner, comme eux, la vertu dans
vos palais, et le bonheur dans les villages.
Les athées, disait Rousseau, n'aiment point
la campagne; ils aiment bien celle des environs de Paris, où l'on a tous les plaisirs
de la ville, les bonnes tables, les brochures,
les jolies femmes; mais si vous les ôtez de
là, ils y meurent d'ennui, ils n'y voient rien.
Il n'y a pas cependant sur la terre de peuple
que le simple aspect de la nature n'ait pénétré du sentiment de la Divinité. Si un
homme de génie comme Platon, arrivait chez
des sauvages avec les découvertes modernes
de la physique, et qu'il leur dît : Vous adorez
un être intelligent, mais vous ne connaissez
presque rien de la beauté de ses ouvrages;
et qu'il leur fît voir toutes les merveilles du
microscope et du télescope; ah! quel serait
leur ravissement! ils tomberaient à ses pieds,
ils l'adoreraient lui-même comme un dieu.
Comment se peut-il qu'il y ait des athées
dans un siècle aussi éclairé que le nôtre?
c'est que les yeux se ferment quand le cœur se

resserre. On peut juger, par ce que sentait Rousseau, qu'il ne voyait rien dans la nature avec indifférence ; cependant tout ne l'intéressait pas également. Il préférait les ruisseaux aux rivières ; il n'aimait pas la vue de la mer, qui inspire, disait-il, trop de mélancolie. De toutes les saisons, il n'aimait que le printemps. Quand, disait-il, les jours commencent à décroître, l'été est fini pour moi ; mon imagination me représente l'hiver. Vous avez fait, lui disais-je, votre année bien courte ; les beaux paysages de la Suisse vous ont gâté : si vous aviez vu les longs hivers de la Russie, vous trouveriez les nôtres supportables. La nature, reprenait-il, est une belle femme, gaie, triste, mélancolique, qui ne m'intéresse pas toujours. Au reste, il n'y avait personne qui en tirât plus de jouissances, et il n'y avait pas une plante où il ne trouvât de la grace et de la beauté. Mais novembre et décembre ne plaisaient qu'à sa raison.

Il avait la voix juste, et il disait que la musique lui était aussi nécessaire que le pain ; mais quand il voulait chanter en s'accompa-

gnant de son épinette, pour me répéter quelques airs de sa composition, il se plaignait
de sa mauvaise voix cassée. Nous nous arrê-
tions quelquefois avec délices pour entendre
le rossignol : nos musiciens, me faisait-il observer, ont tous imité ses hauts et ses bas,
ses roulades et ses caprices ; mais ce qui le
caractérise, ces *piou piou* prolongés, ces
sanglots, ces sons gémissants, qui vont à
l'ame, et qui traversent tout son chant, c'est
ce qu'aucun d'eux n'a pu encore exprimer.
Il n'y avait point d'oiseau dont la musique
me le rendît attentif. Les airs de l'alouette,
qu'on entend dans la prairie tandis qu'elle
échappe à la vue, le ramage du pinson dans
les bosquets, le gazouillement de l'hirondelle
sur les toits des villages, les plaintes de la
tourterelle dans les bois, le chant de la fau-
vette qu'il comparait à celui d'une bergère
par son irrégularité et par je ne sais quoi de
villageois, lui faisaient naître les plus douces
images. Quels effets charmants, disait-il,
on en pourrait tirer pour nos opéra où l'on
représente des scènes champêtres !

On ne finirait pas sur les sensations d'un

8.   20

homme qui, au contraire de ceux qui rapportent à des lois mécaniques les opérations de leur ame, appliquait les affections de la sienne à toutes les jouissances de ses sens. L'amour n'était donc point en lui une simple affaire de tempérament. Il m'a assuré une chose que bien des gens auront peine à croire ; c'est que jamais une fille du monde, quelque belle qu'elle fût, ne lui avait inspiré le moindre désir. Il croyait cependant que le simple concours des causes physiques pouvait être dirigé au point non-seulement d'ébranler la sagesse, mais même de renverser la raison ; il m'en a cité un exemple frappant. Un jeune homme de Genève, élevé dans l'austérité des mœurs de la réforme, vint à Versailles du temps du régent. Il entra le soir au château ; la duchesse de Berry tenait le jeu ; il s'approcha d'elle ; l'éclat de ses diamants, l'odeur de ses parfums, la vue de sa gorge demi-nue, le mirent tellement hors de lui, que tout-à-coup il se jeta sur le sein de la duchesse, en y collant à-la-fois ses mains et sa bouche. Les courtisans l'arrachèrent et voulurent le jeter par les fenêtres; mais la duchesse défendit qu'on lui fît du mal, et ordonna qu'on en prît soin. D'un autre côté, il ne regardait pas l'amour comme une simple affection platonique : il avait refusé de voir une belle femme, qu'il avait aimée et qui avait vieilli, pour ne pas perdre l'illusion agréable qui lui en était restée.

Il fallait que les agréments de la figure concourussent avec les qualités morales pour le rendre sensible; alors il leur trouvait tant de pouvoir que l'âge même ne l'aurait pas rendu capable d'y résister, s'il n'avait évité les occasions où la résistance serait devenue nécessaire; mais il n'en regardait pas moins l'amour dans un vieillard comme un désordre de la raison. On n'aime point sans espérance, disait-il; j'aurais mauvaise opinion de la tête d'un vieillard amoureux. Nous parlerons de quelques-unes des inclinations de sa jeunesse, lorsqu'il sera question de son ame. Pour ne rien omettre ici de ce qui était étranger à son esprit et à son cœur, je vais parler de sa fortune.

Un matin que j'étais chez lui, je voyais

entrer à l'ordinaire des domestiques qui venaient chercher des rôles de musique, ou
qui lui en apportaient à copier : il les recevait debout et tête nue ; il disait aux uns :
Il faut tant, et il recevait leur argent ; aux
autres : *Dans quel temps faut-il rendre ce
papier ?* Ma maîtresse, répondait le domestique, voudrait bien l'avoir dans quinze jours.
*Oh ! cela n'est pas possible, j'ai de l'ou-
vrage ; je ne puis le rendre que dans trois
semaines.* Tantôt il s'en chargeait, tantôt il
le refusait, en mettant dans les détails de ce
commerce toute l'honnêteté d'un ouvrier de
bonne foi. En le voyant agir avec cette simplicité, je me rappelais la réputation de ce
grand homme. Quand nous fûmes seuls, je
ne pus m'empêcher de lui dire : Pourquoi ne
tirez-vous pas un autre parti de vos talents ?
Oh ! reprit-il, il y a deux Rousseau dans le
monde : l'un riche, ou qui aurait pu l'être
s'il l'avait voulu ; un homme capricieux, singulier, fantasque ; c'est celui du public :
l'autre est obligé de travailler pour vivre, et
c'est celui que vous voyez.

Mais vos ouvrages auraient dû vous mettre

à l'aise ; ils ont enrichi tant de libraires ! — Je n'en ai pas tiré 20,000 liv. ; encore si j'avais reçu cet argent à-la-fois, j'aurais pu le placer ; mais je l'ai mangé successivement, comme il est venu. Un libraire de Hollande, par reconnaissance, m'a fait 600 liv. de pension viagère, dont 300 liv. sont réversibles à ma femme après ma mort ; voilà toute ma fortune : il m'en coûte 100 louis pour entretenir mon petit ménage, il faut que je gagne le surplus.

Pourquoi n'écrivez-vous plus ? — Plût à Dieu que je n'eusse jamais écrit ! c'est là l'époque de tous mes malheurs ; Fontenelle me l'avait bien prédit. Il me dit quand il vit mes essais : Je vois où vous irez ; mais, souvenez-vous de mes paroles : je suis un des hommes qui ont le plus joui de leur réputation ; la mienne m'a valu des pensions, des places, des honneurs et de la considération ; avec tout cela, jamais aucun de mes ouvrages ne m'a procuré autant de plaisir, qu'il m'a occasioné de chagrin. Dès que vous aurez pris la plume, vous perdrez le repos et le bonheur. Il avait bien raison. Je ne les ai retrouvés

20*

que depuis que je l'ai quittée ; il y a dix ans que je n'ai rien écrit.

J'en avais ouï dire autant de Racine. Voilà trois hommes comblés de réputation, et trois malheureux. Le sort d'un homme de lettres est donc bien à plaindre en France !

Pourquoi, lui disais-je encore, n'avez-vous pas, au moins, vendu vos manuscrits plus cher ? Il me fit alors le détail du prix qu'il en avait reçu, que j'ai oublié en partie. Il en avait tiré tout ce qu'il en pouvait tirer. L'Émile avait été vendu sept mille livres ; les libraires s'excusaient sur les contrefaçons.

Mais, reprenais-je, ne contrefont-ils point à leur tour les ouvrages de leurs confrères ? Que résulte-t-il de leurs sophismes ? c'est que le corps des auteurs ne tire presque rien de ses travaux, tandis que le corps des libraires en recueille presque tout le bénéfice. Quand on attaque les abus des particuliers qui tiennent à un corps, il faut attaquer les membres et le corps à-la-fois, sans quoi les premiers se couvrent du crédit de leur corps, et le corps rejette sur ses membres les abus dont il s'enrichit. Pourquoi un auteur ne ferait-il pas saisir, par-tout ailleurs que chez son libraire, son ouvrage, comme un bien qui est à lui par-tout où il se trouve ? La loi le permet, à la vérité, répondait-il ; mais il faut tant d'apprêts, tant d'ordres, tant de démarches ! et puis combien de fois n'arrive-t-il pas aux magistrats et aux intendants de protéger eux-mêmes ces fraudes, sous prétexte du bien du commerce de leur province ! — J'entends : cela leur vaut des bibliothèques qui ne leur coûtent rien. Mais vous auriez dû faire de nouvelles éditions. — Si l'on n'ajoute et si l'on ne retranche rien à un ouvrage, le libraire n'a pas besoin de l'auteur ; si on y fait des changements, on trompe le libraire, et ceux qui ont acheté la première édition. J'ai toujours mis dans la première tout ce que j'avais à y mettre. Il me raconta que dans le temps même où il me parlait, un libraire de Paris mettait en vente une nouvelle édition de ses ouvrages, et répandait le bruit que, pour dédommager Rousseau de la peine qu'il avait prise à la faire, il lui avait passé, ainsi qu'à sa femme, un contrat de mille écus de pension. Rousseau pria un de ses amis de s'en informer : le libraire eut l'impudence de lui affirmer ce mensonge : Rousseau s'en plaignit à M. de Sartine ; il n'en eut point de justice. C'est le même libraire qui a ajouté à ses ouvrages, à la fin de 1778, un neuvième volume de pièces falsifiées, et qui depuis est devenu fou. Une autre fois je lui disais : Le prince de Conti qui vous aimait bien , aurait dû vous laisser une pension par son testament. — J'ai prié Dieu de n'avoir jamais à me réjouir de la mort de personne. — Pourquoi ne vous a-t-il pas fait du bien pendant sa vie ? — C'était un prince qui promettait toujours, et qui ne tenait jamais. Il s'était engoué de moi ; il m'a causé de violents chagrins : si jamais je me suis repenti de quelque démarche, c'est de celles que j'ai faites auprès des grands.

Vous avez augmenté les plaisirs des riches, et on dit que vous avez constamment refusé leurs bienfaits. — Lorsque je donnai mon Devin du Village, un duc m'envoya quatre louis pour environ 66 liv. de musique que je lui avais copiée. Je pris ce qui m'était dû, et je lui renvoyai le reste : on répandit par-tout que j'avais refusé ma fortune. D'ailleurs ne faut-il pas estimer un homme pour l'accepter comme son bienfaiteur ? La reconnaissance est un grand lien. — Votre Devin du Village, qui rapporte chaque année tant d'argent à l'Opéra, aurait dû seul vous mettre à votre aise. — Je l'ai vendu 1,200 liv. une fois payées, avec mes entrées pour toute ma vie ; mais les directeurs de l'Opéra me les ont refusées, pour avoir écrit contre la musique française, condition que je n'avais certainement pas comprise dans mes engagements. Un soir que je voulais y entrer, on me refusa la porte ; je payai un billet 7 liv. 10 s. , et je fus me placer au milieu de l'amphithéâtre. Ils ont rompu notre accord les premiers ; ainsi en leur rendant l'argent que j'en ai reçu, je rentre dans tous mes droits, et je pense compter avec eux de clerc à maître. J'ai demandé justice, et je n'ai pu l'obtenir ; mais je pourrai léguer ces droits par mon testament à un homme qui aura assez de crédit pour leur faire rendre ma part du bénéfice au profit des pauvres. Il me nomma son léga-

taire : c'était l'archevêque de Paris; et tout
en plaignant Rousseau, je ne pus m'empêcher de rire.

J'ai ouï dire que quand vous donnâtes
votre Devin du Village, madame la marquise
de Pompadour vous avait envoyé un service
d'argenterie, dont vous n'acceptâtes qu'un
couvert, en disant qu'un seul suffisait à qui
mangeait seul. — J'ai été calomnié de toutes
les manières : elle m'envoya cinquante louis,
et je les pris : au reste, je n'ai refusé ma
fortune d'aucun souverain.

Pourquoi n'avez-vous pas accepté la pension du roi d'Angleterre, que M. Hume vous
avait procurée? Excusez mes questions indis-
crètes. — Oh, vous me faites le plus grand
plaisir ! On ne détruit les calomnies qu'en les
mettant au jour. Quand je passai en Angleterre avec M. Hume, j'eus plusieurs sujets
de m'en plaindre : il ne faisait point manger
avec lui mademoiselle Levasseur, qui était
ma gouvernante; il se fit graver coiffé en aile
de pigeon, beau comme un petit ange, quoiqu'il fût fort laid; et dans une autre estampe,
qui servait de pendant à la sienne, il me fit

représenter comme un ours ; il me montrait en spectacle dans sa maison, sans dire un seul mot ; enfin, croyant avoir raison de m'en plaindre, je refusai ses services, et je me séparai d'avec lui. Le roi d'Angleterre me t'assurer qu'il me donnait de son plein gré cent guinées de pension, sans aucun égard à .l. Hume ; j'acceptai avec reconnaissance. p. quelque temps de là, parut à Londres une satire abominable sur mon compte ; je crus que les Anglais en étaient les auteurs : j'y préparai une réponse. Avant de la faire paraître, il me sembla qu'il ne convenait pas de dire du mal d'une nation, et de recevoir les bienfaits de son souverain ; je renonçai à la pension afin d'avoir le cœur net et libre. point du tout : j'apprends que c'était en France qu'on avait fabriqué ces détestables pamphlets ; je me crus obligé de chanter la palinodie. De retour à Paris, j'écrivis à l'ambassadeur d'Angleterre, qui ne me répondit point : j'avais auprès de lui Walpole, mon ennemi, l'auteur d'une lettre supposée du roi de Prusse ; lettre qui compromet l'honneur d'un souverain, et dont l'auteur, par tout pays, aurait été puni, si son objet n'avait pas été de me tourner en ridicule. On apporta chez moi, à quelque temps de là, une somme d'argent dont on demanda quittance sans vouloir dire de quelle part elle venait. J'étais absent; j'avais donné ordre à ma femme, en pareil cas, de refuser : je n'en ai plus entendu parler depuis. L'Angleterre, dont on fait en France de si beaux tableaux, a un climat si triste; mon ame fatiguée de tant de secousses, y était dans une mélancolie si profonde, que dans tout ce qui s'est passé, je pense avoir fait des fautes; mais sont-elles comparables à celles de mes ennemis, qui m'y ont persécuté, quand il n'y aurait que celle d'avoir trahi ma confiance, et d'avoir rendu publiques des querelles particulières ?

Ne pouviez-vous pas prendre quelqu'autre état que celui de copiste de musique ? — Il n'y a point d'emploi qui n'ait ses charges; il faut une occupation; j'aurais cent mille livres de rente, que je copierais de la musique; je l'aime, c'est pour moi à-la-fois un travail et un plaisir : d'ailleurs, je ne me suis ni élevé au-dessus, ni abaissé au-dessous de l'état où la fortune m'a fait naître : je suis fils d'un ouvrier, et ouvrier moi-même : je fais ce que j'ai fait dès l'âge de quatorze ans.

Ce qui précède est un précis presque littéral d'une conversation que j'eus, un soir, avec lui sur sa fortune.

Il venait des hommes de tout état le visiter, et je fus témoin plus d'une fois de la manière sèche dont il en éconduisait quelques-uns. Je lui disais : Sans le savoir, ne vous serais-je pas importun comme ces gens-là ? — Quelle différence d'eux à vous ! Ces messieurs viennent par curiosité, pour dire qu'ils m'ont vu, pour connaître les détails de mon petit ménage, et pour s'en moquer. Ils y viennent, lui dis-je, à cause de votre célébrité. Il répéta avec humeur : Célébrité ! célébrité ! Ce mot le fâchait : l'homme célèbre avait rendu l'homme sensible trop malheureux. Pour moi je ne le quittais point sans avoir soif de le revoir. Un jour que je lui rapportais un livre de botanique, je rencontrai dans l'escalier sa femme qui descendait. Elle me donna la clef de la chambre, en me disant : Vous y

trouverez mon mari. J'ouvre sa porte ; il me
reçoit sans rien dire, d'un air austère et sombre. Je lui parle ; il ne me répond que par
monosyllabes, toujours en copiant sa musique ; il effaçait, et ratissait à chaque instant
son papier. J'ouvre, pour me distraire, un
livre qui était sur sa table. Monsieur aime la
lecture, me dit-il d'une voix troublée. Je me
lève pour me retirer ; il se lève en même
temps, et me reconduit jusque sur l'escalier,
en me disant, comme je le priais de ne pas
se déranger : C'est ainsi qu'on en doit user
envers les personnes avec lesquelles on n'a
pas une certaine familiarité. Je ne lui répondis rien, mais agité jusqu'au fond du cœur
d'une amitié si orageuse, je me retirai, résolu de ne plus retourner chez lui.

DE SON CARACTÈRE.

Il y avait deux mois et demi que je ne l'a-
vais vu, lorsque nous nous rencontrons une
après-midi, au détour d'une rue. Il vint à
moi, et me demanda pourquoi je ne venais
plus le voir. Vous en savez la raison, lui répondis-je. Il y a des jours, me dit-il, où je

veux être seul; j'aime mon particulier. Je reviens si tranquille, si content de mes promenades solitaires ! là je n'ai manqué à personne, personne ne m'a manqué. Je serais fâché, ajouta-t-il d'un air attendri, de vous voir trop souvent; mais je serais encore plus fâché de ne vous pas voir du tout. Puis tout ému : Je redoute l'intimité; j'ai fermé mon cœur; mais j'ai un projet..... (faisant de ses mains comme s'il m'eût toisé) quand le moment sera venu... Que ne mettez-vous, lui répondis-je, un signal à votre fenêtre, quand vous voulez recevoir ma visite, comme vous vouliez en mettre un avec vos amis sur les bords du lac de Genève ? ou si vous l'aimez mieux, quand je vais vous voir et que vous voulez être seul, que ne m'en prévenez-vous ? L'humeur me surmonte, reprit-il, et ne vous en apercevez-vous pas bien ? Je la contiens quelque temps, je n'en suis plus le maître; elle éclate malgré moi. J'ai mes défauts, mais quand on fait cas de l'amitié de quelqu'un, il faut prendre le bénéfice avec les charges. Il m'invita à dîner chez lui pour le lendemain.

On peut juger par ce trait, de la noble franchise de son caractère; mais avant d'en citer d'autres, je me permettrai quelques réflexions sur ce que j'entends par caractère.

Il me semble que le caractère est le résultat de nos qualités physiques et morales. Nos philosophes l'attribuent au climat, mais ils se trompent; car il en résulterait que tous les hommes, sous la même latitude, auraient le même caractère; ce qui est contraire à l'expérience. Le Turc grave, silencieux, résigné, et le Grec étourdi, babillard, inquiet; l'ancien Romain et l'Italien moderne; enfin le capucin et le danseur d'Opéra, sont enveloppés de la même atmosphère, et vivent dans le même climat.

Pour trouver l'origine de nos caractères, il faut remonter à des lois moins mécaniques, et distinguer dans les hommes deux caractères, l'un donné par la nature, l'autre par la société.

Le caractère naturel est très-varié, comme nous le voyons par le tempérament de chaque homme. Être vif ou flegmatique, léger ou robuste, adroit ou fort, gai ou sérieux,

brusque ou patient, sont des différences nécessaires au plan de la nature, qui destinait
l'homme à remplir sur la terre une infinité
d'emplois très-variés, et qui a varié de même
les inclinations, les goûts, et j'ose dire les
instincts de l'homme. Chacune de ces différences est bonne en elle-même. J'ai une si
haute opinion de la sagesse des lois de la nature, que si chaque homme remplissait la
place à laquelle elle l'a destiné par son caractère, il y serait le plus grand et le plus
extraordinaire qui y eût paru.

On est forcé, pour trouver des preuves de
l'excellence du caractère naturel de l'homme,
de recourir aux peuples les plus voisins de
la nature. Tous nos voyageurs n'en parlent
qu'avec éloges; je n'en citerai qu'un seul,
mais dont le témoignage ne doit pas être sus-
pect à ceux mêmes qui se plaisent à calom-
nier la nature humaine : c'était un homme
chargé par le gouvernement d'observer les
peuples de l'Amérique septentrionale.

« Ce qui surprend infiniment, dit-il, dans
» des hommes dont tout l'extérieur n'annonce
» rien que de barbare, c'est de les voir se

21*

» traiter entre eux avec une douceur et des
» égards qu'on ne trouve point parmi le peu-
» ple, dans les nations les plus civilisées....
» On n'est pas moins charmé de cette gravité
» naturelle et sans faste qui règne dans toutes
» leurs manières, dans toutes leurs actions,
» et jusque dans la plupart de leurs divertis-
» sements ; ni de cette honnêteté et de cette
» déférence qu'ils font paraître avec leurs
» égaux, ni de ce respect des jeunes gens
» pour les personnes âgées, ni enfin de ne
» les voir jamais se quereller entre eux avec
» ces paroles indécentes et ces juremens si
» communs parmi nous. » Les qualités du
cœur leur sont si naturelles, qu'ils ne les regardent pas même comme des vertus, telles
que l'amitié, la compassion, la reconnaissance..... Le soin qu'ils prennent des orphelins, des veuves, des infirmes ; l'hospitalité
qu'ils exercent d'une manière si admirable,
ne sont pour eux qu'une suite de la persua-
sion où ils sont que tout doit être commun
entre tous les hommes. « Chacun, dit-il en
» parlant de l'amitié, chacun parmi eux a un
» ami à-peu-près de son âge, auquel il s'at-

»tache et qui s'attache à lui par des liens in-
»dissolubles. Deux hommes ainsi unis pour
»leurs intérêts communs, doivent tout faire
»et tout risquer pour s'entr'aider et se secou-
»rir mutuellement; la mort même, à ce
»qu'ils croient, ne les sépare que pour un
»temps; ils comptent bien se rejoindre dans
»l'autre monde pour ne se plus quitter, per-
»suadés qu'ils y auront encore besoin l'un de
»l'autre.

»Qu'on ne s'imagine pas que ces qualités
»soient l'effet de l'éducation : les pères et les
»mères ont pour leurs enfants une tendresse
»qui va jusqu'à la faiblesse; jamais ils ne les
»maltraitent dans leurs écarts, ils se conten-
»tent de dire : Ils n'ont pas de raison. Quand
»ils les poussent à bout, ils leur jettent un peu
»d'eau au visage, et cette punition leur est si
»sensible, qu'un jour une jeune fille dit à sa
»mère, après l'avoir reçue : Tu n'auras plus
»de fille ; puis elle s'étrangla de désespoir. »

« D'où viennent donc ces admirables qua-
»lités de la nature, auxquelles ils laissent le
»temps de se développer? » Je ne me lasse
point de transcrire. « Le soin que les mères

»prennent de leurs enfants tandis qu'ils sont »encore au berceau, est au-dessus de toute »expression, et fait voir bien sensiblement »que nous gâtons souvent tout par les ré- »flexions que nous ajoutons à ce que nous »inspire la nature. Ces mères ne les quittent »jamais, elles les portent par-tout avec elles, »et lorsqu'elles semblent succomber sous le »poids dont elles se chargent, le berceau de »leur enfant n'est compté pour rien : on di- »rait même que ce surcroît de fardeau est un »adoucissement qui rend le reste plus léger.

»Rien n'est plus propre que ces berceaux, »l'enfant y est commodément et mollement »couché, mais il n'est bandé que jusqu'à la »ceinture, de sorte que quand le berceau est »droit, ces petites créatures ont la tête et la »moitié du corps pendants. On s'imaginerait »en Europe qu'un enfant qu'on laisserait en »cet état, deviendrait tout contrefait; il ar- »rive au contraire que cela leur rend le corps »souple, car ils sont tous d'une taille et d'un »port que les mieux faits parmi nous envie- »raient. Que pouvons-nous opposer à une ex- »périence si générale ? »

Le voyageur entre ensuite dans quelques
» détails sur l'éducation des enfants des sau-
» vages. « Au sortir du berceau, ils ne sont gê-
» nés en aucune manière, et dès qu'ils peu-
» vent se rouler sur les pieds et sur les mains,
» on les laisse aller où ils veulent tout nus,
» dans l'eau, dans les bois, dans la boue, dans
» la neige; ce qui leur fait un corps robuste,
» leur donne une grande souplesse dans les
» membres, les endurcit contre les injures de
» l'air. .. Les pères et les mères ne négligent
» rien pour inspirer à leurs enfants certains
» principes d'honneur, qu'ils conservent toute
» leur vie.... Quand ils les instruisent sur cela,
» c'est toujours d'une manière indirecte ; la
» plus ordinaire est de leur raconter de belles
» actions de leurs ancêtres ou de ceux de leur
» nation. Ces jeunes gens prennent feu à ces
» récits, et ne soupirent plus qu'après les oc-
» casions d'imiter ce qu'on leur fait admirer.
» Quelquefois, pour les corriger de leurs dé-
» fauts, on emploie les prières et les larmes ;
» mais jamais les menaces....

» Une mère qui voit sa fille se comporter
» mal, se met à pleurer; celle-ci lui en de-

» mande le sujet, et elle se contente de lui
» dire : Tu me déshonores. Il est rare que
» cette manière de reprendre ne soit pas effi-
» cace. »

Ce témoignage est celui d'un homme d'esprit, d'un missionnaire, et qui plus est d'un
jésuite, le P. Charlevoix. Seulement il a fait
suivre ces réflexions de correctifs, qui paraissent l'ouvrage de la Société dont il était
membre, plutôt que le témoignage d'un
homme qui par-tout ailleurs regrette le bonheur de ces peuples simples et naturels, et
qui avoue que plusieurs Français ont vécu
comme eux, et s'en sont si bien trouvés
qu'ils n'ont jamais pu gagner sur eux de revenir dans la colonie, quoiqu'ils pussent y
être fort à leur aise. Il n'a même jamais été
possible à un seul sauvage de se faire à notre
manière de vivre. On en a pris au maillot; on
les a élevés avec beaucoup de soin; on n'a
rien omis pour leur ôter la connaissance de
ce qui se passait chez leurs parents; toutes
ces précautions ont été inutiles, la force du
sang l'a emporté sur l'éducation. Dès qu'ils
se sont vus en liberté, ils ont mis leurs ha-

...bits en pièces, et sont allés au travers des bois chercher leurs compatriotes, dont la vie leur a paru plus agréable que celle qu'ils avaient amenée chez nous.... Ils n'ont pas envie de jouir de ces faux biens que nous estimons tant, que nous achetons au prix des véritables, et que nous goûtons si peu.... Avant de connaître nos vices, rien ne troublait leur bonheur. L'ivrognerie les a rendus intéressés, et a troublé la douceur qu'ils goûtaient dans le commerce de la vie domestique. Toutefois, comme ils ne sont frappés que de l'objet présent, les maux que leur a causés cette passion, n'ont point encore tourné en habitude. Ce sont des orages qui passent, et dont la bonté de leur caractère et le fonds de tranquillité dans lequel ils ont vécu, au sein de la nature, leur ôtent presque le souvenir quand le mal est fini. *Mais quel est celui qui pourrait raconter leur courage dans les combats, leur constance dans les tourments, dans les maladies, et aux approches de la mort?

* Voyez l'Histoire de la Nouvelle-France, tome VI, depuis la page 34 jusqu'à la page 38.

Que ceux qui douteront encore de la bonté
du caractère naturel, le considèrent dans les
enfants, et qu'ils se rappellent ce passage de
la vie de Jésus-Christ, dans l'évangile de
saint Marc, chap. x, ỳ 13. « Jésus leur dit:
» Laissez venir à moi les petits enfants, et ne
» les empêchez point; car le royaume de
» Dieu est pour ceux qui leur ressemblent. »

Voilà donc pour le caractère naturel. Si
nous voulions classer le genre humain d'a-
près les nuances que présente ce caractère,
il me semble que les divisions suivant lesquelles nous le classerions, seraient la franchise, la sincérité, l'amitié, l'hospitalité, la
bienfaisance, l'intrépidité, le patriotisme, la
douceur, la constance et la bonté. Au contraire, si nous recueillons les diverses observations de ceux qui ont écrit sur nos
mœurs, nous verrons que le caractère social
divise les hommes en tartufes, en médi-
sants, en menteurs, en jaloux, en méchants,
en flatteurs, en fanfarons, en indiscrets, en
fripons, en orgueilleux, en trompeurs ou
amis de la maison. Voilà, si l'on en croit
nos philosophes et nos poëtes, l'histoire de

l'espèce humaine parmi nous, sans compter une infinité d'autres caractères qu'ils n'ont pas osé tracer, parce que ces caractères inspirent trop de dégoût ou trop d'horreur, comme le voleur, la femme publique, le calomniateur, l'assassin et l'impie.

On m'objectera peut-être que nos tragédies offrent de grands caractères : oui ; mais tous les héros de la vertu ou de la tragédie sont étrangers ; tous ceux du vice ou de la comédie sont nationaux. Je ne parle pas des autres ridicules mis sur la scène parmi nous, comme les pères trompés, les domestiques fripons, les maris abusés, les médecins, les gens de robe, les poëtes, les tuteurs ; enfin tous les liens de la nature et de la société brisés par le ridicule. Les diverses occupations de la vie sauvage n'en pourraient jamais être susceptibles ; leur bonté intrinsèque en repousserait les traits : le chasseur, le pêcheur, le guerrier, s'ils pouvaient être placés sur nos théâtres, n'amuseraient jamais. Plus je considère les lois de la nature, plus je les admire. Elle nous destinait à remplir sur la terre une multitude d'occupations, à

8.   22

habiter une infinité de climats; en conséquence, elle a varié dans chacun de nous les
instincts, les goûts particuliers et les caractères : mais ce ne sont que des modification
nécessaires à son plan, dont aucune ne mérite de préférence que d'une manière relative

Quant au caractère social, la société, qu
nous le donne, commence dès notre naissance à rompre les premiers liens de la famille et de la patrie, en nous plaçant sur l
sein d'une nourrice mercenaire; ensuite ell
nous livre à l'éducation publique, qui modifi
et souvent altère le caractère naturel par so
uniformité. En voyant dans nos colléges un
multitude de jeunes gens, de qualités et d
tempéraments si différents, destinés à de
emplois si divers, recevoir les mêmes le
çons du même régent, je crois voir des arbres à fruits de toute sorte d'espèces, taillés
la même hauteur, de la même manière e
par les mêmes ciseaux. Cette éducation le
déprave d'ailleurs par ses méthodes, en le
occupant sept ans de suite de questions d
grammaire, ou en leur apprenant à toujou
parler, et à ne jamais agir; à voir les beau

discours honorés, et, les bonnes actions sans récompense. Elle remplit enfin l'esprit de la jeunesse de contradictions, en insinuant, suivant les auteurs qu'on explique, des maximes républicaines, ambitieuses et dénaturées. On rend les hommes chrétiens par le catéchisme païen, par les beaux vers de Virgile; Grecs ou Romains, par l'étude de Démosthène ou de Cicéron; jamais Français. On les élève au-dessus de leur siècle par les traits d'héroïsme de l'antiquité, et on les met au-dessous des bêtes par des châtiments qui les avilissent.

L'effet de cette éducation si vaine, si contradictoire, si atroce, est de les rendre, pour toute leur vie, babillards, cruels, trompeurs, hypocrites, sans principes, intolérants : voilà, parmi nous, l'effet d'une bonne éducation.

Voyons ce que le monde y ajoute : ils n'ont tous remporté du collége que le désir de remplir la première place en entrant dans la société, que la vanité qui se laisse conduire par l'amour des louanges et la crainte du blâme. Les femmes et les livres les péné-

trent de leurs opinions à la manière des ré-
gents, en les louant ou en se moquant d'eux.
Enfin ils sont battus de tant de maximes qui
se croisent et se contredisent, qu'ils voient
que leurs études ne peuvent leur servir à
rien pour parvenir; et la plupart finissent par
une ambition négative, qui cherche à abattre
tout ce qui s'élève, pour se mettre à la place:
c'est l'esprit du siècle. Ainsi tous les maux
de la société sortent du collége, sous le nom
spécieux d'émulation; c'est elle qui fait naître les duels, les procès, les querelles, les calomnies. Pour moi, en considérant que le cœur
humain n'a que deux ressorts, l'ambition et
l'amour, je trouve qu'il serait plus raisonnable
de leur apprendre à aimer, qu'à avoir de l'ambition : car cette passion pourrait avoir un but
honnête et utile, tandis que l'autre ne peut
rien trouver dans la société qui ne tourne à
sa ruine. Quoi qu'il en soit, le caractère naturel ne peut jamais être tellement détruit
par l'éducation, qu'on n'y revienne dans certains moments : c'est ce qui paraît dans la vie
des grands hommes; car les grands hommes
se trouvent toujours parmi ceux que leur siè-

cle n'a point entraînés, et qui ont conservé
du naturel : aussi on en rencontre fréquem-
ment dans les pays libres ; on les voit paraître
aussi dans les guerres civiles, ou sous le
gouvernement des rois qui encouragent tous
les hommes, et qui détruisent, par leur génie,
toute l'aristocratie des partis et des corps;
enfin on en voit dans tous les états où les
hommes ont la liberté de leurs opinions et de
leur conscience. Alors chacun suit les instincts variés que lui a donnés la nature ; chacun se met à sa place : alors paraissent les
hommes héroïques. C'est ainsi que sous
Henri IV, après les guerres de la Ligue, et
sous Louis XIV, nous avons vu se former tant de
grands hommes, comparables, les premiers,
par leurs vertus, à ceux du siècle de Jules-
César; les autres, par leurs talents, à ceux
du siècle d'Auguste. Après les guerres civiles,
comme après les mouvements de fièvre, le sang
s'épure, et les corps reprennent leur vigueur.

Cette distinction du caractère naturel et
du caractère social, m'a paru nécessaire pour
bien faire comprendre une chose que disait
Rousseau : Je suis d'un naturel hardi et d'un

22*

caractère timide. L'un était le caractère
donné par la nature ; l'autre, le caractère acquis ou social. Représentons-nous donc Rousseau, livré en naissant aux douces lois de la
nature, élevé par un si bon père, par une
tante si indulgente ; exalté par la lecture des
vies des grands hommes de l'antiquité, des
Scipion et des Lycurgue ; invité d'ailleurs,
par le spectacle de mœurs simples, franches
et pures, à être sincère, confiant et bon ; re-
présentons-nous-le ensuite, jeté dans un
monde corrompu, sans appui, sans fortune,
sans crédit, sans intrigue. Quel contraste
étrange dut se former entre les mœurs de cet
homme simple et celles de la société ; entre
sa franchise et l'astuce d'autrui, son inexpé-
rience et l'expérience des autres, sa pureté
et la corruption du monde ! Pour moi, je
m'étonne que son caractère naturel ait pu résister à ce choc : cela me prouve combien la
première éducation donne à l'ame une trempe
forte et durable. Il dut résulter de ces différents contrastes, que le monde fut toujours
pour lui un pays ennemi ; ce qui le rendit
méfiant, timide et sauvage. D'un autre côté,

son ame élevée à la vertu, et frappée par l'adversité, devint supérieure à la fortune, et
produisit d'immortels ouvrages. Ainsi une
terre préparée au printemps par le souffle du
zéphyr, et déchirée par le soc de la charrue,
reçoit dans son sein les glands que lui confie
la main du laboureur, et produit des chênes
qui bravent les tempêtes. Il sut tirer ce fruit
de sa pauvre fortune, qu'un très-petit talent
lui donna les moyens de revenir à la nature
et de suivre son caractère naturel. En élevant
une barrière entre lui et les hommes, il
échappa aux partis, et devint maître de ses
opinions. Heureux de n'être point obligé de
se trahir par de fausses louanges du monde,
il regarda toute sa vie la liberté comme la
seule chose qui peut nourrir une bonne conscience : aussi il sacrifiait tout à cette noble
indépendance qui a élevé et formé sa pensée.
Mais ce que j'ai trouvé de plus admirable dans
son caractère, c'est que jamais je ne l'entendis médire des hommes dont il avait le plus
à se plaindre. Il me disait : Quand je me
brouille avec quelqu'un, la première fois
c'est de sa faute ou de la mienne, mais la se-

conde à coup sûr c'est de la mienne. Il était
naturellement disposé à railler, et c'est un
caractère commun à Socrate, à Phocion, à
Caton : car la vertu a la conscience de sa su-
périorité sur le vice. Je lui dis un jour que
Montesquieu appelait Voltaire le Pantalon de
la philosophie. Non, dit-il, il en est l'Arle-
quin. Il aimait à répéter une raillerie de Fontenelle sur l'avarice d'un membre de l'académie. Un jour l'on faisait une quête pour un
pauvre homme de lettres : on s'adressa deux
fois à un académicien qui passait pour avare ;
il dit au second tour : J'ai donné un louis :
celui qui tenait la bourse, lui répondit : Je le
crois, mais je ne l'ai pas vu ; Fontenelle repartit aussitôt : Pour moi, je l'ai vu, et je ne
le crois pas.

On sait combien Voltaire l'avait maltraité,
et cependant il ne parlait jamais de lui qu'avec
estime. Personne à son gré ne tournait mieux
un compliment ; mais il ne le trouvait pa-
thétique qu'en vers. Il disait de lui : Son
premier mouvement est d'être bon ; c'est la
réflexion qui le rend méchant. Il aimait d'ailleurs à parler de Voltaire, et à conter le trait

de son père, qui assistait en cachette à la première représentation d'OEdipe, et qui, plein de joie, quoique janséniste, ne cessait de s'écrier : Ah le coquin! ah le coquin! Rousseau me demanda un jour si je n'irais pas le voir, comme tous les gens de lettres. Non, lui dis-je, je serais trop embarrassé pour aborder un homme qui, comme un consul romain, a des peuples pour clients, et des rois pour flatteurs; je ne suis rien, je ne sais pas même tourner un compliment. Oh! me dit-il, vous n'avez pas une idée convenable de Voltaire; il n'aime point tant à être loué. Un jour, un avocat du Bugey l'étant venu voir, s'écria en entrant dans son cabinet : Je viens saluer la lumière du monde. Voltaire se mit à crier aussitôt : Madame Denis, apportez les mouchettes.

Un jour que nous parlions du tableau du Déluge du Poussin, il cherchait à fixer mon attention sur le serpent qui se dresse sur un rocher pour éviter les eaux dont la terre est toute pénétrée. Après l'avoir écouté, je lui dis : Il me semble voir dans ce sublime tableau un caractère bien plus frappant, c'est l'enfant que le père donne à sa femme sur un rocher; cet enfant s'aide de ses petites jambes. L'ame est saisie au milieu des crimes de la terre, des eaux débordées, des foudres lointaines, du spectacle de l'innocence soumise à la même loi que le crime, et de celui de l'amour maternel, plus puissant que l'amour de la vie. Il me dit : Oh! oui, c'est l'enfant, il n'y a pas de doute, c'est l'enfant qui est l'objet principal.

Il se reprochait plusieurs choses, entre autres ce qu'il avait dit contre les médecins. De tous les savants, ce sont ceux, me disait-il, qui savent le plus et le mieux. Si on lui racontait quelque trait de sensibilité, il pleurait. Il était méfiant, mais il n'avait que trop sujet de l'être. J'ai connu un homme qui se disait son ami, et qui s'amusait à faire sur lui une comédie du Méfiant. L'auteur de cette trahison me la confia lui-même; je l'arrêtai en lui disant : Si vous faites paraître votre pièce, je me charge d'en faire la préface. Cet homme était Rulhière.

On a accusé Jean-Jacques d'être orgueilleux, parce qu'il refusait ces dîners où les gens du monde se plaisent à faire combattre les gens de lettres comme des gladiateurs; il était fier, mais il l'était également avec tous les hommes, n'y trouvant de différence que la vertu. Il aimait les ames fières : Eh bien ! lui dis-je un jour en riant, vous auriez donc aimé ce jésuite qui répondit à un seigneur espagnol qui voulait le forcer à lui céder le pas : C'est vous qui me devez du respect, à moi qui ai tous les jours votre Dieu dans les mains, et votre reine à mes pieds. Oh ! me dit-il, je connais un trait qui me semble plus fort; c'est celui d'un ambassadeur nègre, reçu par un gouverneur de Portugal dans une salle où il n'y avait point d'autre fauteuil que celui où il était assis. Quand l'ambassadeur noir fut près de lui, le Portugais lui demanda sans se lever : Votre maître est-il bien puissant ? Le nègre fit aussitôt coucher par terre deux de ses esclaves, s'assit sur leur dos; puis se recueillant un moment, il dit gravement au gouverneur : Mon maître a une infinité de serviteurs comme toi, cinquante comme le roi ton maître, et un comme moi. A ces mots il se leva, et sortit. Cependant ses esclaves restaient accroupis dans la salle d'audience ; on fut lui dire de les rappeler, mais il répondit : Ma coutume n'est pas d'emporter les fauteuils des lieux où je m'assieds. Rousseau disait à ce sujet que la modestie était une fausse vertu, et que les hommes de mérite savaient bien s'estimer ce qu'ils valaient. Au reste il faisait peu de compte de ceux qui n'aimaient que sa célébrité. Ce n'est pas moi qu'ils aiment, disait-il, c'est l'opinion publique, sans se soucier de ma véritable valeur.

Un jour le préfet des jésuites lui demandait comment il était devenu si éloquent; il lui répondit : J'ai dit ce que je pensais. Il regardait la vérité comme le plus grand charme d'un écrivain; il préférait les relations des missionnaires capucins à celles des jésuites. Il avait lu avec grand plaisir les PP. Marolle et Carly dans leurs missions d'Afrique, quoique remplies d'ignorance; il me disait : Ces bons pères me persuadent, parce qu'ils parlent comme gens persuadés. Ce n'est pas d'ailleurs l'ignorance qui nuit aux hommes, c'est l'erreur; et presque toujours elle vient

.al des ambitieux. Les auteurs modernes, disait-il,
..qui ont le plus d'esprit, font cependant peu
.d'effet, et inspirent peu d'intérêt dans leurs
.ouvrages, parce qu'ils veulent toujours se
.montrer. Quelle que soit la puissance de l'es-
.prit, la vertu est si ravissante, que dès qu'on
.l'entrevoit au milieu même des inconsé-
.quences de la superstition et de l'ignorance,
.elle se fait aimer et préférer à tout. Voilà
.pourquoi Plutarque qui a le jugement si sûr,
.intéresse jusque dans ses superstitions; car
.quand il s'agit de rendre les hommes meil-
.leurs et plus patriotes, il adopte les opinions
.es plus absurdes; sa vertu le rend crédule;
.l se passe alors entre elle et son bon esprit
.des combats délicieux. Il rapporte, par exem-
.ple, que la statue de la Fortune, donnée par
.es dames romaines, a parlé; puis il ajoute,
.comme pour se persuader lui-même : Elle a
.parlé non-seulement une fois, mais deux.
.Ailleurs il remarque que sa petite fille vou-
.lait que sa nourrice présentât la mamelle à
.es compagnes et à ses jouets; ceci semble
.un trait bien puéril; mais quand il ajoute :
.Elle le voulait pour faire participer de sa

8.   23

table ce qui servait à ses plaisirs, on voit que
la bonté du cœur lui paraît supérieure à tout.
Cette bonté était la base fondamentale du
caractère naturel de Rousseau; il préférait
un trait de sensibilité à toutes les épigrammes
de Martial. Son cœur que rien n'avait pu dé-
praver, opposait sa douceur à tout le fiel
dont nos sociétés s'abreuvent aujourd'hui.
Cependant il aimait mieux les caractères em-
portés que les apathiques. J'ai connu, me
disait-il un jour, un homme si sujet à la
colère, que lorsqu'il jouait aux échecs, s'il
venait à perdre, il brisait les pièces entre ses
dents. Le maître du café voyant qu'il cassait
tous ses jeux, en fit faire de gros comme le
poing. A cette vue, notre homme ressenti
une grande joie, parce que, disait-il, il pourrait les mordre à belles dents. Du reste c'é-
tait le meilleur garçon du monde, capable de
se jeter au feu pour rendre service.

Rousseau me citait encore un Dauphinois
calme, réservé, qui se promenait avec lui en
le suivant toujours sans rien dire. Un jour il
vit cueillir à Rousseau les graines d'une espèce de saule, agréables au goût; comme

les tenait à la main, et qu'il en mangeait, une troisième personne survint, qui, tout effrayée, lui dit : Que mangez-vous donc là? c'est du poison. Comment! dit Rousseau, du poison! — Eh oui! et monsieur que voilà peut vous le dire aussi bien que moi. — Pourquoi donc ne m'en a-t-il pas averti? Mais, reprit le silencieux Dauphinois, c'est que cela paraissait vous faire plaisir. Ce petit événement ne l'avait point corrigé de goûter les plantes qu'il cueillait. Je me souviens qu'au bois de Boulogne, il me montra la filipendule, dont les tubercules sont bonnes à manger; j'en trouvai une qui avait deux racines; je me mis à en goûter, et je lui dis : C'est fort bon, on en pourrait vivre. Au moins, me dit-il, donnez-m'en ma part, et le voilà aussitôt à genoux sur le gazon, et creusant avec son couteau pour en chercher d'autres.

Il était gai, confiant, ouvert, dès qu'il pouvait se livrer à son caractère naturel. Quand je le voyais sombre : A coup sûr, disais-je, il est dans son caractère social, ramenons-le à la nature. Je lui parlais alors de ses premières aventures. Un soir nous étions à la

Muette, il était tard ; étourdiment, je lui pro-
posai un chemin plus court à travers champs.
Distrait autant que lui, je m'égarai ; le chemin
nous ramena dans Passy, le long de ses longues rues, où quelques bourgeois prenaient
alors le frais sur la porte. La nuit approchait ;
je le vis changer de physionomie ; je lui dis :
Voilà les Tuileries. — Oui, mais nous n'y
sommes pas. Oh! que ma femme va être in-
quiète! répéta-t-il plusieurs fois. Il hâta le pas,
fronça le sourcil ; je lui parlais, il ne me répondait plus. Je lui dis : Encore vaut-il mieux
être ici que dans les solitudes de l'Arménie !
Il s'arrêta et dit : J'aimerais mieux être au
milieu des flèches des Parthes, qu'exposé aux
regards des hommes. Je remis alors la conversation sur Plutarque : il revint à lui comme
sortant d'un rêve.

La méfiance qu'il avait des hommes, s'é-
tendait quelquefois aux choses naturelles. Il
croyait à une destinée qui le poursuivait. Il
me disait : La Providence n'a soin que des
espèces, et non des individus. Mais vous la
croyez donc, lui dis-je, moins étendue que
l'air qui environne les plus petits corps ? Ce-

pendant je n'ai connu personne plus convaincu que lui de l'existence de Dieu. Il me disait : Il n'est pas nécessaire d'étudier la nature pour s'en convaincre. Il y a un si bel ordre dans l'ordre physique, et tant de désordre dans l'ordre moral, qu'il faut de toute nécessité qu'il y ait un monde où l'ame soit satisfaite. Il ajoutait avec effusion : Nous avons ce sentiment au fond du cœur : *Je sens qu'il doit me revenir quelque chose.*

Quatre ou cinq causes réunies contribuèrent à altérer son caractère, dont la moindre a suffi quelquefois pour rendre un homme méchant : les persécutions, les calomnies, la mauvaise fortune, les maladies, le travail excessif des lettres, travail qui trop souvent fatigue l'esprit et altère l'humeur. Aussi a-t-on reproché aux poëtes et aux peintres, des boutades et des caprices. Les travaux de l'esprit, en l'épuisant, mettent un homme dans la disposition d'un voyageur fatigué : Rousseau lui-même, lorsqu'il composait ses ouvrages, était des semaines entières sans parler à sa femme. Mais toutes ces causes réunies

23*

ne l'ont jamais détourné de l'amour de la justice. Il portait ce sentiment dans tous ses goûts; et je l'ai vu souvent, en herborisant dans la campagne, ne vouloir point cueillir une plante quand elle était seule de son espèce.

L'homme vertueux, me disait-il, est forcé de vivre seul; d'ailleurs, la solitude est une affaire de goût. On a beau faire dans le monde, on est presque toujours mécontent de soi ou des autres. Comme il composait son bonheur d'une bonne conscience, de la santé et de la liberté, il craignait tout ce qui peut altérer ces biens, sans lesquels les riches eux-mêmes ne goûtent aucune félicité. Dans le temps que Gluck donna son Iphigénie, il me proposa d'aller à une répétition : j'acceptai. Soyez exact, me dit-il; s'il pleut nous nous joindrons sous le portique des Tuileries à cinq heures et demie; le premier venu attendra l'autre, mais l'heure sonnée, il n'attendra plus : je lui promis d'être exact; mais le lendemain je reçus un billet ainsi conçu : *Pour éviter, monsieur, la gêne des rendez-vous, voici le billet d'entrée. A l'heure du spec-*

tacle, je m'acheminai tout seul ; la première
personne que je rencontrai, ce fut Jean-Jacques. Nous allâmes nous mettre dans un coin,
du côté de la loge de la reine. La foule et le
bruit augmentant, nous étouffions. L'envie
me prit de le nommer, dans l'espérance que
ceux qui l'environnaient le protégeraient contre la foule. Cependant je balançai long-temps,
dans la crainte de faire une chose qui lui dé-
plût. Enfin, m'adressant au groupe qui était
devant moi, je me hasardai de prononcer le
nom de Rousseau, en recommandant le secret. A peine cette parole fut-elle dite, qu'il
se fit un grand silence. On le considérait
respectueusement, et c'était à qui nous ga-
rantirait de la foule, sans que personne ré-
pétât le nom que j'avais prononcé. J'admirai
ce trait de discrétion rare dans le caractère
national ; et ce sentiment de vénération me
prouva le pouvoir de la présence d'un grand
homme.

En sortant du spectacle, il me proposa de
venir le lundi des fêtes de Pâques au mont
Valérien. Nous nous donnâmes rendez-vous
dans un café aux Champs-Élysées. Le matin

nous prîmes du chocolat. Le vent était à
l'ouest ; l'air était frais ; le soleil paraissait
environné de grands nuages blancs, divisés
par masses sur un ciel d'azur. Entrés dans le
bois de Boulogne à huit heures, Jean-Jacques se mit à herboriser. Pendant qu'il faisait sa petite récolte, nous avancions toujours.
Déjà nous avions traversé une partie du bois,
lorsque nous aperçûmes dans ces solitudes
deux jeunes filles, dont l'une tressait les cheveux de sa compagne. Frappés de ce tableau
champêtre, nous nous arrêtâmes un instant.
Ma femme, me dit Rousseau, m'a conté que
dans son pays les bergères font ainsi mutuellement leur toilette en plein champ. Ce spectacle charmant nous rappela en même temps
les beaux jours de la Grèce, et quelques
beaux vers de Virgile. Il y a dans les vers de
ce poëte un sentiment si vrai de la nature,
qu'ils nous reviennent toujours à la mémoire
au milieu de nos plus douces émotions.

Arrivés sur le bord de la rivière, nous passâmes le bac avec beaucoup de gens que la
dévotion conduisait au mont Valérien. Nous
gravîmes une pente très-roide ; et nous fûmes

à peine à son sommet, que pressés par la faim, nous songeâmes à dîner. Rousseau me conduisit alors vers un ermitage où il savait qu'on nous donnerait l'hospitalité. Le religieux qui vint nous ouvrir, nous conduisit à la chapelle, où l'on récitait les litanies de la Providence, qui sont très-belles. Nous entrâmes justement au moment où l'on prononçait ces mots : Providence qui avez soin des empires ! Providence qui avez soin des voyageurs ! Ces paroles si simples et si touchantes nous remplirent d'émotion ; et lorsque nous eûmes prié, Jean-Jacques me dit avec attendrissement : Maintenant j'éprouve ce qui est dit dans l'Évangile : *Quand plusieurs d'entre vous seront rassemblés en mon nom, je me trouverai au milieu d'eux.* Il y a ici un sentiment de paix et de bonheur qui pénètre l'ame. Je lui répondis : Si Fénelon vivait, vous seriez catholique. Il me repartit hors de lui et les larmes aux yeux: Oh! si Fénelon vivait, je chercherais à être son laquais pour mériter d'être son valet de chambre ! *

* Cette anecdote se trouve textuellement à la fin du tome V des Études.

Cependant on nous introduisit au réfectoire ; nous nous assîmes pour assister à la lecture, à laquelle Rousseau fut très-attentif. Le sujet était l'injustice des plaintes de l'homme : Dieu l'a tiré du néant ; il ne lui doit que le néant. Après cette lecture, Rousseau me dit d'une voix profondément émue : Ah, qu'on est heureux de croire ! Hélas ! lui répondis-je, cette paix n'est qu'une paix trompeuse et apparente ; les mêmes passions qui tourmentent les hommes du monde, respirent ici ; on y ressent tous les maux de l'enfer du Dante, et ce qui les accroît encore, c'est qu'on ne laisse pas à la porte toute espérance.

Nous nous promenâmes quelque temps dans le cloître et dans les jardins. On y jouit d'une vue immense. Paris élevait au loin ses tours couvertes de lumière, et semblait couronner ce vaste paysage : ce spectacle contrastait avec de grands nuages plombés qui se succédaient à l'ouest, et semblaient remplir la vallée. Plus loin on apercevait la Seine, le bois de Boulogne et le château vénérable de Madrid, bâti par François 1er, père des lettres. Comme nous marchions en silence, en considérant ce spectacle, Rousseau me dit : Je reviendrai cet été méditer ici. *

A quelque temps de là, je lui dis : Vous m'avez montré les paysages qui vous plaisent; je veux vous en faire voir un de mon goût. Le jour pris, nous partîmes un matin au lever de l'aurore, et laissant à droite le parc de Saint-Fargeau, nous suivîmes les sentiers qui vont à l'orient, gardant toujours la hauteur, après quoi nous arrivâmes auprès d'une fontaine semblable à un monument grec, et sur laquelle on a gravé : Fontaine de Saint-Pierre. Vous m'avez amené ici, dit Rousseau en riant, parce que cette fontaine porte votre nom. C'est, lui dis-je, la fontaine des amours, et je lui fis voir les noms de Colin et de Colette. Après nous être reposés un moment, nous nous remîmes en route. A chaque pas, le paysage devenait plus agréable. Rousseau recueillait une multitude de fleurs, dont il me faisait admirer la beauté. J'avais une boîte, il me disait d'y

* On peut voir à la fin de la Préface de l'Arcadie, d'autres détails sur la promenade au mont Valérien; nous avons cru inutile de les rappeler ici.

mettre ses plantes, mais je n'en faisais rien ;
et c'est ainsi que nous arrivâmes à Romain-
ville. Il était l'heure de dîner ; nous entrâmes
dans un cabaret, et l'on nous donna un petit
cabinet dont la fenêtre était tournée sur la
rue, comme celles de tous les cabarets des
environs de Paris, parce que les habitants de
ces campagnes ne connaissent rien de plus
beau que de voir passer des carrosses, et que
dans les plus riants paysages, ils ne voient
que le lieu de leurs pénibles travaux. On
nous servit une omelette au lard. Ah! dit
Rousseau, si j'avais su que nous eussions une
omelette, je l'aurais faite moi-même, car je
sais très-bien les faire. Pendant le repas, il fut
d'une gaieté charmante ; mais peu-à-peu la
conversation devint plus sérieuse, et nous
nous mîmes à traiter des questions philoso-
phiques à la manière des convives dont parle
Plutarque dans ses Propos de table.

Il me parla d'Émile, et voulut m'engager
à le continuer d'après son plan. Je mourrais
content, me disait-il, si je laissais cet ouvrage entre vos mains ; sur quoi je lui répondis : Jamais je ne pourrais me résoudre à

faire Sophie infidèle ; je me suis toujours figuré qu'une Sophie ferait un jour mon bonheur. D'ailleurs, ne craignez-vous pas qu'en
voyant Sophie coupable, on ne vous demande à quoi servent tant d'apprêts, tant de
soins ? est-ce donc là le fruit de l'éducation
de la nature ? Ce sujet, me répondit-il, est
utile ; il ne suffit pas de préparer à la vertu,
il faut garantir du vice. Les femmes ont encore plus à se méfier des femmes que des
hommes. Je crains, répondis-je, que les
fautes de Sophie ne soient plus contraires aux
mœurs, que l'exemple de sa vertu ne leur
sera profitable : d'ailleurs, son repentir pourrait être plus touchant que son innocence ; et
un pareil effet ne serait pas sans danger pour
la morale. Comme j'achevais ces mots, le
garçon de l'auberge entra, et dit tout haut :
Messieurs, votre café est prêt. Oh ! le mal-
adroit ! m'écriai-je ; ne t'avais-je pas dit de
m'avertir en secret quand l'eau serait bouil-
lante ? Eh quoi, reprit Jean-Jacques, nous
avons du café ? En vérité, je ne suis plus
étonné que vous n'ayez rien voulu mettre
dans votre boîte ; le café y était. Le café fut

apporté, et nous reprîmes notre conversation sur l'Émile. Rousseau me pressa de nouveau de traiter ce sujet : il voulait remettre en mes mains tout ce qu'il en avait fait ; mais je le suppliai de m'en dispenser : Je n'ai point votre style, lui disais-je, cet ouvrage serait de deux couleurs. J'aimerais mieux vos leçons de botanique. Eh! bien, dit-il, je vous les donnerai; mais il faudra les mettre au net, car il ne m'est plus possible d'écrire. J'avais renoncé à la botanique, mais il me faut une occupation ; je refais un herbier.

Nous revînmes par un chemin fort doux, en parlant de Plutarque. Rousseau l'appelait le grand peintre du malheur. Il me cita la fin d'Agis, celle d'Antoine, celle de Monime, femme de Mithridate, le triomphe de Paul Émile, et les malheurs des enfants de Persée. Tacite, me disait-il, éloigne des hommes, mais Plutarque en rapproche. En parlant ainsi, nous marchions à l'ombre de superbes marroniers en fleurs. Rousseau en abattit une grappe avec sa petite faux de botaniste, et me fit admirer cette fleur, qui est composée. Nous fîmes ensuite le projet d'aller dans la huitaine sur les hauteurs de Sèvres. Il y a, me dit-il, de beaux sapins et des bruyères toutes violettes : nous partirons de bon matin. J'aime ce qui me rappelle le nord : à cette occasion, je lui racontai mes aventures en Russie, et mes amours malheureuses en Pologne. Il me serra la main, et me dit en me quittant : J'avais besoin de passer ce jour avec vous....

PARALLÈLE

DE VOLTAIRE ET DE J.-J. ROUSSEAU.

LE public a toujours pris plaisir à faire aller de pair ces deux hommes contemporains et à jamais célèbres. Quoiqu'ils aient eu plusieurs choses de commun, je trouve qu'ils en ont eu un plus grand nombre où ils ont contrasté d'une manière étonnante. D'abord, ils semblent avoir partagé entre eux le vaste empire des lettres. Tragédies, comédies, poëmes épiques, histoires, poésies légères, romans, contes, satires, discours sur la plupart des sciences; tel a été le lot de Voltaire. Rousseau a excellé dans tout ce que l'autre a négligé : musique, opéra, botanique, morale. Jamais dans aucune langue personne n'a écrit sur autant de sujets que le premier ; et personne n'a traité les siens avec plus de profondeur que le second.

La conversation de Voltaire était d'autant plus brillante, que le cercle qui l'environnait était plus nombreux : j'ai ouï dire qu'elle était charmante comme ses écrits. Son esprit était une source toujours abondante; des secrétaires veillaient la nuit pour écrire sous sa dictée ; on faisait des livres des bons mots qui lui échappaient à chaque instant. Au contraire, Rousseau était taciturne ; il travaillait laborieusement ; il m'a dit qu'il n'avait fait aucun ouvrage qu'il n'eût recopié quatre ou cinq fois, et que la dernière copie était aussi raturée que la première ; qu'il avait été quelquefois huit jours à trouver l'expression propre. Sa conversation était très-intéressante, sur-tout dans le tête-à-tête ; mais l'arrivée d'un étranger suffisait pour l'interdire. Il ne faut, me disait-il, qu'un petit argument pour me renverser ; je n'ai d'esprit qu'une demi-heure après les autres : je sais précisément ce qu'il faut répondre quand il n'en est plus temps. Le premier, toujours léger et facile dans son style, répand les graces sur les matières les plus abstraites : mais le second fait sortir de grandes pensées des sujets les plus simples ; l'origine des lois, de la plantation d'une fève. Le premier, par un talent qui lui

24*

est particulier, donne à sa poésie légère l'aimable facilité de la prose ; le second, par un talent encore plus rare, fait passer dans sa prose l'harmonie de la poésie la plus sublime.

Tous les deux, avec de si grands moyens, se sont proposé le même but, le bonheur du genre humain. Voltaire, tout occupé de ce qui peut nuire aux hommes, attaque sans cesse le despotisme, le fanatisme, la superstition, l'amour des conquêtes ; mais il ne s'occupe guère qu'à détruire. Rousseau s'occupe à la recherche de tout ce qui peut nous être utile, et s'efforce de bâtir. Après avoir nettoyé dans deux discours académiques les obstacles qui s'opposent à ses vues, il présente aux femmes un plan de réforme ; aux pères, un plan d'éducation ; à la nation, un projet de cours d'honneur ; à l'Europe, un système de paix perpétuelle ; à toutes les sociétés, son Contrat social. Le vol de tous deux est celui du génie. Las des maux de leur siècle, ils s'élèvent aux principes éternels sur lesquels la nature semble avoir posé le bonheur du genre humain. Mais après avoir écarté des mœurs, des gouvernements, et des religions qui en entourent la base, ce qui leur paraît l'ouvrage des hommes, celui-ci finit par la raffermir, et l'autre par l'ébranler.

Leur manière de combattre leurs ennemis, quoique très-opposée, est également redoutable. Voltaire se présente devant les siens avec une armée de pamphlets, de jeux de mots, d'épigrammes, de sarcasmes, de diatribes, et de toutes les troupes légères du ridicule. Il en environne le fanatisme, le harcèle de toutes parts, et enfin le met en fuite. Rousseau, fort de sa propre force, avec les simples armes de la raison, saisit le monstre par les cornes, et le renverse. Lorsque dans leurs querelles ils en sont venus aux mains l'un et l'autre, Rousseau a fait voir que, pour vaincre le ridicule, il suffisait de le braver. Pour moi, me disait-il un jour, j'ai toujours lancé mon trait franc, je ne l'ai jamais empoisonné; je n'ai point de détour à me reprocher. Vos ennemis, lui répondis-je, n'en sont pas mieux traités; vous les percez de part en part.

Tous deux cependant se sont quelquefois égarés, mais par des routes bien différentes. Dans Voltaire, c'est l'esprit qui fait tort à l'homme de génie; dans Jean-Jacques, c'est le génie qui nuit à l'homme d'esprit. Un des plus grands écarts qu'on ait reprochés à celui-ci, c'est le mal qu'il a dit des lettres; mais par l'usage sublime auquel il les a consacrées en inspirant la vertu et les bonnes mœurs, il est à lui-même le plus fort argument qu'on puisse lui opposer. L'autre au contraire vante sans cesse leur heureuse influence; mais par l'abus qu'il en a fait, il est la plus forte preuve du système de Rousseau.

Leur philosophie embrasse toutes les conditions de la société. Celle de Voltaire est celle des gens heureux, et se réduit à ces deux mots : *Gaudeant benè nati*. Rousseau est le philosophe des malheureux; il plaide leur cause, et pleure avec eux. Le premier ne vous présente souvent que des fêtes, des théâtres, de petits soupers, des bouquets aux belles, des odes aux rois victorieux; toujours enjoué, il abat en riant les principes de la morale, et jette des fleurs jusque sur les

maux des nations : le second, toujours sérieux, gronde sans cesse contre nos vains
plaisirs, et ne voit dans les mœurs de notre
bonne compagnie que les causes prochaines
de notre ruine. Cependant, après avoir lu
leurs ouvrages, nous éprouvons bien souvent
que la gaieté de l'un nous attriste, et que la
tristesse de l'autre nous console. C'est que
le premier, ne nous offrant que des plaisirs
dont on est dégoûté, ou qui ne sont pas à
notre portée, et ne mettant rien à la place
de ceux qu'il nous ôte, nous laisse presque
toujours mécontents de lui, des autres et de
nous. Le second, au contraire, en détruisant
les plaisirs factices de la société, nous montre
au moins ceux de la nature.

Ce goût de Voltaire pour les puissants, et
ce respect de Rousseau pour les infortunés,
se manifestent dans les ouvrages où ils se
sont livrés à leur passion favorite, celle de
réformer la religion. Voltaire fait tomber tout
le poids de sa longue colère sur les ministres
subalternes de l'église, les moines mendiants,
les habitués de paroisse, le théologien du
coin ; mais il est aux genoux de ses princes ;

il leur dédie ses ouvrages ; il leur offre un encens qui ne leur est pas indifférent. Rousseau choisit pour son pontife un pauvre vicaire savoyard, et honorant dans ses utiles travaux l'ouvrier laborieux de la vigne, il ne s'indigne que contre ceux qui s'enivrent de son vin. Cependant Voltaire était sensible : il a défendu de sa plume, de sa bourse et de son crédit des malheureux ; il a marié la petite-fille de Corneille ; il a usé noblement de sa fortune. Mais Rousseau, ce qui est plus difficile, a fait un noble usage de sa pauvreté : non-seulement il la supportait avec courage, mais il faisait du bien en secret, et il ne se refusait pas dans l'occasion aux actions d'éclat. Les deux louis dont il contribua pour élever la statue de Voltaire, son ennemi, me paraissent plus généreusement donnés que la dot procurée par une souscription des ouvrages du père du théâtre, en faveur de sa parente. Au reste Voltaire avait réellement des vertus. C'est la réflexion qui le rend méchant ; son premier mouvement est d'être bon, disait Rousseau. Aussi ne douté-je pas, d'après le témoignage même de celui qu'il a persécuté, qu'un infortuné n'eût pu hardiment lui aller demander du pain; mais quel est celui qui n'eût partagé le sien avec Jean-Jacques!

La réputation de ces deux grands hommes est universelle, et semblable en quelque sorte à leurs talents : celle de Voltaire a plus d'étendue, celle de Rousseau plus de profondeur. Tous deux ont été traduits dans la plupart des langues de l'Europe. Le premier, par la clarté de son style qui l'a mis à la portée des plus simples, était si connu et si aimé dans Paris, que lorsqu'il sortait, une foule incroyable de peuple environnait son carrosse : quand il est tombé malade, j'ai entendu dans les carrefours les portefaix se demander des nouvelles de sa santé. Rousseau, au contraire, qui n'allait jamais qu'à pied, était fort peu connu du peuple; il en a même éprouvé des insultes : cependant il s'était toujours occupé de son bonheur, tandis que son rival n'avait guère travaillé que pour ses plaisirs. Quant à la classe éclairée des citoyens qui, également loin de l'indigence et des richesses, semblent être les juges naturels du mérite, on ferait une bibliothèque des éloges qu'elle a adressés à Voltaire. A la vérité, il avait loué toutes les conditions qui établissent les réputations littéraires : au contraire, Rousseau les avait toutes blâmées, en désapprouvant les journalistes, les acteurs, les artistes de luxe, les avocats, les médecins, les financiers, les libraires, les musiciens, et tous les gens de lettres sans exception. Cependant il a des sectateurs dans tous ces états, dont il a dit du mal ; tandis que Voltaire qui leur a fait tant de compliments, n'y a que des partisans : c'est, à mon avis, parce que celui-ci ne réclame que les droits de la société, tandis que l'autre défend ceux de la nature. Il n'est guère d'homme qui ne soit bien aisé d'entendre quelquefois sa voix sacrée, et un cœur répondre à son cœur ; il n'en est guère qui, à la longue, mécontent de ses contemporains, ne rentre en lui-même avec plaisir, et ne pardonne à Rousseau le mal qu'il a dit des citoyens, en faveur de l'intérêt qu'il prend à l'homme. Quant à l'opinion de ceux dont les conditions sont assez élevées et assez malheureuses pour ne leur permettre jamais de redescendre à la condition commune, elle est tout entière en faveur de Voltaire. Il a été comblé de louanges et de présents par les grands, par les princes, par les rois, et par les papes même. L'impératrice de Russie lui a fait dresser une statue. Le roi de Prusse lui a souvent adressé des compliments en prose et en vers. Rousseau, au contraire, a été tourné en ridicule par Catherine II et par Frédéric. Cependant il a vu le roi de Pologne, Stanislas-le-Bienfaisant, prendre la plume pour le réfuter; et en cela même, sa gloire me paraît préférable à celle de son rival. Philippe de Macédoine distribuait des couronnes aux vainqueurs des jeux olympiques; mais Alexandre y aurait combattu, s'il avait vu des rois parmi les combattants. Il est plus glorieux d'avoir un roi pour rival que pour patron, sur-tout lorsqu'il s'agit du bien des hommes.

Après tout, ce ne sont pas les rois qui décident du mérite des philosophes, mais la postérité qui les juge d'après le bien qu'ils ont fait au genre humain. Si donc nous les comparons dans ce point important, qui est

8.   25

le résultat de toute estime publique, nous trouverons que Voltaire a achevé d'abattre le jansénisme en France, et que les auto-da-fé, contre lesquels il a tant crié, sont plus rares en Portugal; qu'il a affaibli dans toute l'Europe l'esprit de fanatisme; mais que d'un autre côté, il y a substitué celui d'irréligion. Suivant Plutarque, la superstition est plus à craindre que l'athéisme même : cela pouvait être vrai chez les Grecs; mais nous à qui notre misérable éducation inspire dès l'enfance l'intolérance sous le nom d'émulation, nous nous occupons toute la vie à faire adopter nos opinions, ou à détruire celles qui nous embarrassent, quand nous n'avons pas assez de crédit pour faire passer les nôtres. L'intolérance théologique n'est qu'une branche de l'intolérance, disait J.-J. Rousseau; chez nous le froid athée serait persécuteur. Au reste, ce n'est pas que l'esprit d'incrédulité soit universel dans Voltaire; on y trouve au contraire de superbes tableaux de la religion et de ses ministres : il détruit souvent d'une main ce qu'il élève de l'autre; ce qui est chez lui non une inconséquence, mais une vanité d'artiste, qui veut montrer son habileté dans les genres les plus opposés. . . . .

Quant à Rousseau, troublé par la haine des peuples, par les divisions des philosophes, par les systèmes des savants, il ne se fait d'aucune religion pour les examiner toutes; et rejetant le témoignage des hommes, il se décide en faveur de la religion chrétienne, à cause de la sublimité de sa morale et du caractère divin qu'il entrevoit dans son auteur. Voltaire ôte la foi à ceux qui doutent; Rousseau fait douter ceux qui ne croient plus. S'il parle de la Providence, c'est avec enthousiasme, avec amour; ce qui donne à ses ouvrages un charme inexprimable, un caractère de vertu dont l'impression ne s'efface jamais. . . . .

Enfin, ils ne sont pas moins opposés dans leur fortune, l'un avec ses richesses, l'autre forcé de travailler pour vivre, voyant chaque jour ses ressources diminuer, et obligé d'accepter un asile à soixante-six ans. Le pre-

mier, né à Paris, dont il adorait le tourbillon, est allé chercher le repos à la campagne
près de Genève ; l'autre, né à Genève, ne
respirant qu'après la campagne, est venu
chercher la liberté au centre de Paris ; et c'est
lorsque la fortune semblait avoir répondu à
leurs vœux, lorsqu'ils n'avaient plus rien à
désirer, que dans la même année, et presque dans le même mois, la mort les a tous
deux enlevés, Voltaire, au milieu des applaudissements et des triomphes de la capitale,
Rousseau, dans une île solitaire, au sein de
la nature.

DE LA NATURE

DE

LA MORALE.

FRAGMENT.

25*

PRÉFACE DE L'ÉDITEUR

SUR LES TRAVAUX

DE BERNARDIN DE SAINT-PIERRE

A L'INSTITUT.

——

Parmi les rapports et les mémoires que Bernardin de Saint-Pierre fut chargé de présenter à l'Institut, les uns ne nous sont connus que par des copies imparfaites ; les autres, esquissés pour des circonstances fugitives, ne pouvaient avoir qu'un intérêt du moment. Une lecture attentive de ces divers manuscrits nous a convaincus qu'il suffirait d'en tracer l'analyse, et d'en rapporter les passages les plus remarquables. Entraînés par l'importance de certaines

questions, nous avons quelquefois osé les
traiter nous-mêmes; quelquefois aussi
nous avons cru devoir soumettre à un examen sévère des principes dont le triomphe
serait la condamnation de la vertu : c'est
au lecteur à juger ces principes, et le
siècle qui les a vus naître, et le siècle qui
les écoute sans indignation. Le premier
exemple que nous allons offrir est effrayant ; on pourrait refuser d'y croire
si les pièces n'étaient sous nos yeux, et si
les mêmes hommes ne nous menaçaient
encore des mêmes excès et des mêmes
doctrines.

En 1798, la date est digne de remarque, Bernardin de Saint-Pierre fut chargé
par la classe des sciences morales et politiques de l'Institut, de faire un rapport
sur les mémoires qui avaient concouru
pour le prix. Il s'agissait de résoudre cette
question : *Quelles sont les institutions propres à fonder la morale d'un peuple?* question qu'on ne pouvait développer sans créer

un plan complet de législation ; et dont les résultats devaient être nuls, la corruption de l'Europe étant devenue plus puissante que ses lois. L'énoncé même de la question pouvait être l'objet de la critique, car les institutions ne font pas les mœurs d'un grand peuple ; elles les conservent ou les dirigent. Les lois punissaient autrefois l'adultère et le duel ; les mœurs les favorisaient, et les mœurs avaient fini par affaiblir et par désarmer les lois. Toutes les législations frappent le vol ; cependant, combien de concussions honteuses, de vols manifestes, de grandeurs usurpées, sont absous, non par l'opinion, mais par l'immoralité publique, et reçoivent les hommages de ceux mêmes qui devraient les punir ! L'on ne peut donc attendre de la multitude, dans un état corrompu, que les progrès rapides du vice. Il n'appartient pas à la loi de retremper les ames et d'épurer les cœurs. Elle peut faire trembler le crime, mais non l'empêcher ; elle peut récompenser la vertu, mais non inspirer les actions vertueuses : *Quid possent leges sine moribus ?* La question eût donc été mieux présentée en la renversant ; car ce n'est pas aux institutions à fonder la morale, mais à la morale à fonder les institutions. Que si cette vérité pouvait être méconnue, il suffirait de rappeler l'époque où cette question fut proposée, et de demander ce qui est resté des institutions libérales qui pesaient alors sur la France.

Les nombreux mémoires adressés à l'Institut, et dont nous avons les analyses sous les yeux, suffiraient sans doute pour appuyer ces réflexions, et pour montrer l'état déplorable des mœurs, et l'inutilité du concours. Jamais projets plus insensés ne trouvèrent des apologistes de meilleure foi. On présentait froidement au jugement d'une académie des discours qui, dans un autre siècle, auraient été un objet de mépris ou de dérision. En un mot, c'était sur l'immoralité qu'on proposait de fonder la

morale : heureux lorsque les plans proposés n'étaient que ridicules !

Celui-ci demandait l'établissement d'un
livre de famille qui aurait consacré à per-
pétuité le souvenir des fautes des enfants,
sans doute pour les faire respecter de leur
postérité ; celui-là voulait élever, dans
les places publiques, des colonnes infa-
mantes pour flétrir à jamais les noms des
criminels : toujours des monuments durables des fautes des hommes chez une nation qui oublie si facilement les vertus de
ceux qui la servent. Quelques-uns, suivant
une marche contraire, proposaient de rédiger un journal officiel, où tous les actes
de vertu seraient publiés ; ils voulaient en
outre faire prononcer, dans chaque village,
des éloges anniversaires de ceux qui auraient bien mérité du pays. D'autres pré-
tendaient, dans les jours solennels, faire
cultiver aux enfants des écoles publiques,
le jardin de la veuve, du vieillard et des
orphelins ; ce qui eût mis en scène nos

petits citoyens, comme les acteurs d'un drame philanthropique. Enfin, on réclamait l'érection de tribunaux de censure, véritables organes de la conscience publique. Le nombre des censeurs devait être de trois pour les plus petites communes, et de vingt-quatre pour les plus grandes ; de sorte qu'en prenant un terme moyen, la France eût vu cinq cent mille censeurs se répandre dans son sein, ce qui aurait été quatre cent mille neuf cent quatre-vingt-dix-huit de plus que la république romaine.

Mais les auteurs des mémoires développaient des idées bien autrement libérales dans l'établissement d'un système d'instruction publique. Toutes les doctrines bizarres que nous avons vues se succéder si rapidement dans le cours de la révolution, semblaient leur avoir été révélées. Un des concurrents, entre autres, voulait que les mères échangeassent leurs enfants, et les fissent passer de main en main, de maison en maison, jusqu'à l'âge de quinze ans : par ce moyen, on espérait leur faire connaître le monde, et répandre sur la nation entière la bienveillance d'un sentiment paternel. Mais on ne remarquait pas qu'il devait arriver à ces jeunes voyageurs, dont les affections seraient brisées à chaque nouvelle séparation, ce qui arrive à de jeunes arbrisseaux transplantés tous les ans, et dont les racines, sans cesse rompues, ne nourrissent plus que des tiges faibles et des branches stériles. Cependant l'auteur ne se bornait pas à créer un petit peuple de Bohémiens, sans parents et sans patrie ; il prétendait encore faire voyager, ainsi que les enfants, les écoles, les boutiques, les tribunaux, tous les états, toutes les institutions. On est tenté de croire que lui-même ne pouvait marcher ; car, comme dit La Fontaine, gens boiteux haïssent le logis.

Nulle part l'idée de Dieu ne servait de base aux principes de la morale. On l'a-

vait oublié, ou nié, et l'auteur le plus conséquent à ses principes était celui qui proposait franchement d'enseigner la vertu
avec des gendarmes, et de placer dans
chaque village des escouades de cavalerie
pour inviter à la bienfaisance et à l'amour
du prochain. *

Le tableau de ce concours serait incom-
plet si nous passions sous silence un mémoire que le siècle ne peut désavouer. L'auteur commençait par rejeter toutes les
idées religieuses, et regardait le sentiment
de l'immortalité de l'ame comme un sentiment d'orgueil, comme un mensonge
propre à flatter la vanité de l'homme. Ce
système le jetait dans les contradictions les
plus étranges : il ne voulait pas qu'on par-

---

* Ce Mémoire, où l'on ne parle que de gendarmes et de geoliers, comme s'il n'y avait dans la
société que des voleurs et des assassins, est de M. Des-
tutt-de-Tracy. Nous n'aurions point fait à l'auteur
l'injure de le nommer, s'il n'avait avoué lui-même
cette bizarre composition, en la publiant avec son
nom.

lât de Dieu aux enfants ; et conseillait de leur offrir l'exemple des grands hommes de l'antiquité, qui tous étaient remplis du sentiment de la Divinité ! Il proposait de fonder les écoles publiques sur la méthode de J.-J. Rousseau ; et J.-J. Rousseau n'a élevé qu'un solitaire, et a écrit la Profession de foi du Vicaire savoyard ! Pour remplacer l'influence des idées religieuses, il instituait des fêtes nationales à la manière des Grecs et des Romains, des récompenses publiques et des jugements des morts comme chez les Égyptiens ; rendant ainsi un hommage involontaire à la Divinité qu'il rejetait : car toutes ces institutions seraient illusoires pour un peuple qui briserait ses autels, étoufferait sa conscience, établirait son repos et sa morale sur le néant, et, dans un étourdissement de lui-même, repousserait cette grande autorité de Dieu, qui réprime tout, qui résiste à tout.

Il est facile de juger, par cette analyse, que rien dans ces mémoires n'était déguisé :

on y avouait sans pudeur les doctrines les plus perverses, les systèmes les plus honteux; et tout ce qui aurait déshonoré un écrivain dans le siècle de Fénelon, semblait être devenu un titre de gloire dans le siècle de la philosophie. Tel était enfin l'état déplorable des mœurs, qu'aucun des nombreux concurrents n'avait cru nécessaire d'employer cette tactique, devenue si commune aujourd'hui, qui consiste à changer la signification des mots pour feindre au moins de rendre hommage à la vertu : tactique du mensonge qui sert à tout confondre, et qui nous rend semblables à ces libellistes dont parle Thucydide, qui, pendant la guerre du Péloponèse, donnaient le nom d'adresse à la duplicité, de tyrannie à la faiblesse, de fidélité à la trahison, de liberté et d'égalité à la licence et à la domination; changeant les vertus en vices, et les vices en vertus, et trouvant ainsi le moyen de faire l'apologie de leurs crimes.

Le croira-t-on ! l'auteur du dernier mémoire n'avait pas même daigné discuter les doctrines qui servaient de base à son système. Nulle objection ne paraissait s'être élevée dans son ame ; il avait regardé la question comme jugée, et doutait de tout, excepté de son opinion. Manière étrange de traiter des plus grands intérêts de l'homme ! et cependant l'expérience nous apprend que ces mêmes doctrines ne peuvent servir qu'à tranquilliser les coupables : ce qui suffirait seul pour en prouver la fausseté. Ayant réussi par des voies criminelles, ils se disent : S'il y avait un Dieu, je ne serais pas heureux ; et ils sont eux-mêmes leur argument contre la Providence. Mais, pour traiter l'importante question proposée par l'Institut, il fallait commencer par établir les preuves d'une doctrine ; et pour établir ces preuves, il fallait d'un seul regard embrasser l'univers et l'homme. Certes, une aussi ravissante contemplation ne conduira jamais à l'a-

26*

théisme; car c'est une vérité digne des méditations du sage, qu'on peut prouver l'existence de Dieu par le désordre des sociétés, comme par l'ordre de la nature. D'ailleurs il eût suffi de prévoir les résultats de la doctrine contraire pour la faire rejeter. La vérité ne peut être fatale à l'homme : or, ce qui ne profite qu'au méchant, ne peut être la vérité.

L'homme éprouve deux genres de bonheur bien opposés : celui qui appartient à son corps, est passager comme lui; celui qui dépend de son ame, est infini comme elle. Cette fleur que vous admirez, ne sera plus la même demain; quelques heures suffiront pour changer l'aspect de cette prairie, de ces montagnes, de ces vallons. Les jours, les mois, les années, renouvellent et modifient nos plaisirs; de tous ces objets que nous aimons, les uns nous échappent par le sommeil ou la mort, les autres par notre inconstance. Ainsi le spectacle de l'univers est variable comme nos sensations. Mais quel désordre si les vérités éternelles changeaient comme les beautés de la nature! si tout-à-coup il nous paraissait qu'il y a une œuvre, et qu'il n'y a pas d'ouvrier! si les actions de bienfaisance nous révoltaient! s'il était beau de trahir son ami, de dévaster sa patrie! si la dégradation devenait une vertu, et l'athéisme un titre à la reconnaissance publique! Dira-t-on qu'un pareil bouleversement est impossible? que les esprits les plus pervers le repoussent, ou n'osent l'avouer? Alors nous demanderons d'où peut venir ce sentiment incorruptible; et il faudra bien reconnaître qu'il est des vérités éternelles, indépendantes du temps et des hommes, et supérieures à tous les raisonnements; que ces vérités veillent dans notre ame sans notre aveu, et qu'elles survivent à nos désirs, à nos passions et à nos intérêts. Ainsi les plaisirs des sens consistent dans la variété, ceux de l'ame dans la constance; ils sont en harmonie avec la durée des facultés qui les font naître. Les sens devant mourir, n'ont que des jouissances fugitives, tandis que celles de l'ame s'appuient sur des vérités immortelles, et qui servent à prouver son immortalité.

Si les concurrents ne se livrèrent à aucune de ces réflexions, c'est que l'esprit d'incrédulité ne réfléchit pas plus que l'esprit de parti. Ils s'imaginaient voir dans l'univers le désordre qui n'était que dans leur raison ; semblables à la folle de Sénèque, qui, ayant subitement perdu la vue, ne sentait pas qu'elle était aveugle, et s'en prenait à sa maison, qu'elle croyait dans l'obscurité. Mais leurs mémoires étaient tombés entre les mains d'un de ces hommes qui n'ont d'autre passion que la vérité. Frappé de l'étrange résultat de ce concours, effrayé de l'audace de ces écrivains, qui ne daignaient respecter ni le public ni leurs juges, Bernardin de Saint-Pierre voulut terminer son rapport par une déclaration solennelle de ses principes religieux. On peut voir, dans la Vie de l'Auteur, comment sa profession de foi fut accueillie de cette classe morale, qui, heureusement pour la morale, ne dura que cinq ans. Il eut à lutter contre un parti qui menaçait dès lors de tout envahir, et qui disposait des places, des honneurs et des pensions. Il était seul, il n'avait ni appui, ni fortune; et il fut sans hésitation et sans faiblesse. Condamné au silence dans le sein de l'Institut, il crut de son devoir de mettre sa réclamation sous les yeux de la France. Le morceau suivant, qui terminait son rapport, fut donc imprimé, et on le distribua à la porte même de l'Académie. Mais l'auteur, en satisfaisant à sa conscience, ne voulut pas instruire le public des motifs qui le forçaient à cette publication; et ce trait, l'un des plus honorables d'une vie consacrée à la vertu, serait tombé dans l'oubli, si nous n'avions retrouvé dans ses papiers une copie de la lettre qu'il écrivit à ce sujet. Cette lettre, que nous publions dans la Vie, prouve que, comme Socrate, il aurait su mourir pour la vérité.

Parmi les autres rapports de Bernardin de Saint-Pierre, il en est un qui peut être le sujet de quelques observations intéressantes. La classe des sciences mathématiques et physiques, et la classe des sciences morales et politiques de l'Institut, désiraient partager les prérogatives de la classe de littérature, en donnant une grande solennité à la distribution des prix. Bernardin de Saint-Pierre fut chargé de traiter cette question; mais, loin de condescendre aux désirs secrets de ses collègues, il ne craignit pas de leur faire entendre la vérité. Considérant la question sous un point de vue philosophique, il osa s'élever contre toutes les espèces de concours, et voulut prouver que non-seulement les prix étaient inutiles au progrès des sciences, des lettres et des arts, mais encore qu'ils étaient funestes à l'établissement de la morale. Dans cette dernière partie de son mémoire, il se contentait de rappeler cette pensée, qu'il a développée avec tant de force dans les Études, que l'émulation du premier âge fait l'ambition de toute la vie. « L'Europe, disait-il, présente l'émula- » tion à ses enfants comme une jeune palme » qui s'élève pour eux à l'extrémité de la » carrière ; mais c'est le premier jet de cet » arbre fatal qui couvre la terre de fruits » empoisonnés. La coupe de Circé ne ren- » fermait point de sucs aussi dangereux ; » si la volupté change les hommes en porcs, » l'ambition les change en tigres. » Cette pensée, qui semble exagérée, renferme cependant une vérité que l'expérience dé- montre inutilement chaque jour. C'est l'é- mulation qui dit à chacun de nous, dès l'enfance : Sois le premier. Mais la terre alarmée crie au genre humain : Prépa- rez-vous à la guerre ou à l'esclavage ; l'Europe vous élève des tyrans. Et cependant tel est encore aujourd'hui le résultat

des concours ambitieux de nos écoles et
de nos académies !

Voulez-vous offrir à la jeunesse une récompense digne d'elle ? laissez-lui se proposer pour but unique, la perfection des
lettres ou des sciences qu'elle cultive : elle
n'y atteindra jamais, si elle ne se propose
que les applaudissements des spectateurs.
La patrie vous demande des hommes, et
vous faites des comédiens ! Vous les verrez
se détourner de leur route par la crainte
de déplaire, par le désir de flatter, et par
le besoin de se diriger d'après les vaines
rumeurs d'une faveur populaire et incons-
tante. Ceux qui n'alimentent leurs études
que de l'opinion d'autrui, perdent toujours
leurs talents, mais après avoir perdu leur
conscience. C'est alors que, semblables
aux coursiers du soleil sous les rênes de
Phaéton, ils renversent le char de la lumière, et embrasent cette terre qu'ils devaient éclairer.

Nous avons vu que Bernardin de Saint-

Pierre établissait en principe que les concours sont inutiles au progrès des sciences, des lettres et des arts. On doit regretter qu'il n'ait pas cru nécessaire de s'appuyer d'une multitude d'exemples que lui offrait l'histoire littéraire. On eût aimé à le voir rappeler le souvenir de ces grands écrivains qui n'ont eu besoin, pour devenir habiles, ni de concours, ni d'applaudissements; et qui, pour la plupart, composèrent leurs chefs-d'œuvre au milieu des sollicitudes de la fortune, et des persécutions qui ne flétrissent que les ames communes. C'est ainsi qu'Ésope inventa ses premières et ses plus touchantes fables dans la servitude; c'est ainsi que les poëmes héroïques d'Homère lui furent inspirés dans l'indigence; et que Plaute composa ses comédies en tournant la meule d'un moulin. Épictète écrivait ses pensées sublimes dans le plus dur esclavage; et son disciple Marc-Aurèle, qui le surpassa, méditait les siennes au milieu des soucis bien plus grands du trône. Que

S.

si nous ramenons notre pensée sur les temps modernes, nous voyons notre bon La Fontaine ne se proposer aucun rival. Cet enfant de la nature ne crut qu'imiter de loin Ésope, Lokman et Phèdre ; et ce fut lui qui devint inimitable. Que dirons-nous de Michel Cervantes, du Dante, du Camoëns, de Shakespeare, de J.-B. Rousseau ? Comment auraient-ils dû leur talent à des concours, dans une carrière qu'ils avaient ouverte, où ils étaient entrés les premiers, où ils n'avaient pas seulement un maître qui pût leur crier, de temps en temps, des bords de la lice : Courage, mon fils ? Ils n'avaient pour stimulant que le malheur, pour rivaux que des ennemis, pour perspective que les persécutions et la misère. Quel prix aurait donc pu les dédommager de tant de sacrifices ? Mais, tandis que ces grands hommes ne se proposaient d'autre but que la perfection de leur art, voyait-on sortir des concours académiques de jeunes triomphateurs dignes de leur disputer la palme ? Aucun, si l'on en excepte Jean-Jacques, ne peut aspirer à cette gloire. Loin de révéler des talents nouveaux, combien de fois l'injustice des juges n'aurait-elle pas étouffé les premiers essais du génie, si le génie pouvait se décourager ! Les *Pôles brûlants* de l'abbé du Jarry l'emportent devant l'Académie française sur la poésie de Voltaire. N'as-tu point de honte des victoires que tu remportes sur moi, disait Ménandre à un poëte médiocre, qui souvent avait été son vainqueur ? Enfin Euripide, humilié par d'indignes rivaux, se voit forcé de suivre l'exemple d'Eschyle, et d'aller mourir loin de sa patrie : il est vrai qu'à la nouvelle de sa mort, Athènes prit le deuil, et envoya une ambassade solennelle redemander ses cendres, qui lui furent refusées.

C'est sans doute à ces souvenirs touchants qu'il faut attribuer l'éloignement de Bernardin de Saint-Pierre pour toute espèce de concours, et la véhémence avec

laquelle il les attaqua jusqu'au sein de l'A-
cadémie. Ah! sans doute le plus beau
triomphe du génie est dans le chef-d'œuvre inspiré par la nature, et qui doit faire
les délices du genre humain ; comme le
plus beau prix que les hommes puissent
donner, est dans l'enthousiasme d'un peuple entier, dans l'hommage d'une admiration universelle : tel fut le triomphe d'Euripide. L'armée d'Athènes avait été défaite
dans les plaines de la Sicile; les soldats,
vendus comme esclaves, ou jetés dans les
carrières, se consolent en récitant des
vers d'Andromaque et d'Iphigénie. A ces
accents divins, les vainqueurs se laissent
toucher, chaque soldat trouve un bienfaiteur dans son maître; tous doivent leur
salut aux vers d'Euripide, et, rendus à la
liberté, ils arrivent à Athènes, et vont saluer le poëte qui fut leur libérateur.

Ces réflexions nous ont été inspirées
par le besoin de défendre des principes
qui furent vivement attaqués. On accusait

alors Bernardin de Saint-Pierre de blesser les privilèges d'un corps dont il faisait partie ; et sans doute il avait commis une grande faute, celle de croire que, dans une académie, l'intérêt de la vérité pourrait l'emporter sur l'intérêt des académiciens.

Au reste, nous regrettons de ne pouvoir publier ce rapport, qui ne nous est connu que par deux ou trois fragments informes ; il en est de même des trois mémoires suivants, qui ont dû également être présentés à l'Institut :

1° Sur les contrefaçons ;

2° Sur la nécessité de motiver le choix des candidats proposés par chaque classe ;

3° Sur un mémoire du sieur Romme, relatif aux marées de l'hémisphère austral.

Nous avons sous les yeux un quatrième mémoire sur le régime diététique et les observations nautiques à suivre par le capitaine Baudin dans le cours de son voyage. L'auteur, après avoir rappelé des expé-

riences ingénieuses, qu'il avait indiquées
ailleurs, pour s'assurer de la direction des
courants, s'attache à faire sentir la nécessité de procurer quelques distractions aux
matelots, afin de les maintenir *en gaieté
et en santé* pendant les fatigues des longues
traversées. Voici comme il s'exprime à ce
sujet : « Il importe qu'il y ait des joueurs
» d'instruments à bord des équipages des-
» tinés aux voyages de long cours. Les an-
» ciens connaissaient toute l'influence de la
» musique sur leurs nautonniers. Sous le
» voile de la fable, on voit que la lyre ani-
» mait les vaisseaux : Orphée charmait
» avec elle les soucis des Argonautes, en
» chantant les louanges des héros et des
» dieux ; et leurs plus grands périls, dans
» leurs courts voyages, étaient le chant des
» Sirènes. La lyre d'Arion suspendit aussi
» la fureur de ses meurtriers, et rendit sen-
» sibles jusqu'aux monstres marins. La mu-
» sique et les danses n'ont pas moins de
» pouvoir sur nos mélancoliques matelots.

» Elles leur rappellent en pleine mer les
» amusements de leurs villages, et dans ses
» vastes solitudes, les doux ressouvenirs de
» la patrie. A l'ombre des mâts et de leurs
» noirs cordages, ils se croient encore sous
» le feuillage des ormeaux, et toujours en-
» tourés de leurs femmes et de leurs en-
» fants. . . . . Ne soyons point indifférents
» au bonheur de ces infortunés, qui, sou-
» vent privés du nécessaire, vont cher-
» cher notre superflu jusqu'aux extrémités
» du monde. Ne nous séparons point de
» ceux que les mers séparent de nous :
» nous devons tout notre luxe à leurs dan-
» gers. Hommes, animaux, végétaux, mé-
» taux, éléments, tout est lié sur le globe
» par les chaînes de l'harmonie : les gens
» de mer en sont les derniers anneaux.
» Par eux le genre humain est une famille
» dont tous les membres se correspondent,
» et l'Océan un grand fleuve dont les
» sources sont aux pôles. »

Tels furent les travaux de Bernardin de

Saint-Pierre à l'Institut. Ils ont ce caractère particulier, que l'auteur s'y montre toujours ferme dans ses principes, sans aucune considération pour l'époque à laquelle il écrit. Le temps peut changer les systèmes et les hommes ; mais il ne peut changer la vérité, et faire que l'athéisme devienne une vertu. La vérité est immuable, et chaque siècle qui commence, la retrouve jugeant les erreurs du siècle qui vient de s'écouler. Bernardin de Saint-Pierre fut immuable comme elle, et pour elle ; et lorsque la classe morale de l'Institut, marchant avec le siècle, n'encourageait que les efforts de l'incrédulité, il osa lui faire entendre * ces belles pages de la Mort de Socrate, où le sage se console de l'injustice des hommes par la certitude de son immortalité.

* Cette lecture fut faite le 2 vendémiaire an 7 (23 septembre 1798); une pareille date dispense de toute réflexion.

DE LA NATURE

DE

LA MORALE.

Fragment d'un Rapport sur les Mémoires qui ont concouru pour le prix de l'Institut national, dans sa séance publique du 15 messidor de l'an 6 (5 juillet 1798), sur cette question : QUELLES SONT LES INSTITUTIONS LES PLUS PROPRES A FONDER LA MORALE D'UN PEUPLE ?

———

LA classe des sciences morales et politiques n'ayant pas jugé à propos de couronner aucun des mémoires du concours, j'ai cru, comme rapporteur de sa commission pour l'examen de ces mémoires, devoir publier la fin de mon rapport, parce qu'elle contient des idées que je crois essentielles à la nature de la morale. J'ai usé en cela du droit de tous les citoyens, et j'ai suivi l'exemple des représentants du peuple, qui font imprimer les discours destinés pour la tribune, lorsqu'ils ne peuvent y être admis. L'impression de celui-ci sera un peu plus étendue que la lecture que j'en ai faite à ma classe, parce que je m'entretiens avec plus de loisir et de confiance avec un lecteur, qu'avec des auditeurs. J'ai distingué, par un signe d'indication, mes additions, entre lesquelles sont quelques preuves de l'existence de Dieu. Je sais bien que Dieu n'a pas besoin de mon faible témoignage, pour manifester son existence; mais j'ai besoin de m'en rappeler le souvenir, lorsque j'ai affaire aux hommes.

FRAGMENT.

. . . . Nous nous permettrons quelques réflexions rapides, mais importantes, sur la nature de la morale. Les auteurs des quinze mémoires du concours, quoique très-estimables à bien des égards, ne l'ont définie que par ses effets, quand ils l'ont définie. Il en est résulté qu'ils se sont trouvés dans un grand

embarras pour en asseoir les fondements
Les uns les ont placés dans l'éducation, les
autres dans les lois; ceux-ci, dans des fêtes
et des spectacles; ceux-là, dans notre propre
cœur si versatile.

La morale n'est point, comme l'ont prétendu quelques philosophes modernes, l'a-
mour de soi; car elle ne différerait point de
nos passions, qui ont aussi leur morale. Elle
ne peut être, comme le veulent quelques
autres, l'amour de l'ordre social, qui quelquefois nous opprime, ou fait le malheur
d'une nation : tel que serait une république
de brigands. Elle n'est pas même notre intérêt particulier, fondé sur l'intérêt général,
lequel, souvent, lui est contraire. Enfin elle
n'est pas une simple sympathie avec nos
semblables, comme la définit Smith, puisqu'elle nous impose des devoirs avec nous-
mêmes, jusque dans la solitude.

Sans doute, pour trouver l'origine de tant
d'opinions et de coutumes qui rendent les
mœurs des hommes si variées et si variables,
il faudrait admettre encore, à l'exemple
d'écrivains célèbres, des morales d'âge, de

sexe, de tempérament, de saison, de climat, de nation, de religion, de gouvernement, etc. : d'où il résulterait qu'il n'y aurait point de morale proprement dite. Ainsi
l'homme, sans cesse agité par ses propres
instincts ou par ceux d'autrui, serait dans la
vie, comme un vaisseau sur la mer, chargé
de toutes sortes de voiles, mais sans gouvernail, et le jouet perpétuel des vents et des
courants.

Pour fixer nos idées sur le premier mobile
de l'homme et de ses sociétés, nous admet-
trons deux morales, comme les anciens ad-
mettaient deux Vénus : l'une terrestre,
source de mille passions ; l'autre céleste,
prototype de toute beauté. Il y a de même
deux morales, l'une humaine et l'autre divine ; l'une résulte de nos passions, l'autre
est la raison qui les gouverne ; l'une est la
connaissance des usages particuliers à chaque
société, l'autre est le sentiment des lois que
Dieu a établies de l'homme à l'homme ; l'une
est une science qui s'acquiert par la connaissance du monde, l'autre est une conscience
donnée par la nature.

La morale des passions divise les hommes entre eux. Elle se subdivise d'abord elle-même en deux troncs principaux, l'Amour et l'Ambition, qui ont autant de têtes que l'hydre. L'amour dégénérant en voluptés de toute espèce, substitua les affections dépravées aux naturelles, les concubines et les sérails aux épouses légitimes ; il repoussa l'enfant du sein maternel ; et le livrant à une nourrice, puis à un instituteur étranger, il rompit les premiers liens des fils avec leurs parents, et ceux des frères avec les sœurs. L'ambition, à son tour, se composant de toutes sortes de cupidités, classa les hommes, à leur naissance, en serfs et en nobles, en aînés fortunés et en cadets indigents. Elle fit naître les jalousies entre les frères, les duels parmi les citoyens, l'intolérance dans les corps, les guerres chez les nations, la discorde, les ressentiments et les vengeances dans tout le genre humain. Enfin ne voyant plus sur la terre que les maux qu'elle y a faits, devenue impie ou superstitieuse, elle nie l'Auteur de la nature à la vue du ciel, ou va le chercher au fond des enfers.

8.   28

La morale de la raison, au contraire, est le sentiment des lois que la nature a établies entre tous les hommes. C'est elle qui, dès la mamelle, attacha la mère à l'enfant par l'habitude des bienfaits, et l'enfant à sa mère par celle de la reconnaissance. C'est elle qui en montrant à l'homme, dès l'aurore de la vie, les biens dont la terre est couverte, lui fit entrevoir un bienfaiteur dans les cieux, et des amis destinés à recueillir ces biens avec lui, dans ses semblables. Elle forma dans l'adolescence le premier anneau de la concorde entre les frères, dans la jeunesse celui de l'amour conjugal entre les époux, dans l'âge viril celui de l'amour paternel entre le père et les enfants. Elle harmonia les familles en tribus par leurs services mutuels, les tribus en nations par l'amour de la patrie, et les nations avec les nations par celui de l'humanité. Enfin ce fut elle qui, en inspirant à l'homme seul, de tous les animaux, l'instinct de la gloire et de l'immortalité, lui montra la récompense de ses vertus dans les cieux, comme un prix placé à la fin de sa carrière.

C'est du sentiment des lois établies par la nature, de l'homme à l'homme, que sont dérivées toutes les vertus fondamentales des sociétés : la piété envers le ciel, la tempérance envers nous-mêmes, la justice à l'égard des autres, la force contre les événements. C'est cette morale céleste, innée dans chacun de nous, qui seule nous fait supporter l'ordre social, lors même qu'il nous opprime. Elle éloigne des jouissances corrompues du monde la jeune fille laborieuse, et en la revêtissant d'innocence et de pudeur, la rend bien plus digne d'être aimée que celle que le vice couvre de diamants. Le cœur lui doit ses sacrifices, la conscience son repos, le ciel une récompense. C'est au ciel qu'elle attache la chaîne dont elle lie tous les habitants innocents de la terre les uns aux autres : c'est par elle qu'ils s'approchent encore sans se connaître, qu'ils s'entendent sans se parler, et qu'ils se servent sans autre intérêt que celui de s'obliger.

Hélas ! elle porta autrefois l'habitant de l'Afrique à tendre une main amie à l'Asiatique, qui la couvrit de fers ; et celui de l'Amé-

rique à offrir sa cabane hospitalière à l'Européen, qui la baigna de sang ! Mais quand la
politique des puissances invoque la patrie pour
détruire les patries ; quand la morale de
leurs passions a sanctionné leurs crimes par
des religions corrompues ; quand les infortunés sans défense semblent n'avoir plus d'es-
poir, la morale céleste fait entendre leur
voix. Toutes les ames sont émues, toutes les
tyrannies sont ébranlées. Le fil de la pitié, touché par elle, a des secousses plus
rapides que le fil électrique agité par la
foudre.

Ce fut elle qui montrant le corps sanglant
de Lucrèce au peuple romain, renversa le
pouvoir odieux des Tarquins. Ce fut elle qui
jetant les Sabines entre deux armées qui couraient à la vengeance, fit oublier à leurs soldats furieux les noms de *Sabins* et de *Romains*, pour les rappeler à ceux de frères,
de pères et d'époux ; et fit tomber de leurs
mains les épées tranchantes, en leur oppo-
sant, pour boucliers, de petits enfants nus,
sur le sein maternel. C'est elle qui ébranle
aujourd'hui les deux mondes, en criant aux

rois et aux *sujets*, aux blancs et aux noirs :
Vous êtes tous des hommes !

Elle n'a pas besoin de diplômes pour cons-
tater les droits du genre humain ; elle les a
renfermés dans le cœur de chacun de nous.
Elle y a imprimé ce sentiment ineffaçable :
*Ne faites pas à autrui ce que vous ne vou-
driez pas qu'on vous fît.* Plus habile que
la politique des nations, elle seule composa
l'intérêt général des intérêts particuliers.
Elle ne varie point avec celle-ci ; mais elle
est immuable comme la Divinité, sur laquelle
elle s'appuie. C'est d'elle seule qu'elle espère
sa récompense : en effet, si l'homme moral
l'attendait de ses semblables, combien de fois
il serait tenté de s'écrier comme Brutus : *O
vertu, tu n'es qu'un vain nom !*

Je vous prends à témoin, génies de tous
les siècles, qui avez bien mérité des hommes,
malgré leurs persécutions : Confucius, Py-
thagore, Homère, Socrate, Platon, Épictète, Marc-Aurèle, Fénelon, Jean-Jacques,
et vous tous qui avez excellé en vertus, en
science, en arts, en éloquence : soit que vous
ayez vécu dans la solitude ou dans les assem-

28*

blées des nations, sur le trône ou dans les fers; c'est cette lueur divine qui vous a guidés. Elle seule éclaire l'esprit et réchauffe le cœur. Sans elle, tout est froid mortel, et obscurité profonde; et il est bien remarquable que parmi les hommes aveuglés par leur ambition, qui ont eu le malheur de la méconnaître, il n'y en a pas un seul qui ait fait une découverte utile au genre humain.

En effet, nous n'avons rien que d'emprunt, et c'est de la Divinité que nous recevons tout. Socrate disait à Aristodème qui niait les dieux : « Vous croyez que vous avez de l'in-
» telligence ; comment donc pouvez-vous
» croire qu'il n'y ait point aussi dans la nature
» un être universel intelligent? Vous savez
» que votre corps n'est formé que d'une petite portion des éléments; il n'y aurait donc
» que votre entendement qui vous serait venu
» de je ne sais où, par un bonheur tout-à-
» fait extraordinaire? Vous êtes bien persuadé
» que c'est cet entendement qui conduit votre
» corps dans toutes ses actions; comment
» pouvez-vous donc penser qu'il n'y ait pas
» aussi une intelligence qui dirige le grand

»corps de l'Univers, et qui en ait rangé
»toutes les parties dans l'ordre admirable
»que vous y voyez? Je ne vois pas, me di-
»rez-vous, cette Divinité qui gouverne toutes
»choses ; mais vous ne voyez pas non plus
»votre ame ; en conclurez-vous que ce n'est
»pas elle qui vous conduit, mais le hasard
»seulement ? Croyez-vous que votre vue
»puisse embrasser un paysage, et que celle
»de la Providence ne s'étende pas à tout
»le monde ? Pensez-vous que votre esprit
»puisse songer tour-à-tour aux affaires d'A-
»thènes, de Sicile et d'Égypte, et que l'es-
»prit universel ne puisse s'occuper à-la-fois
»de toutes celles de l'Univers ? »

Aristodème ayant répondu à Socrate, qu'il
concevait une si haute idée de la Divinité,
qu'il en concluait qu'elle n'avait pas besoin
de ses services : « Vous pensez donc, reprit
»Socrate, qu'on ne doit point de reconnais-
»sance à son bienfaiteur? Plus la Divinité a
»fait paraître de magnificence dans le soin
»qu'elle a pris des hommes, plus ils lui doi-
»vent de respect. En effet, considérez qu'elle
»a réuni dans les hommes seuls toutes les

»jouissances qu'elle a dispersées dans les
»autres animaux; qu'elle a revêtu leurs corps
»des plus belles formes; qu'elle n'a donné
»qu'à eux la faculté de parler et de converser;
»qu'elle a mis le comble à ses bienfaits en
»leur donnant des ames capables de la con-
»naître, d'imiter ses ouvrages par leur intel-
»ligence, et d'entrer en communication avec
»elle par leurs vertus. »

Socrate avait sans doute raison. On peut
même pousser ses arguments plus loin. On
peut dire que c'est sur l'intelligence seule de
la nature que se forme la nôtre, à la différence de l'instinct des animaux, qui naît
avec eux. Il y a apparence que si un enfant
était élevé tout seul, dès sa naissance, dans
une caverne obscure, il y resterait constamment dans un état d'imbécillité. Si cette
caverne était remplie des monuments de l'industrie humaine, et qu'elle vînt à être éclairée
par la lumière d'une lampe, sans doute il ac-
querrait bientôt quelque connaissance des
arts, sans toutefois se former aucune idée de
la Divinité. Supposons qu'un Vaucanson lui
apparaisse avec quelque machine qui pour-

voie à ses besoins, il est vraisemblable qu'un
sentiment religieux s'élèverait dans son cœur
avec celui de la reconnaissance : l'inventeur
d'un art utile serait pour lui un Dieu. C'est
ainsi que des peuples enfants ont déifié une
Minerve, une Cérès, un Bacchus. Supposons
maintenant que la lampe s'éteigne, que la
machine disparaisse, mais que tout-à-coup
les portes de la caverne s'ouvrent, et qu'il
voie, pour la première fois, une terre couverte de verdure et de fleurs, des verger,
chargés de fruits, une forêt, une rivières
des oiseaux, une jeune fille au pied d'un arbre, et un astre au haut des cieux, baignant
tous ces objets des flots de sa lumière; oh!
dans quel ravissement seraient tous ses sens!
Croyez-vous qu'il méconnût alors un Dieu
dans la nature? Voyez comme sa curiosité
l'agite! Semblable à un enfant de nos villes
qui, après un rigoureux hiver, sort dans les
campagnes, sans précepteur, il interroge
tout ce qui l'environne; il creuse la terre, il
effeuille une fleur, il escalade un arbre. Il
veut tout voir, tout manier, tout connaître :
son corps et sa raison se forment à-la-fois,

d'après les lois et les dons de la nature. Pénétré de cette puissance qui l'environne de bienfaits, il l'adore dans l'arbre qui le nourrit, dans la fontaine qui le désaltère, dans le soleil qui l'éclaire et le réchauffe, et bientôt dans l'objet de ses amours. C'est ainsi que vous vivez encore, peuples simples, vous que nous appelons ignorants et sauvages! Pour nous, habitants des cités, nous n'adorons que les ouvrages de notre esprit et de nos mains : des monuments, des statues, des systèmes. Mais ne nous enviez point nos arts fastueux et nos doctrines trompeuses ; les prairies sont vos lycées, des jeux innocents vos exercices, de majestueuses forêts vos temples toujours révérés. Au sein de la nature vous n'en méconnaissez jamais l'Auteur; et sans doute, à ses yeux, c'est vous qui vivez à la lumière, et nous dans d'obscurs souterrains.

Quelque haute opinion que nous ayons de nos sciences et de nos arts, tous les modèles en sont dans la nature. Que dis-je ? nos ouvrages les plus vantés n'en sont que de vaines images. Le génie le plus sublime n'en est qu'un faible nourrisson ; il n'est industrieux que de son industrie. C'est par les convenances qu'elle lui montre, qu'il entrevoit les convenances qu'elle lui cache. Christophe Colomb, pénétré de cette seule vérité, que Dieu n'a rien fait en vain, juge à l'aspect d'un globe, que sa partie occidentale ne peut être réservée tout entière à l'Océan : il s'embarque, et il découvre un nouveau monde.

Si notre intelligence ne se développe que sur celle de la Divinité, notre morale ne se modèle que sur le sentiment de sa bienfaisance. L'homme juste, semblable à elle, est bienfaisant sans se mettre en peine de la reconnaissance des hommes. Il fait du bien, même à ses ennemis, comme l'arbre fruitier, dit Marc-Aurèle, qui donne ses fruits à ceux mêmes qui lui jettent des pierres.

Confucius prêche la morale aux rois corrompus de la Chine ; il la fonde sur les lois de la nature et sur la souveraine raison de l'Univers ; il établit sur elle la politique des nations ; il vit et il meurt persécuté. Cependant un philosophe sur le trône se revêt, après lui, de son auguste sacerdoce. Les di-

verses nations de la Chine, éprises de cette
doctrine céleste, se réunissent à ses états, et
forment un empire qui dure depuis quatre
mille ans. Un sage paraît dans un royaume
prêt à se dissoudre ; il veut en rappeler les
habitants aux lois éternelles de la morale : il
paie sa mission de sa vie. Mais ses divins do-
cuments se répandent dans le monde ; ils
étayent pendant des siècles les ruines de
l'empire romain ; et son énorme colosse ne
s'écroule aujourd'hui, que parce que les vices
en avaient sapé tous les fondements.

Que dirai-je de ces hommes si chers au
genre humain, qui ont tant de fois guéri ses
plaies par les seules influences de la morale ?
Guillaume Penn, fuyant les troubles de son
pays, appelle ses frères persécutés sur les
bords de la Delaware, et il y établit un état
toujours pacifique au milieu même des anthropophages. Fénelon, avec un seul livre,
ramène les rois de l'Europe, de l'esprit des-
tructeur des conquêtes à celui de l'agriculture, et prépare de loin notre liberté. Cook
et Banks vont transplanter nos végétaux utiles dans un autre hémisphère, et les Sau-

vages admirent, pour la première fois, des
Européens qui abordent sur leurs côtes pour
leur faire du bien. Howard parcourt toutes
les prisons pour adoucir le sort des criminels,
et son humanité inspire au gouvernement
britannique, de fonder avec eux Botany-Bay.
Vincent de Paul donne des berceaux et du lait
à des milliers d'enfants trouvés. Un philosophe, égaré par l'exemple, expose les siens
dans un pays où les mères les abandonnaient
à des nourrices mercenaires; en expiation de
sa faute, il compose un livre sur l'éducation,
et son cœur affligé de si tristes ressouvenirs
lui inspirant une éloquence paternelle, il rend
les mères à leurs enfants et les enfants à leurs
mères. Ainsi le Ciel indulgent traça à nos pas
incertains, deux routes vers la vertu, l'innocence et le repentir.

Tant de bienfaiteurs de l'humanité, si éclai-
rés, auraient-ils fait des sacrifices si longs,
si pénibles, pour des hommes inconstants et
ingrats, s'ils n'avaient senti qu'il existait un
Dieu?

Non-seulement cette morale sainte protége
les nations contre les erreurs et les fureurs

8.   29

de la politique, mais elle guérit les hommes des maux regardés par la médecine même comme incurables.

Je vais vous en citer un exemple bien digne de vos réflexions. Un médecin, * vient de présenter au gouvernement une méthode curative de la folie par des remèdes moraux. En effet, la folie est une maladie morale qui se combine souvent, ainsi que les passions, avec la santé physique la plus robuste. Parmi les preuves que ce respectable philanthrope rapporte de la bonté de ses moyens, certifiée par deux médecins célèbres, dont l'un, le citoyen Desessarts, est un de nos confrères, il y en a une fort touchante. Une fille, âgée de vingt-cinq ans, était devenue folle par les injustices réitérées de son père. Il lui enlevait tous les fruits de ses travaux pour les donner à son frère. Il lui promit une croix d'or en dédommagement, mais il lui manqua de parole. L'infortunée ne put résister à ce dernier trait ; elle en perdit la raison. Elle entrait en fureur au seul nom de l'auteur de ses jours.

* M. Boutet.

On l'emmena au célèbre hospice des Insensés, à Avignon. Le médecin moraliste, après lui avoir fait administrer, sans succès, les remèdes physiques accoutumés, la console, lui dit que son père se repent de ses torts, qu'il lui a acheté le bijou qu'il lui a promis, et qu'il a envoyé son frère au loin apprendre une profession. La fille écoute, et devient pensive. Bientôt le père se présente à elle, mais elle le repousse. Après quelques nouvelles tentatives, il s'en rapproche, la caresse, lui présente le bijou fatal. La fille émue, verse des larmes, lui tend la main, l'embrasse, et en peu de temps recouvre sa santé. Ainsi le père retrouva sa tendresse dans le malheur de sa fille, et la fille sa raison dans l'amour de son père, et tous deux baignèrent de leurs larmes la main du sage qui les avait guéris.

Notre ame ne ressemble que trop souvent à cette fille égarée. Combien d'hommes ont méconnu un père dans la nature, à cause de la perte imprévue des objets de leurs affections! Il n'y a point de Dieu, s'écrient-ils, ou, s'il en est un, il est injuste! Ah! sans

doute, s'il disait à chacun d'eux : Enfant de
la terre, reprends ta jeunesse fugitive, tes
amours inconstants, tes dignités si vaines, et
vis heureux, si tu le peux ; ils reconnaîtraient
peut-être un père au retour de ses bienfaits.
Mais ses dons ne sont pas nos propriétés ; il
nous les prête pour un temps, pour les faire
passer bientôt à d'autres.

« La vie, dit Marc-Aurèle, est un banquet
» où nous sommes invités tour-à-tour. N'en
» sortons pas sans remercier la Divinité qui
» nous y a appelés. » Ne semble-t-elle pas nous
dire, par le spectacle de la terre et des cieux :
« J'ai donné à vos passions des biens passa-
» gers comme elles, j'en destine d'immor-
» tels à vos vertus ? La bonté est dans mon
» essence, la justice dans mes distributions,
» l'éternité dans mes plans, et l'infini dans
» mes ouvrages. »

Laborieux naturalistes, qui essayez d'en
faire des nomenclatures, dites-nous si vous
entrevoyez seulement sur la terre les limites
de sa puissance. Poëtes, peintres, musiciens,
avez-vous jamais exprimé ce que ses harmonies vous ont fait sentir ? Avez-vous jamais

créé dans vos plus charmants tableaux, des êtres vivants, parlants, aimants? Orateurs diserts, philosophes profonds, qui remontez aux sources de la pensée, et qui cherchez à en perfectionner les signes, arrangez vos types et vos dilemmes! une femme timide, éloquente des seules formes de la nature, va, d'un sourire, troubler votre logique, ou la renverser avec ses larmes. La même intelligence qui a protégé la faiblesse et l'ignorance sur la terre, confond le savoir et l'orgueil dans les cieux. Croira-t-on que les astres obéissent aux lois du hasard, parce que leurs mouvements sont réguliers? Que dirait-on de plus s'ils étaient irréguliers? Peut-on dire que l'astre des nuits n'est pas fait pour les éclairer, parce que dans le cours de son mois, il luit d'une lumière tantôt croissante, tantôt décroissante? Mais l'astre du jour luit aussi, dans le cours de l'année, d'une lumière inégale. Les heures du jour ont les mêmes phases que les mois et les années. Celle qui sort la première du sein de l'aurore, et celle qui rentre la dernière sous le manteau de la nuit, sont moins lumineuses que leurs sœurs,

qui brillent au haut des cieux, dans les feux
du midi. Toutes ces filles du soleil, d'âges
différents, distribuent la lumière à des êtres
dont la vie est en rapport avec leurs périodes.
Des harmonies aussi variées règnent dans
l'immensité des cieux. Des réverbères noc-
turnes, contournés en globes ou en anneaux,
circulent autour des planètes ; les planètes
autour d'un soleil ; des soleils divers en grandeur sont semés dans le firmament, comme
les grains de sable sur la terre, et leurs
moindres distances entre eux sont incommen-
surables. O toi, qui calculas leurs lois appa-
rentes, sublime Newton, [1] dis-nous quel était
le sentiment profond de ton néant, quand
ton génie parcourant leurs orbites, ta tête
s'inclinait vers la poussière au seul nom de
l'Éternel.

La même main qui a lié leurs sphères entre
elles par les lois de l'attraction, a lié les
cœurs des hommes par celles de la morale.
C'est elle qui réunit les sciences, les lettres,
les arts, qui, sans leur moralité, devien-
draient funestes au genre humain. C'est elle
qui en rapproche les diverses sections dans

l'Institut national, et qui de toutes les parties
du globe, les appelle comme des frères et
des sœurs dans ce Panthéon des Muses. Savants, artistes, littérateurs, qui voulez courir dans ses lices, ou vous y reposer un jour,
dirigez toutes vos études vers la morale. Ré-
pandez-en les devoirs et les charmes sur toutes
les productions de votre génie et sur tous les
besoins de la société; que vos toiles et que
vos marbres la respirent. C'est cette fille du
ciel qui couvre d'une vénération religieuse
les berceaux de l'innocence et les tombeaux
de la vertu. C'est elle qui donne tant d'étendue à nos regrets dans le passé, et à nos espérances dans l'avenir. Ses rayons divins
luisent au milieu des ténèbres les plus profondes de l'antiquité, se fixent sur ses ruines,
et réchauffent encore ceux qui s'en approchent. C'est elle qui a ranimé par la cendre
des Caton et des Brutus, la mourante Italie.
C'est par elle que vous illustrerez jusqu'aux
rochers de la France, et que vous réformerez
les cœurs de ses citoyens. Elle seule peut
guérir nos passions insensées, depuis le dé-
lire d'une faible fille, jusqu'à celui des na-

tions. Mais si la fortune vous est contraire, si les hommes vous persécutent, si enfin les talents vous manquent, que vous restera-t-il pour bien mériter de la patrie ? la morale encore. Si l'ordre particulier naît de l'ordre général, l'ordre général, à son tour, résulte de l'ordre particulier. O heureux mille fois qui fait le bien des hommes, loin de leurs vains applaudissements ! Heureux qui ne cherche d'autres témoins de ses actions que le ciel et sa conscience ! Vécût-il dans les fers comme Épictète, mourût-il victime de la calomnie, comme Socrate, en s'instituant avec lui-même, il fondera non-seulement la morale d'un peuple, mais celle du genre humain.

FIN DU TOME HUITIÈME.

NOTE DU FRAGMENT

SUR LA NATURE DE LA MORALE.

———

¹ PAGE 342.

L'ATTRACTION est la faculté que les corps ont de s'attirer mutuellement. Quelques philosophes de l'antiquité l'ont connue sur le globe, comme on le voit dans Plutarque, qui cherche à les réfuter. Parmi les modernes, Kepler l'a admise le premier dans le cours des astres, et Newton ensuite en a calculé les lois.

Suivant Newton, le soleil attire les planètes, qui iraient se réunir à lui, si chacune d'elles n'avait un mouvement d'impulsion proportionné à sa masse, lequel l'obligerait d'aller toujours en ligne droite, si elle n'était attirée par le soleil. De ces deux forces, l'une d'attraction, l'autre d'impulsion, il résulte le mouvement circulaire ou elliptique, auquel chaque planète obéit en traçant son orbite autour du soleil.

Je hasarderai contre ce système, une objection qui me paraît insoluble. Si les planètes doivent leur cours à ces deux lois combinées de l'attraction et de l'impulsion, le soleil doit aussi y être assujetti proportionnellement à sa masse ; or, comme celle-ci est beaucoup plus considérable que celle de toutes les planètes ensemble, il devrait être emporté par la force d'impulsion hors du centre de leur système, et s'en séparer pour jamais. Mais comme cet effet n'arrive point, il faut donc supposer qu'il n'en éprouve pas la cause. Voilà donc une exception qui détruit la moitié du système newtonien, pour ce qui concerne le soleil. Ainsi, quoique les Newtoniens d'aujourd'hui regardent l'attraction et l'impulsion, comme des lois immuables et purement mécaniques, ils doivent reconnaître qu'un être très-intelligent les dirige, puisqu'il les a étendues toutes deux aux planètes, et qu'il a suspendu l'effet de la dernière dans le soleil, à cause des inconvénients qui en seraient résultés. C'est la seule conséquence que je veux tirer ici de mon objection.

On trouverait encore de nouvelles exceptions à ces deux lois, prétendues primitives; car celle de l'attraction, calculée par les astronomes, varie dans les satellites nouvellement découverts; celle de l'impulsion en ligne droite n'exerce pas même d'action sur les corps qui sont sur la terre; car si elle y existait, il n'en resterait aucun à sa surface, et lorsqu'un fruit tomberait d'un arbre, il décrirait un cercle autour d'elle. Ce que je dis de la force d'impulsion, doit s'appliquer aussi à la centrifuge.

Au reste, j'admets volontiers ces deux forces combinées dans notre système planétaire, mais comme une explication humaine d'un effet naturel que nous ne saurions comprendre autrement. Cependant je pense que la nature peut aussi bien donner à un globe la faculté de tourner autour du soleil, d'un mouvement simple que d'un mouvement composé ; comme elle a donné à un amant de tourner autour de l'objet aimé, sans être mu par deux forces, l'une directe, l'autre latérale.

Cependant si les mêmes lois qui régissent notre architecture terrestre, ont aussi lieu dans celle des cieux, je regarde l'attraction des planètes vers le soleil, comme la ligne d'aplomb d'un édifice, laquelle tend vers le centre de la terre, et l'impulsion qui les pousse en avant dans des zones différentes mais parallèles, comme la ligne de niveau qui en règle les diverses assises. Mais ceux qui ne voient dans l'univers que ces deux forces motrices, ne me semblent pas différer des simples maçons qui ne verraient dans un magnifique palais, que les effets de l'équerre et du niveau, sans avoir aucun égard aux distributions et aux décorations de l'architecte. Nous ririons, certes, si nous les entendions tenter d'expliquer, par ces deux causes mécaniques, la formation des péristyles, et des colonnades, des tableaux de Le Sueur et du Poussin, et des statues de Girardon et du Puget, etc., parce que leurs auteurs auraient employé l'équerre et le cordeau pour tracer les premiers linéaments de leurs ouvrages. Combien donc ne sont pas plus insensés les attractionnaires qui veulent rapporter à ces seules lois, les merveilles de la végétation et de l'animation ! Ils ignorent eux-mêmes les premiers usages des éléments.

On ne lit point sans surprise, dans un traité moderne d'astronomie, fort vanté par eux, que la lune
n'est pas destinée à éclairer la nuit, parce que sa lumière croît et décroît dans le cours de son mois. Ils
nous diront bientôt que le soleil n'est pas fait pour
éclairer le jour, parce que sa lumière croît et décroît
aussi dans le cours de l'année : en effet les jours de
l'hiver sont plus courts que ceux de l'été. Mais ces astronomes ignorent que les divers genres des êtres organisés sur la terre, ont des existences proportionnées
aux diverses phases de ces deux astres qui, l'un et
l'autre, sont dans la plus parfaite harmonie. Le mois
lunaire est l'image de l'année solaire : la lune a son
croissant, son plein, son décours et son occultation,
comme le soleil son printemps, son été, son automne
et son hiver. Le jour aussi n'est qu'une consonnance
de l'année, dans son aurore, son midi, son couchant
et sa nuit. L'homme lui-même, comme tous les êtres
organisés, est soumis à ces lois célestes; il en éprouve
successivement les périodes, dans l'enfance, la jeunesse, l'âge viril et la vieillesse. Si ceux qui croient
connaître les harmonies du soleil avec la terre avaient
fait ces réflexions si simples, ils n'auraient pas, contre l'ordre de la nature, coupé par le milieu l'année
de notre hémisphère, et fixé son commencement à
son automne, et sa fin à son été. C'est comme s'ils
avaient marqué le premier terme de la vie humaine,
à l'âge viril; et son dernier, à celui de la jeunesse.

FIN DES NOTES DU TOME HUITIÈME.

TABLE DES MATIÈRES

CONTENUES DANS CE VOLUME.

——

FIN DE LA TABLE DU DERNIER VOLUME DES ÉTUDES.

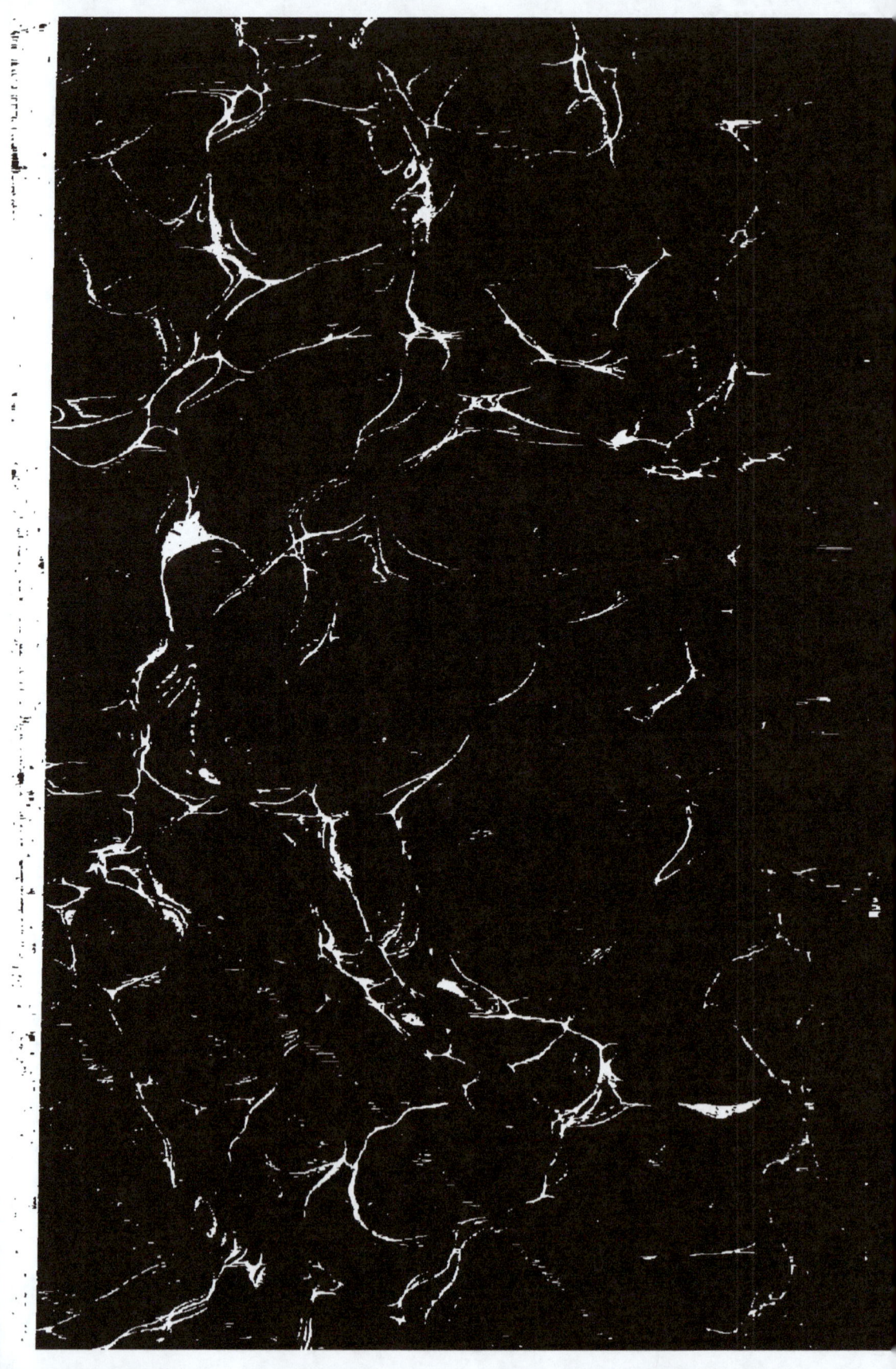

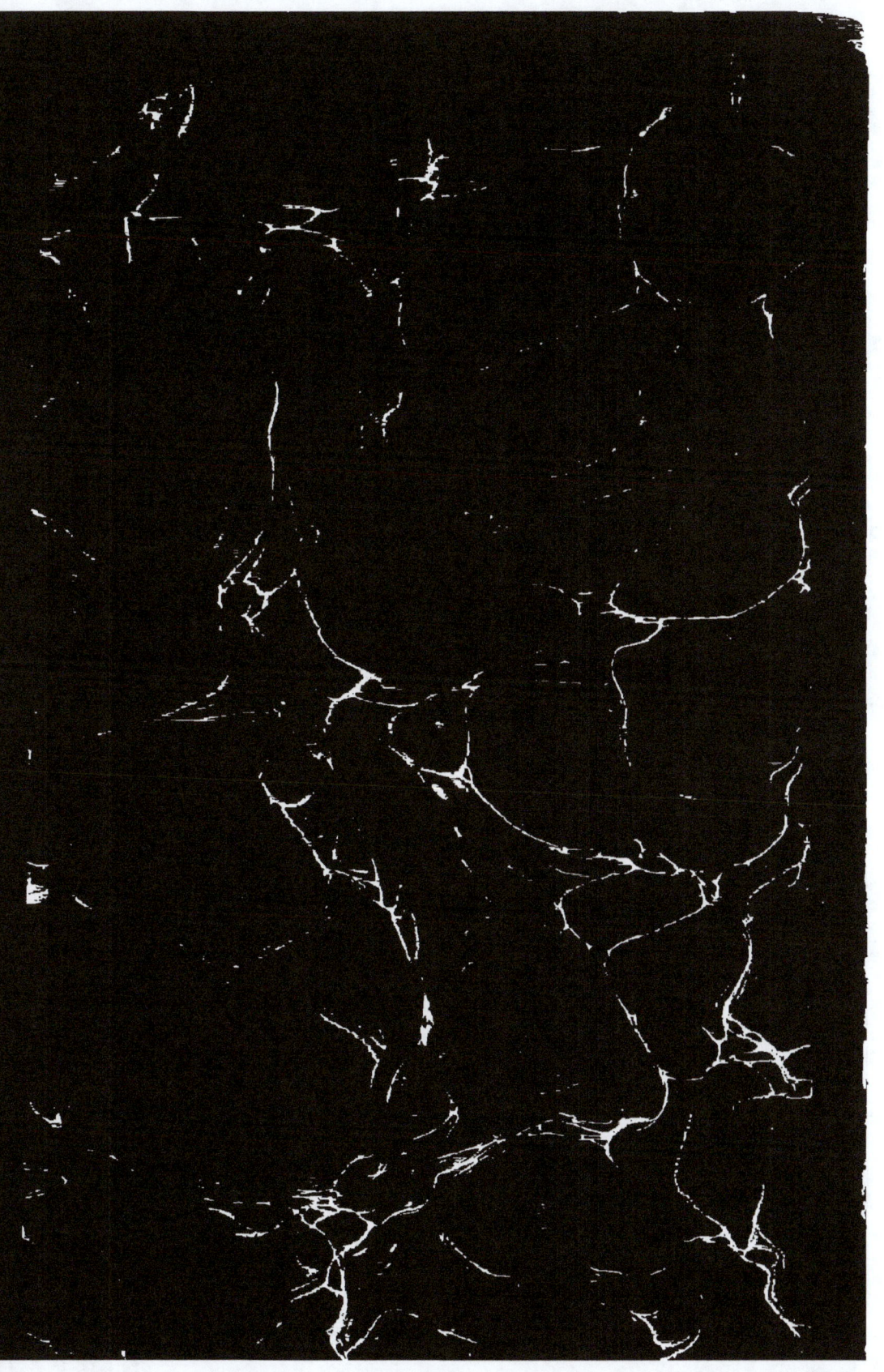